Sally Cinco

DANIEL KEYES

Sally Cinco

TRADUÇÃO
Beatriz D'Oliveira

Aleph

Sally Cinco

TÍTULO ORIGINAL:
The Fifth Sally

COPIDESQUE:
André Caniato

CAPA:
Filipa Pinto

REVISÃO:
Angélica Andrade
Aline Graça

DADOS INTERNACIONAIS DE CATALOGAÇÃO NA PUBLICAÇÃO (CIP)
DE ACORDO COM ISBD

K44s   Keyes, Daniel
        Sally Cinco / Daniel Keyes ; traduzido por Beatriz D'Oliveira. - São Paulo, SP : Editora Aleph, 2025.
        376 p. ; 14cm x 21cm.

Tradução de: The Fifth Sally
ISBN: 978-85-7657-721-8

1. Literatura americana. 2. Ficção.
I. D'Oliveira, Beatriz. II. Título.

2025-143   CDD 813
                          CDU 821.111(73)-3

ELABORADO POR ODILIO HILARIO MOREIRA JUNIOR – CRB-8/9949

ÍNDICES PARA CATÁLOGO SISTEMÁTICO:
1. Literatura americana : Ficção 813
2. Literatura americana : Ficção 821.111(73)-3

COPYRIGHT © DANIEL KEYES, 1980
COPYRIGHT © EDITORA ALEPH, 2025

TODOS OS DIREITOS RESERVADOS.
PROIBIDA A REPRODUÇÃO, NO TODO OU EM
PARTE, ATRAVÉS DE QUAISQUER MEIOS.

Rua Bento Freitas, 306 - Conj. 71 - São Paulo/SP
CEP 01220-000 • TEL 11 3743-3202
www.editoraaleph.com.br

 @editoraaleph

 @editora_aleph

Para minhas filhas, Hillary e Leslie, e para minha esposa, Aurea, que sempre me encoraja e me ajuda.

O autor estudou diversos casos do tipo representado neste romance e descobriu que eles exibem impressionantes similaridades de características e contexto. Embora essa pesquisa tenha fundamentado o trabalho criativo do autor, a história é puramente fictícia e não corresponde a fatos, pessoas ou eventos da vida real.

PARTE UM

1

Certo, meu nome é Derry, e fui a escolhida para escrever tudo isto aqui já que sou a única que sabe o que anda acontecendo com a gente e porque alguém precisa manter um registro para as pessoas entenderem.

Para começo de conversa, não foi ideia minha sair de casa em uma noite chuvosa de abril. Isso foi coisa da Nola, que acabou ficando deprimida depois de pensar naquelas tragédias gregas que ela vive lendo. Aí se lembrou de quando era criança e passava o verão na praia, então decidiu que queria ver o mar de novo. Pegou o metrô de Manhattan para Coney Island, depois seguiu a pé. Todos os jogos e brinquedos do parque estavam fechados, e as ruas entre as avenidas Neptune e Mermaid estavam desertas, tirando uns pobres coitados bêbados que estavam enrolados em jornal e encolhidos debaixo das marquises. Isso deixou Nola ainda pior, como se o tempo estivesse parado, na espera pelo público do verão. Ela achou que Coney Island em uma noite garoenta de abril parecia o lugar mais desolado do mundo.

A não ser pela Nathan's. Ela lembrou que a Nathan's ficava aberta o ano todo, um oásis de luz e calor, e foi na direção da lanchonete. Tinha umas pessoas na calçada em frente, tomando café em copinhos de isopor, devorando batata frita e "o cachorro-quente mais famoso do mundo". Se eu não estivesse de dieta, teria comprado um bem grande, cheio de mostarda e chucrute. Nada se compara ao cheiro de cachorro-quente e batata fria em uma noite garoenta. Mas Nola queria ver o mar. Ela parou e olhou para o relógio de parede para bater com seu relógio de pulso e ajustar o horário na cabeça: 22h45.

Vi três rapazes de calças rasgadas e jaqueta jeans com rebites passando uma garrafa em um saco pardo de um para o outro, dando goles e seguindo Nola com os olhos quando ela cruzou pelo beco escuro entre a Nathan's e a barraquinha de sorvete. Estava indo para a orla da praia, lembrando-se do verão de vinte anos antes, quando brincava de construir castelos de areia entre a multidão e depois ia se lavar na água.

Conforme avançava entre os pilares debaixo do calçadão de madeira, às escuras, sentiu o cheiro de areia molhada, tirou os sapatos e experimentou a textura áspera entre os dedos dos pés. A ideia de morrer no mar sempre a assombrara. Estava pensando no mar vinho-escuro de Homero enquanto avançava por aquele breu. Tirou a capa de chuva e a jogou no chão, mas a areia deveria estar suja de lixo, bosta de animais e camisinhas que tinham ido parar na costa depois de flutuarem pelo oceano feito mensagens de outros tempos. E ela se perguntou por que estava pensando em camisinhas sendo que era uma virgem prestes a abortar o próprio destino. Talvez devesse ter deixado uma mensagem também, dizendo que não aguentava mais viver aquela vida fragmentada e que se afogar era melhor do que cortar os pulsos.

Pensar nisso a deixou com dor de cabeça. Foi boa a sensação de tirar a camisa e a saia e sentir a chuva fina na pele enquanto andava pela praia deserta rumo à rebentação rouquejante, deixando as roupas para trás. Seguiu pela areia molhada até onde ficava dura, depois lodosa, depois a água borbulhou entre seus dedos e, quando recuou, levou o lodo junto, criando pequenos canais. Olhou o relógio de pulso aceso para conferir as horas.

23h23.

Sentiu a água, mais quente que o ar, e seus pés ganharam vida enquanto o resto do corpo ficava frio, depois dormente. E ela pensou que aquilo devia ser o oposto do que Sócrates sentira depois de beber a cicuta — os pés e as pernas dele aos poucos virando pedra.

Que momento imbecil para ter uma dor de cabeça. Lutou contra a dor no pescoço e os pensamentos lancinantes que não paravam de dizer: *Não... não... não...* Alguém lutava contra ela.

A água morna chegou aos joelhos e então às coxas, ondulando a seu redor quando ela parou e se deixou acariciar. Logo estaria no colo dos deuses. Ela, como Atena, nascida já adulta da cabeça de Zeus. No entanto, à medida que a água ondulava, Nola estremeceu e avançou mais para o fundo, e descobriu que, quando se contempla a morte, o umbigo se torna o centro do universo.

Como seria respirar água salgada? E se ela na verdade fosse uma sereia e, em vez de se afogar, descesse ao reino aquático, adentrasse com um movimento da cauda as terras de Netuno junto ao capitão Nemo e...? Meu Deus, ela nunca tinha terminado *Moby Dick*. Talvez deixar um livro pela metade fosse o pecado que a mandaria para o limbo, destinada a jamais descobrir o final. Talvez sua punição fosse nadar pela eternidade contra a corrente de infinitas páginas, uma depois da outra, sendo constantemente jogada no sargaçal de histórias inacabadas.

Achou gostosa a sensação da água beijando seus seios como um amante demoníaco, mas então Nola passou da zona de rebentação, cobrindo os ombros, e ficou mais quente e mais sonolenta enquanto se movia em câmera lenta.

Atrás dela, soaram gritos:

— Ei! Lá está ela, na água! Peguem ela!

Olhando para trás, Nola viu três vultos atravessando a praia em sua direção.

— Me deixem em paz! — gritou.

Eles mergulharam atrás dela, que tentou afundar, tentou inspirar a água, mas não conseguiu se manter submersa. Ficou tonta, engasgou e soltou água salgada pelo nariz. Alguém a agarrou pelo cabelo, depois pelos braços, e, quando a puxaram para fora, ela arfava, tossia e chorava.

Meu Deus, por favor, me deixem morrer...

Pensou que fossem lhe fazer respiração boca a boca, então fingiu um desmaio. Em vez disso, arrastaram-na para debaixo do calçadão, e um deles baixou as calças. O rapaz que a segurava pelo braço direito disse:

— Ei, eu que vou!

— Vai à merda! — irritou-se o rapaz com as calças abaixadas. — Eu vi ela primeiro. Você vai depois. E ele vai por último.

— Por último? Porra, cara!

Foi então que ela percebeu que não a tinham resgatado para salvar sua vida.

— Não! Por favor, me soltem! — exclamou Nola, ofegante.

O rapaz que era o terceiro da fila sorriu.

— Você ia descartar esse corpo pros peixes mesmo. Primeiro a gente vai se divertir um pouquinho, depois jogamos você de volta lá, beleza? Nem vai fazer diferença.

— É, a gente só vai te dar a saideira — emendou o segundo da fila.

A dor de cabeça ainda não tinha passado, era incômoda, insistente, mas ela a afastou. Podia dar conta daquilo sozinha. Já se livrara de várias situações difíceis. Levaria na conversa. Era possível enganá-los, manipulá-los.

O segundo e o terceiro mantinham seus braços e pernas esticados e abertos, e o primeiro se pôs em cima dela.

— Garotos, vocês não querem fazer isso aqui na areia — disse ela. — Por que não vamos para o meu apartamento? A gente pode tomar um vinho. Eu tenho um queijo envelhecido, e a gente pode colocar uma música e...

O homem a interrompeu com um beijo com bafo de uísque. Ela se contorceu, movendo o corpo para afastá-lo.

— É como lutar com um crocodilo — zombou o terceiro.

— A gente devia ter esperado ela se afogar — comentou o segundo.

— Socorro! Vão me estuprar! Alguém! Me ajuda! — gritou ela.

Nesse momento, Nola se mandou.

Jinx não demorou para perceber o que estava acontecendo quando se viu toda molhada e sem roupa, deitada sobre a areia, presa por dois pares de mãos e com um rapaz sem calças tentando meter o pau nela.

— Quem foi que me botou nessa situação merda? — esbravejou.

— Fica quieta um segundinho. Você vai curtir — disse o cara em cima dela, rindo.

— Seu filho da puta! Sai de cima de mim!

Ela se remexeu toda, primeiro para um lado, depois para o outro. Conseguiu virar rápido a cabeça e alcançar a mão do terceiro, que mordeu com força e não soltou mais, travando as mandíbulas feito um alicate de pressão. Ele a soltou com um berro. Ela aproveitou para levar a mão direita até as bolas do primeiro e apertar, cravando as unhas com toda a força. Foi a vez dele de se debater, arqueando as costas e caindo ao lado dela.

O segundo ficou tão surpreso que a largou, tentando recuar feito um caranguejo, mas Jinx jogou areia nos olhos dele antes que o rapaz pudesse fugir, e depois partiu para cima.

Arranhou e chutou, depois cravou os dentes no ombro dele até tirar sangue. O homem se livrou dela e saiu correndo. Assim como o terceiro. Só o primeiro ficou para trás, ainda inconsciente. Jinx lhe deu um soco na cara, quebrou o nariz dele, depois olhou ao redor em busca de algum pedaço de madeira ou tábua velha com que pudesse castrá-lo. Queria vê-lo morto e apodrecendo, servindo de comida para as gaivotas.

Mas Jinx ouviu um carro na rua da praia. Olhando para cima, notou luzes azuis e vermelhas pelas frestas do calçadão. A última coisa que queria era encarar a polícia. Não tinha intenção alguma de ser levada para a delegacia e interrogada: você deu corda para eles? Deixou que a pegassem? O que estava fazendo sem roupa e sozinha na praia? Você pediu dinheiro para eles? Já teve relações sexuais com desconhecidos antes?

Por mais que fosse gostar de ficar um tempinho no controle, roubar um carro e dar uma volta ou ir assistir às corridas de automobilismo, achava melhor dar o fora de uma vez. Era sempre assim. Alguém se metia em uma situação, não conseguia sair e deixava para Jinx resolver. Ela ouviu passos ecoando pelo calçadão e viu o brilho de lanternas, então pensou: *Tá legal, vou deixar para outra pessoa resolver essa merda.*

Quando Sally acordou no Hospital Geral de Coney Island, não sabia nada da noite anterior. Deu de cara com uma enfermeira gorda e maternal junto à cama, sorrindo. Ao longo dos anos, Sally aprendera que era melhor ficar quieta depois de um apagão se desejasse descobrir quanto tempo tinha se passado e o que estava acontecendo. Não queria que as pessoas a considerassem esquisita. Olhou de relance para o relógio na parede: 9h53.

A enfermeira a encarava como se esperasse que ela perguntasse "Onde estou?" ou "O que aconteceu?", mas Sally era mais esperta que isso. Reparou no crachá de plástico preto e branco: ENFERMEIRA A. VANELLI.

— Sabe onde você está?

A pergunta de Vanelli foi acompanhada por um sorriso grande que se recusava a ir embora, mas a voz era baixa e brusca, e perfurou a pele de Sally feito uma agulha.

Sally franziu o cenho.

— Era para eu não saber?

— Considerando que por pouco você não foi estuprada, e que quase fez os caras em pedacinhos, pensei que talvez estivesse perturbada.

— Estou — disse Sally, tranquila. — Claro que estou perturbada.

— Você se lembra do que aconteceu?

— Por que não me lembraria?

Sally cerrou os punhos sob os lençóis. Estava apavorada, mas aprendera a disfarçar muito bem.

— A polícia encontrou você já inconsciente.

Ela desviou o olhar, aliviada.

— Então como é que eu ia lembrar, né? Ninguém se lembra do que aconteceu enquanto estava inconsciente.

— Preciso que você me dê algumas informações — ignorou Vanelli, tirando uma caneta do bolso e reorganizando as folhas na prancheta. — Nome e endereço?

— Sally Porter. Rua 66 Oeste, número 628.

A enfermeira arqueou as sobrancelhas, como se questionasse o que Sally estava fazendo tão longe de casa, debaixo de um calçadão em Coney Island, mas, ainda sorrindo, seguiu com as perguntas:

— Contato de emergência? Marido? Família?

— Sou divorciada. Há um ano. Meu marido tem a custódia dos meus filhos gêmeos de 10 anos. Não tenho mais ninguém.

— Está empregada?

— No momento, não. Mas estava planejando procurar emprego quando isso aconteceu.

— Tem plano de saúde?

Sally negou com a cabeça.

— É só me mandar a conta. Tenho dinheiro. Recebo pensão.

— O médico falou que você está bem. Pode ir embora quando quiser.

A enfermeira baixou a prancheta e enfiou a caneta de volta no bolso.

— Quero falar com alguém... Um psiquiatra ou um psicólogo. Qual faz o quê? Eu sempre confundo — disse Sally.

— O psiquiatra é um médico — respondeu Vanelli, arqueando as sobrancelhas outra vez. — Por que você quer falar com um psiquiatra?

Sally suspirou e se recostou no travesseiro.

— Porque tentei me matar três vezes no último mês. Porque alguma coisa dentro de mim está me obrigando a fazer coisas. Meu Deus, preciso de ajuda antes que enlouqueça de vez.

Vanelli levantou a prancheta de novo. Pegou metodicamente a caneta, deu um clique e fez uma anotação.

— Nesse caso, vou marcar uma consulta com nossa assistente social da psiquiatria — explicou ela, a voz saindo feito arranhões em metal.

Meia hora depois, a enfermeira trouxe uma cadeira de rodas e levou Sally pelo elevador até o quinto andar, depois por um longo e ofuscante corredor até a sala da assistente social. O nome na porta dizia SRTA. BURCHWELL.

— Vou deixar a Sally com você — disse Vanelli, pousando o prontuário na mesa da mulher. — Ela recebeu alta do pronto-socorro.

A srta. Burchwell tinha cerca de 60 anos, era pequena feito um passarinho, com óculos de gatinho e cabelo azulado. Deu a Sally a impressão de que sairia voando caso se assustasse com alguma coisa dita ali.

— Só para contextualizar: quantos anos você tem? — começou a srta. Burchwell.

— Tenho 29. Sou divorciada. Ensino médio completo. Dois filhos, gêmeos, um menino e uma menina. O meu ex-marido tem a custódia deles. — Já repetira tantas vezes aquela ladainha que parecia uma gravação de secretária eletrônica. Sabia que a srta. Burchwell devia estar se perguntando por que o marido ficara com a custódia dos gêmeos. — Preciso de ajuda. Preciso conversar com alguém sobre essas coisas que estou sentindo.

A srta. Burchwell olhou para a primeira página do prontuário e franziu o cenho.

— Antes de prosseguirmos, Sally, você precisa compreender que o suicídio não resolve problema algum. Quero que assine um formulário que tenho aqui. Ele afirma que você concorda em não tentar suicídio enquanto estiver se tratando comigo ou com qualquer pessoa indicada por mim.

— Acho que não posso assinar isso — respondeu Sally.

— Por que não?

— Não sei se consigo manter essa promessa, porque sinto que não tenho controle de tudo que faço.

A srta. Burchwell baixou o lápis e encarou Sally nos olhos.

— Pode me falar mais sobre isso?

Sally apertou as mãos e continuou:

— Sei que vai parecer maluquice, mas às vezes sinto que existem outras forças dentro de mim. Alguma coisa, ou alguém, que faz as coisas que me culpam de ter feito.

A srta. Burchwell se recostou na cadeira, tamborilou a caneta na mesa, depois se inclinou adiante para escrever algo em um bloquinho. Ela arrancou a folha e a estendeu para Sally.

— Esses são o nome e o endereço de um psiquiatra que conheço, que trabalha no Centro de Saúde Mental do Hospital Midtown, em Manhattan. Ele também tem um consultório particular. Normalmente, não aceita pacientes que tenham tentado suicídio, mas como você sente que suas ações estão fora do seu controle, talvez ele abra uma exceção.

Sally olhou para o nome. Dr. Roger Ash.

— Você acha que sou maluca?

— Não disse isso. Só não tenho o treinamento nem as ferramentas para lidar com as suas questões. É melhor consultar alguém que seja de mais ajuda.

Sally ficou sentada em silêncio e assentiu.

— Vou ligar para o dr. Ash e contar sobre o seu caso, mas primeiro quero que assine o contrato de não suicídio.

Sally pegou a caneta e lentamente escreveu "Sally Porter". Eu dei uma escapadinha e assinei também: "Derry Hall". A srta. Burchwell fingiu não perceber, mas seus olhos se arregalaram. Quando a psiquiatra ficou de pé para encerrar a consulta, Sally percebeu que a srta. Burchwell já tinha levantado voo.

Sally deixou o hospital e, enquanto caminhava as duas quadras até a estação elevada da linha Brighton Beach, tentou se lembrar de como chegara ali e o que havia acontecido, mas era tudo um vazio. No trem, ficou alerta e nervosa durante todo o caminho até Manhattan.

Uma hora depois, desceu na rua 72, tomou o ônibus para a Décima Avenida e caminhou os seis quarteirões até o apartamento. Estava escurecendo, e ela agarrava a bolsa com força, olhando nervosa para os lados o tempo todo enquanto rumava para o prédio de tijolinhos vermelhos. Ficou feliz de ver que havia fregueses na alfaiataria do sr. Greenberg, logo ao lado. Sempre tentava voltar para casa antes que o sr. Greenberg fechasse a loja. Muito embora o alfaiate baixinho tivesse mais de 75 anos, sentia-se segura ao subir a rua sabendo que havia alguém ali.

Subiu correndo os três lances de escada, examinou a porta para garantir que não tinha sido arrombada e entrou. Conferiu cada um dos quatro cômodos, os armários, debaixo das camas, olhou duas vezes a tranca das janelas e, quando teve certeza de que o apartamento não fora invadido, retrancou o cadeado triplo na porta, passou a fechadura de segurança e se jogou na cama.

No dia seguinte, buscaria ajuda, pensou. O psiquiatra saberia o que fazer. Contaria tudo a ele.

Eu até tinha pensado em aparecer e fazer umas comprinhas no dia seguinte, mas achei melhor ficar fora do caminho e observar. Por que não? Ouvir Sally tentar nos explicar para um psiquiatra seria interessante.

2

Sally se dirigiu ao consultório do dr. Roger Ash, que ficava na rua 57, depois da avenida Lexington, usando seu vestido florido favorito. O longo cabelo preto estava trançado em uma coroa, como naquelas fotografias de sua avó na Polônia. Eu teria ido com uma peruca loira.

Ficou sentada na recepção com as mãos no colo, como se estivesse esperando a missa começar. Quando a enfermeira finalmente a mandou entrar, Sally viu que o psiquiatra era bonitão e ficou assustada. Eu achei ótimo — meu tipo favorito de galã. Tinha uns quarenta e poucos anos, era bem alto, e eu poderia apostar que jogara basquete na faculdade. Uma mecha do cabelo preto não parava de cair sobre os olhos dele. Mas foram as sobrancelhas que me pegaram de jeito — sabe como é, né? —, escuras e espessas, compridas, quase se juntando em uma linha reta. Gosto muito de homens maduros e respeitáveis. Ia me comportar bem direitinho com aquele ali.

Tentei aparecer para falar com ele, mas Sally ficou esfregando o pescoço, bem no ponto onde eu estava causando uma dor de cabeça, e aguentou firme. Ela não ousou ceder diante do psiquiatra, e isso me incomodou, porque eu queria muito que ele me conhecesse. Dava para ver, pelo modo como o doutor a encarava, que Sally não estava causando uma boa primeira impressão. Os olhos dele, profundos e escuros, permaneceram calmos e profissionais. É assim que a maioria dos homens olha para Sally. Ela é tão apagadinha que ninguém fica interessado. Disse para mim mesma: Derry, ainda vai chegar sua vez. Ela não pode manter você trancada para sempre.

— A srta. Burchwell me falou de você pelo telefone — contou ele. — Estava ansioso para te conhecer, Sally. Posso te chamar de Sally?

A voz do médico parecia a de um âncora de jornal.

Sally assentiu, mas olhou para o chão, e isso me irritou, porque eu queria ficar encarando os olhos dele.

— Estou aqui para ajudar você, Sally. Que tal começar me dizendo o que está te incomodando?

Ela deu de ombros.

— Deve ter alguma coisa incomodando, Sally. Você disse para a enfermeira Vanelli, do Hospital Geral de Coney Island, que tentou cometer suicídio três vezes no último mês. Mas ela também mencionou que você contou que algo dentro de você está te obrigando a fazer certas coisas.

— Não quero parecer maluca.

— Não acho que você seja maluca. Por que acharia? Mas, para te ajudar, preciso saber mais sobre o que está te incomodando.

— Perder a noção do tempo me incomoda.

Ele a analisou e depois perguntou:

— Como assim?

Sally tremeu inteira. Pensava que nunca contaria aquele segredo a ninguém. Mas alguma coisa em sua cabeça não parava de repetir: *Confie nele. Está na hora de falar. Está na hora de procurar ajuda.*

— Sei que vai soar estranho, mas quando um homem chega... sabe... muito perto de mim, ou quando me sinto em perigo ou preciso agir sob pressão, me vem uma dor de cabeça, e aí, quando vou ver, o tempo passou, e eu estou em outro lugar.

— Como você explica essas coisas para si mesma?
— No começo, achava que era assim com todo mundo. Via gente sair de um lugar irritada e voltar sorrindo, ou o contrário. Ou então ficava olhando duas pessoas sendo amigáveis uma com a outra, e de repente uma delas ficava violenta. Pensava que só tinham tido um apagão e perdido a noção do tempo, como eu. Mas hoje sei que não é isso que acontece. E as tentativas de suicídio me assustam. Tem alguma coisa muito errada comigo, dr. Ash. Não sei o que é, mas é um inferno.

— Tente ficar calma, Sally, e me conte sobre o seu passado. Preciso te conhecer o máximo possível.

De início, ela ficou em pânico, como sempre acontecia quando pediam que falasse de si mesma, mas respirou fundo e começou a falar rápido:

— Tenho 29 anos. Não tenho irmãos nem irmãs. Sou divorciada. Me casei com o Larry um ano depois de terminar o ensino médio, só para ficar longe do meu padrasto. O meu pai mesmo, Oscar, era carteiro... Um dia ele desapareceu. Não voltou para casa. E o Fred se casou com a minha mãe seis meses depois. Eu nunca tive amigos. Era quieta, mesmo quando criança.

Ela parou para recuperar o fôlego, e o dr. Ash sorriu.

— Não precisa ter pressa, Sally. Vá com calma. Me fale da sua mãe.

Sally encarou o chão.

— Ela nunca me deixava ficar com raiva. Batia em mim, se eu ficasse. Cortou os pulsos quando eu tinha uns 19 anos, logo depois que saí de casa. Por muito tempo, não consegui acreditar, porque ela era católica. O Fred é protestante.

— Você é religiosa, Sally?

— Não vou muito à igreja hoje em dia. Acho que sou bem confusa com a religião. Sou bem confusa com muitas coisas.

— Me fale do seu ex-marido.

— O Larry é um comerciante da indústria da moda. Ele se dá bem porque é um ótimo mentiroso. Nossa, as mentiras que ele contou pro juiz sobre mim... Disse que eu sumia por semanas. Acredita que ele disse que tenho um temperamento violento, e que um dia saí de casa do nada, fui para Atlantic City e gastei cinco mil dólares da nossa poupança com jogo? Meu Deus, Larry não parava de mentir, e o juiz deixou os gêmeos com ele. E daí mês passado ele voltou no tribunal e falou pro juiz que fico perturbando ele, ligando tarde da noite e fazendo ameaças contra a vida dele e dos meus filhos. Dá pra acreditar? E ainda falou que eu fazia striptease em uma boate. O que também é mentira, porque perdi o emprego nessa boate e eu só limpava as mesas lá. Completamente vestida, garanto. E nem era pelo dinheiro. Quer dizer, a pensão dá e sobra. Mas preciso trabalhar. Tenho que fazer alguma coisa. Só que o juiz acreditou nas mentiras do Larry e revogou meus direitos de visita. — De repente, ela se deu conta de que estava falando alto, quase gritando, e levou a mão à boca. — Ai, dr. Ash... me desculpa...

— Está tudo bem, Sally. Não tem problema expressar seus sentimentos.

— Eu nunca grito.

— Você não estava gritando.

Ela ficou atônita por alguns segundos.

— Não? Na minha cabeça, pareceu que eu estava gritando.

— Certo. Acho que avançamos bastante na história, por hoje já está bom. Posso ver como é doloroso para você falar sobre o passado. Vamos aos pouquinhos.

Se ao menos Sally tivesse me deixado sair, eu teria explicado tudo e nos poupado muito tempo e energia. Tentei de novo, mas ela continuou resistindo, os músculos da nuca e do crânio se contraindo tanto que temi que ela tivesse uma convulsão. Minha nossa, eu só queria ajudar. Acabei decidindo esperar. Uma hora ou outra o dr. Roger Ash ia ter que falar comigo.

— O que eu tenho, dr. Ash? — perguntou ela.

— Vamos ter que descobrir, Sally. Vou aplicar alguns testes e fazer um exame físico completo hoje e gostaria que você fosse me ver no Centro de Saúde Mental do Hospital Midtown amanhã para uma entrevista com amital sódico.

— O que é isso?

— É um remédio, mais conhecido como soro da verdade...

— Não precisa disso. Não vou mentir.

— Claro que não, Sally. A questão não é essa. O remédio vai relaxar você e permitir que a gente se aprofunde nos seus pensamentos e sentimentos, sem as barreiras que nos impedem de descobrir o que está causando esses problemas.

— Quero ficar bem de novo, dr. Ash. Quero poder viver sem estar sempre conferindo o relógio, morrendo de medo de descobrir que perdi outros cinco minutos, ou uma hora, ou um dia, e sem saber onde esse tempo foi parar. O senhor não faz ideia de como é horrível... não saber onde esteve ou o que fez. O senhor precisa me ajudar, dr. Ash.

— Vou tentar, Sally. Mas, em troca, quero que prometa que vai cumprir o acordo que assinou com a srta. Burchwell. — Ele pegou a pasta e balançou a cabeça. — Ela deve ter comentado que, em geral, não aceito pacientes que tentaram suicídio. Por causa do seu problema incomum dos apagões e dos sentimentos de pressão interna que você relatou, fiquei interessado no seu caso. Você é diferente dos outros pacientes que geralmente atendo, e quero ajudá-la, mas você tem que me prometer que não vai se machucar.

Ela assentiu, chorosa.

— Vou tentar.

— Isso não basta — respondeu ele, batendo o dedo na pasta sobre a mesa. — Não basta *tentar*. Insisto que você se comprometa por inteiro.

— Tudo bem. Prometo que não vou me machucar.

Queria que ela tivesse perguntado por que ele não aceitava pacientes que tinham tentado suicídio. Não que a promessa de Sally fosse valer de alguma coisa, já que não era ela quem queria morrer — era a Nola. Mas eu pensei: certo, vou ajudar a ficar de olho na Nola até a gente ver do que Roger Ash é capaz.

Quando ela saiu do consultório de Roger, percebi que estava assustada. Pegou um táxi direto para casa. Depois de pagar o motorista, rumou para o prédio, mas o sr. Greenberg acenou para ela da janela da alfaiataria. Era um velhinho magro e encarquilhado, de cabelo branco e uma corcunda que fazia parecer que estava sempre curvado.

A princípio, Sally não teve certeza se era com ela, mas o vizinho foi até a porta e a chamou.

— Srta. Porter, estou com suas roupas prontas aqui já faz tempo. Não quer levar? Hein? Não quer levar suas roupas?

— Roupas? Minhas? Não me lembro delas.

Sally o seguiu loja adentro e se virou, sobressaltada, ao notar um manequim masculino vestido de policial: quepe, distintivo, porrete e tudo. Deu risada.

— Por um momento, pensei que fosse um policial de verdade.

Greenberg precisou inclinar a cabeça para conseguir vê-la por trás da corcunda.

— Esse é o Murphy — explicou. — Acabei de comprar de segunda mão. Não é bonitão? Vou colocar ele virado pra porta de vidro de noite, para espantar os ladrões. Já fui roubado quatro vezes. Hein? Quatro vezes! Roubaram os ternos dos meus clientes. Foi terrível.

— Mas de que vai adiantar um manequim? — perguntou Sally.

Greenberg estava repassando as roupas na arara, pegava várias e deixava no balcão.

— O manequim não adianta de nada. É o uniforme da polícia perto da porta que vai causar um efeito psicológico. Talvez o ladrão decida ir roubar outra loja. Hein? É melhor roubar outra loja.

— Por que você chama ele de Murphy?

Greenberg deu de ombros.

— Pra se enturmar melhor com os outros policiais. É melhor do que se o nome fosse Cohen. Hein? Cohen não combina.

Ele estendeu as roupas para ela.

— Deu 18,98 dólares.

Sally olhou para o vestido vermelho-vivo, o terno preto sob medida e um vestido tubinho azul.

— Isso não é meu.

Greenberg a encarou.

— Como assim? Está escrito aqui nas três etiquetas: Porter, rua 66 Oeste, 628.

Ela examinou as etiquetas cor-de-rosa, tentando esconder a confusão. Muitas vezes já descobrira no armário roupas que não se lembrava de ter comprado. Havia sempre as notinhas do cartão de crédito ou recibos de pagamento em dinheiro. Aquela era a primeira vez que se esquecia de ter levado roupas para o alfaiate, mas não podia deixá-lo perceber.

— Além do mais, lembro quando me pediu para subir a bainha do vestido vermelho — disse ele. — Ficar provocando um velho daquele jeito... Já disse que tenho idade para ser seu avô. Hein? Seu avô! Lembro, porque, quando me pediu para alargar o vestido azul e ajustar o terno preto, você não estava agindo daquele jeito. — Ele abriu uma sacolinha plástica alfinetada ao terno. — Você deixou esse broche prateado de peixe-voador no bolso do terno. — Então ele sorriu, batendo os dentes falsos. — Mas sempre que quiser que eu faça a bainha de um vestido, garanto que será um prazer. Hein? Um grande prazer.

Sally não se lembrava de nada daquela história. Frustrada, pagou a conta e saiu às pressas, quase derrubando o manequim de uniforme policial, levando as roupas para o apartamento. Estava tão confusa que rumou para uma porta no segundo andar em vez de no terceiro. Quando não viu seu nome na porta, recuou e subiu correndo.

Como sempre, conferiu o buraco e a chapa de metal da fechadura, buscando sinais de arrombamento. Destrancou a pesada porta de metal cinza e entrou. Olhou em volta, momentaneamente incerta do que fazer com as roupas. Observou-as de perto, tentando despertar alguma memória de tê-las comprado. Nada. Pendurou-as no armário do quarto, no fundo, fora de vista. Um dia teria que descobrir como seu nome fora parar no recibo e com quem o sr. Greenberg a confundira. Ele estava velho e míope. Só isso. Tinha confundido Sally com outra pessoa.

Tirou os sapatos e os guardou cuidadosamente, pendurou o vestido e lavou a meia-calça. Jantou comida semipronta e comeu um pacote de bolinhos Twinkies de sobremesa. Embora o apartamento estivesse imaculado, passou o espanador, aspirou a sala de estar e reorganizou os bichos de pelúcia na cama.

Não entendia por que estava tão cansada às oito da noite, por que acordava tão sonolenta de manhã e se sentia exausta durante a maior parte do dia. No dia seguinte, teria que arrumar um emprego. A pensão alimentícia não daria conta do tratamento psiquiátrico. Perguntou-se que tipo de emprego arrumaria, mas se pegou bocejando. Pensaria nisso de manhã. Tomou um banho, lavou o cabelo, bebeu um copo de leite morno e escolheu uma história de detetive para ler na cama. Mas dormiu assim que a cabeça pousou no travesseiro.

O que ela não sabia era que eu gostava de ficar acordada até tarde e assistir aos programas da madrugada. Naquela semana, a ABC estava passando uma maratona dos filmes do Humphrey Bogart. Quando ela dormiu, eu apareci, fiz pipoca e me acomodei para assistir a Bogie e Hepburn em *Uma aventura na África*. Adoro esses filmes antigos.

De manhã, Sally acordou na poltrona de frente para a televisão e entrou em pânico. Ligou para o telefonista para saber a data, aliviada ao descobrir que não perdera um dia inteiro.

Depois de um café e um muffin de milho, decidiu sair para procurar emprego. Não sabia por onde começar e não parava de pensar em coisas como seu último trabalho, operando uma máquina que enfiava os cabos de plástico nas chaves de fenda.

Já desisti de falar com Sally, porque ouvir vozes faz ela surtar, mas descobri que, se pensar com muita força, consigo influenciar as decisões dela. Eu me lembrava de ter visto uma placa dizendo PROCURA-SE GARÇONETE em um restaurante chamado Yellow Brick Road, no East Side, alguns dias antes, enquanto estava correndo. Então me concentrei no nome do lugar, que significa "estrada de tijolos amarelos". Não funcionou, porque o que ela acabou pegando foram as Páginas Amarelas. (Pelo menos ela acertou a cor!) Sally começou a ligar para vários restaurantes, partindo da letra A, perguntando se precisavam de garçonete com experiência.

Imaginei que ela nunca fosse chegar à letra Y. Então me concentrei mais ainda e percebi que Sally estava ficando mais e mais confusa. Por fim, só gritei:

— Estão precisando de garçonete no Yellow Brick Road!

Ela tomou um susto tão grande que deixou cair o telefone e ficou olhando para o aparelho sobre o tampo da mesa. Depois, pegou-o de volta e disse "Alô?" algumas vezes, pensando que o telefonista ou alguma outra pessoa tivesse falado com ela pelo telefone, só podia ser isso, mas escutou apenas o som da linha muda. Daí a ficha caiu, e ela foi passando o dedo ao longo do catálogo telefônico até chegar ao Yellow Brick Road, na rua 72 com a Terceira Avenida. E, graças a Deus, eles tinham um grande anúncio: CAFÉ E RESTAURANTE. ENTRETENIMENTO E DANÇA TODAS AS NOITES. Sally ligou e foi atendida por um tal Todd Kramer, que disse ser um dos sócios e que, se ela estava interessada no emprego, deveria aparecer para uma entrevista.

Sally deu uma olhada nas roupas no armário, tentando decidir o melhor figurino para uma entrevista de emprego. Tentei fazer com que ela escolhesse o conjuntinho marrom da Nola ou meu vestido azul, mas ela se decidiu por uma roupa xadrez com cara de senhorinha, e eu desisti de vez. De que adiantava tentar?

O Yellow Brick Road tinha um toldo comprido e amarelo sobre o espaço que levava da rua às portas duplas de vidro. Sally caminhou sob ele, depois seguiu o tapete de tijolos amarelos escada abaixo, pelo corredor, passando pelas portas marcadas como "Munchkins" e "Munchkinas", e acabou na estampa de espiral amarela na frente do Bar da Cidade das Esmeraldas, onde um bartender gordo estava limpando copos. O lugar estava escuro, a não ser por uma lâmpada sobre uma mesa do outro lado da pista de dança, onde um grupo de homens jogava cartas.

Era tudo tão luxuoso e glamoroso que ela ficou com medo e se virou para sair.

— Posso te ajudar, moça? — perguntou o bartender.

— Eu tinha um horário marcado com o sr. Todd Kramer. É sobre a vaga de garçonete...

O bartender apontou com o pano de prato para a mesa de carteado.

— O sujeito loiro.

— Acho melhor eu não incomodar enquanto ele está jogando.

O bartender analisou uma mancha em um copo.

— Se for assim, não vai falar com ele nunca.

Sally ficou em dúvida sobre interromper o jogo de cartas ou sair sem fazer a entrevista. Por fim, apertando a bolsa, rumou para a mesa, constrangida com o estalo alto dos saltos na pista de dança vazia.

Os homens ergueram os olhos quando ela se aproximou. O loiro bonito, com uma testa alta e os olhos mais azuis que ela já vira, tinha na boca um palito de dente inclinado de modo relaxado. Pareceu a Sally uma personagem de filme de faroeste, só que vestia jeans e uma camisa de denim amarrotada.

— Sr. Kramer?

Ele tirou os olhos das cartas, espiou-a de cima a baixo com desinteresse e voltou a encarar a própria mão.

— Aumento cinco — disse, jogando alguns palitos na mesa. Sua voz era surpreendentemente suave e baixa.

— Desculpa incomodar. Meu nome é Sally Porter. Liguei sobre o emprego de garçonete, mas posso voltar...

— Só um minuto. — Ele se inclinou para a frente e sorriu enquanto, devagar, observava a mesa. — Três dez.

— Foi mal, Todd — respondeu um homem pequeno que tinha as feições de uma foca. — Peguei um *straightzinho* — vangloriou-se, puxando para si a pilha de palitos.

Baixando as cartas com raiva, Kramer arrastou a cadeira para trás e se pôs de pé, derrubando o assento.

— Cartas filhas da puta — gritou. — Pode me tirar das próximas rodadas. — Ele saiu na frente de Sally, chamando-a com o dedo indicador sem sequer olhar em sua direção.

— *Inside straight* desgraçado de merda. Aposto que aquele filho da puta estava roubando — resmungou.

Ele a conduziu até um dos bancos do bar e se sentou ao seu lado. Sally estava nervosa e confusa, sabia que ia estragar a entrevista, então comecei a forçar para assumir o controle. Ela geralmente resiste à dor de cabeça, mas daquela vez estava em pânico — como sempre ficava em entrevistas de emprego. Quando sentiu o arrepio, pegou-se dando no pé. A última coisa que fez foi olhar para o relógio do bar, o velho truque que aprendera quando a gente ainda era criança, para saber quanto tempo se passara durante os apagões.

15h45.

Ufa. Já estava na hora de eu sair.

Todd Kramer franziu o cenho e me encarou com a cabeça inclinada, da mesma forma que fizera para examinar as cartas.

— Aconteceu alguma coisa?

— Eu aconteci — falei. — Você precisa de uma garçonete, e eu sou a mais rápida e a com mais experiência que você vai encontrar e que tenha menos de 30 anos. Sou bem do que esse lugar precisa: a bruxa má da zona oeste.

Olhei-o nos olhos, cruzei as pernas para mostrar uma parte das coxas, e sorri. Todd engoliu em seco.

— Você mudou do nada.

— É assim mesmo. Eu trabalhava de modelo — menti. — A gente se guarda para quando a câmera está ligada e os holofotes, acesos. Aliás, percebi que vocês também fazem shows aqui. Olha, não sou nenhuma Judy Garland, mas, quando estou de bom humor, sei cantar e dançar, e fico muito bonitona de minissaia.

— Aposto que fica.

— Quer me testar?

Ele me observou com aqueles olhos azuis. Estava interessado.

— Volte às cinco e meia para conhecer o meu sócio. O Eliot tem que aprovar todas as contratações. Você vai trabalhar mais com ele do que comigo. Eu fico mais nos bastidores. Tenho outros interesses.

— Tipo o quê?

Ele arqueou as sobrancelhas.

— Umas coisas aí.

— Conta, vai... Adoro saber o que as pessoas fazem.

— É que eu trabalho na Pista de Corrida de Nova York durante a temporada de corrida de arreio. Mas vou passar a maior parte do tempo aqui.

— Ah, os trotadores. Adoro cavalos. O que você faz lá? Você é grande demais pra um jóquei.

Ele riu.

— Um amigo meu é o gerente de eventos especiais. Quando alguém quer fazer uma organização política, uma convenção ou um projeto de levantamento de fundos, eu ajudo com a parte da publicidade.

— Parece divertido.

— É trabalho.

— Posso perguntar outra coisa? — pedi. — Não quero ser intrometida, só estou curiosa.

Todd assentiu.

— Quanto valiam aqueles palitos?

Ele pegou um no bolso e colocou na boca.

— Uma caixa custa só 49 centavos, mas a gente compra por pacote.

— Quis dizer no jogo. Vocês estavam usando palitos em vez de fichas, né? Quanto eles valiam?

— Nada.

— Nada?

Ele me encarou como as pessoas fazem por cima dos óculos de leitura, só que o Todd não estava usando óculos.

— Não jogo mais por dinheiro — contou, mordiscando o palito de dente. — Era só uma partidinha de pôquer para passar o tempo.

— Espero que não tenha problema eu ter perguntado.

Ele balançou a cabeça, ainda parecendo intrigado, como se estivesse tentando me compreender.

— Te vejo às cinco e meia.

Quando saí, resolvi não deixar Sally voltar antes da entrevista com o sócio do Todd. Ela só ia estragar tudo. E já que eu ia fazer a maior parte do trabalho, decidi que tinha direito a um adiantamento pela minha parte para fazer umas compras e arrumar alguns vestidos que fossem minha cara. Não entendia o péssimo gosto que Sally tinha para roupas, sempre dois anos atrasada no comprimento certo. Eu sempre passava vergonha quando aparecia e me pegava atraindo uns olhares patéticos. Uma vez recortei algumas fotos do caderno de moda do *Sunday Times* e deixei um recado para Sally, na tentativa de ensiná-la uma coisa ou outra. Mas ela ficou doidinha quando viu as fotos e o recado, então nunca mais tentei esse método.

Fui para a Bloomingdale's e escolhi um traje azul para a entrevista de emprego com o Eliot. Eu me enfiei num tamanho 42 e decidi que ia jantar queijo cottage. As outras não davam a mínima para a silhueta, e era sempre eu quem tinha que perder uns quilinhos.

Voltei para o Yellow Brick Road às cinco e meia, e eles estavam se preparando para a noite. O candelabro de cristal agora girava, pontilhando o chão, o teto e as paredes com brilhos esmeralda. Garçonetes em tops e saias curtas de lantejoulas verde-esmeralda arrumavam as mesas.

A partida de pôquer estava terminando, e Todd guardava os palitos de dente em um saquinho plástico.

— O Eliot vai chegar daqui a pouco — falou. — Por que você não espera lá no escritório dele?

— Espero que ele goste de mim.

— Você é mulher, não é? Sem querer ofender.

Eu ri.

— Não me ofendeu.

Todd me levou a um escritório nos fundos, com paredes cobertas de fotografias, a maioria retratos autografados de belas subcelebridades abraçando um empresário gordo e grisalho em um terno risca de giz, com os dizeres: *Para meu bom amigo Eliot.*

Cinco minutos depois, a porta se abriu, mas o homem que entrou apresentava apenas uma leve semelhança com o das fotografias. Estava magro, usava calças cáqui e uma camiseta azul de seda com o colarinho aberto, exibindo uma grossa corrente de ouro no pescoço. Anéis largos de diamante cintilavam nos dedos de ambas as mãos, e o cabelo estava pintado de preto.

— Eliot Nelson — apresentou-se, e ao me ver boquiaberta moveu a cabeça na direção das fotos. — Bem diferente, né? Fiz uma dieta pesada ano passado e perdi mais de quarenta quilos. Pareço um novo homem, hein? Nada mal para um cara de 45 anos.

Ele sorriu, os olhos enrugados e o queixo erguido. Tudo nele era magro e coriáceo, mas, com aquelas bochechas caídas, a papada e as bolsas sob os olhos, ele parecia um buldogue risonho e amigável.

— Você parece vinte anos mais jovem — menti.

Imaginei que ele estivesse passando por algum tipo de crise da meia-idade, e me identificava com a coisa da dieta.

— Então você quer ser garçonete. Tem experiência?

— Já servi mesas em todo tipo de lugar, de pés-sujos a restaurantes chiques. Meu último emprego foi no Deuces Wild, em Newark.

Ele assentiu e me lançou um olhar voraz.

— Está bem, vamos fazer um teste. Pode começar no turno do jantar de hoje. Você deve ter impressionado o Todd, porque ele geralmente não dá atenção para as mulheres.

— Você não vai se arrepender — afirmei. — Sou boa mesmo, e rápida.

Ele passou a mão pela minha cintura.

— De rápida, eu gosto, mas espero que não seja boazinha demais.

Dei um tapinha leve na bochecha dele e respondi:

— Sou rápida com os pés e boa com as mãos. Faixa preta no caratê.

Ele riu e ergueu as mãos.

— Estava brincando. Mas de repente podemos lutar um kung fu qualquer hora dessas. Vamos lá, vou te apresentar à Evvie, a chefe das garçonetes. Ela vai te ajudar.

Evvie arrumou um uniforme de lantejoulas amarelas e esmeralda para mim, depois me mostrou onde me trocar. Ela me apresentou às outras garçonetes, aos cozinheiros, aos assistentes de cozinha, aos ajudantes, me mostrou onde ficavam os cardápios e repassou o sistema de comandas.

— Você só precisa ter cuidado com o Eliot.

— Como assim?

— Desde que perdeu peso, ele virou um garanhão. Um Don Juan velho de mãos bobas. É um perigo.

— Vou ficar de olho — respondi, rindo.

— Não tem nenhuma graça quando ele te pega atrás do balcão ou na cozinha. Estou com a bunda e as coxas todas roxas dos beliscões dele. O Eliot já traçou três esposas e sete garçonetes, que eu tenha visto.

— E o outro?

— O Todd? Vivia jogando e não tinha tempo pra mulher, mas agora que entrou para o Jogadores Anônimos, não dá pra saber. Pode ser que redirecione a energia.

— Obrigada pelos avisos.

Como a garçonete mais nova, peguei a área mais afastada da pista, então pude ficar olhando o maître conduzir os fregueses para as mesas. Observei Evvie tomando os pedidos, indo ao bar para buscar os drinques e depois deixando as comandas na cozinha. Bem fácil.

Enfim, um grupo de seis pessoas se sentou na minha área. Para meu azar, eram três casais rabugentos de meia-idade, e deu para ver de cara que meus primeiros clientes seriam dureza.

— Querem algo do bar? — perguntei.

— Um dry martíni de vodca, bem seco — pediu um dos homens, me dando uma piscadela.

Ele era grande, com o pescoço grosso de um jogador de futebol americano. Parecia um revendedor de carros usados.

— Nada disso — disse a esposa. — Leonard, se você tomar um drinque que seja, vou me levantar e ir embora.

Ele cancelou o martíni, infeliz. E nenhum dos outros quis nada do bar também. Anotei os pedidos do jantar e, no caminho para a cozinha, pedi ao bartender para preparar um dry martíni de vodca bem seco, sem azeitona, e colocar em um copo de água. Desviei de um beliscão de Eliot enquanto pegava o drinque.

Quando voltei para a mesa, fingi ver algo de errado no copo d'água de Leonard.

— Este aqui está sujo, senhor. Vou pegar outro copo. — Botei o martíni na mesa e dei uma piscadela para que ele me entendesse. — A água é por conta da casa.

Quando voltei com os frutos do mar e as costelas bovinas, Leonard piscou para mim e me estendeu o copo vazio.

— Quero mais água, por favor.

Ele me passou discretamente o dinheiro para pagar pelos martínis e acrescentou uma gorjeta de cinco dólares. Quando ele estava de saída, perguntei em que trabalhava, e Leonard contou que era dono de uma peixaria.

Servi às outras mesas com rapidez e eficiência, brincando com as clientes mulheres e fazendo piada com os homens que flertavam comigo. Foi divertido. De todos os empregos que Sally tivera, meus favoritos sempre eram servir mesas, porque, não importava o tipo de restaurante, eu gostava de conhecer gente diferente e tentar adivinhar o que faziam e de onde vinham. Além disso, vamos ser sinceros, é sempre empolgante encontrar dinheiro na mesa depois que eles vão embora ou ver como apreciaram seu serviço quando acrescentam uma bela gorjeta no pagamento com cartão de crédito.

Eu só não gostava de fazer o fechamento da área e arrumar a mesa para os próximos clientes, nem de encher os saleiros e pimenteiros e os potes de condimentos, de limpar os potes de ketchup e ajeitar a toalha e os talheres. Então pensei em deixar essa parte para Sally. Depois de trocar as gorjetas por notas e enfiá-las no sutiã, por segurança, eu me retirei.

Sally surgiu, confusa. Só se lembrava de estar sentada em um banquinho, sendo entrevistada por Todd Kramer para aquele emprego. Ela ergueu os olhos para o relógio. Seis horas e quinze minutos tinham desaparecido. Eram dez da noite, e ela estava usando um top decotado e uma saia bem curta de lantejoulas verdes. O lugar ficara quase vazio, mas as mesas agora estavam cheias de louças sujas, os corredores pontilhados de guardanapos e papéis, e as outras garçonetes estavam sentadas no bar, contando as gorjetas.

— E aí, gatinha, que tal outro uísque com refri?

Ela ouviu a voz, viu o cliente gordo e baixinho pelo canto do olho, mas não teve certeza de que estava falando com ela. Ficou parada ali, incapaz de se mover, porque sua mente não tinha controle sobre o corpo.

— Algum problema? — perguntou uma voz baixa e suave.

Ela ergueu os olhos para o rosto preocupado de Todd, que mascava um palito enquanto a observava.

— Não. Só uma dorzinha de cabeça. Eu... Eu... — Então ela notou o bloco de comandas que tinha na mão. — Não lembro onde deixei meu lápis.

— Está no seu cabelo. — Ele estendeu a mão, puxou e entregou o lápis. Em seguida, pousou a mão no braço dela de forma reconfortante. — Você trabalhou muito bem hoje. É uma boa garçonete. Acho que aquele cliente ali está te chamando.

Ela se pôs em movimento e foi até o homem gordo acenando. Anotou o pedido de uísque com refrigerante, mas, quando se virou, sentiu a mão dele descendo por sua bunda e apertando.

Sally soltou um gritinho e deixou cair o copo, que se quebrou. Saiu correndo do salão para o banheiro feminino e tentou se recompor.

Olha, é disso que estou falando. Ela não devia ter ficado tão nervosa e levado o cara tão a sério. Devia ter brincado com ele, dado corda. Caras gostam disso. E aí tudo corre bem e você ganha uma bela gorjeta. E daí que ele te belisca? Uma passada de mão não tira pedaço. Mas Sally não é assim. Fica pê da vida até se um cara encosta o dedinho nos peitos dela. Ficou sentada no vaso, dizendo a si mesma que precisava aguentar firme. Coisas assim já tinham acontecido muitas vezes, mas agora o dr. Ash iria ajudá-la a entender o motivo. Ele precisava ajudá-la a recuperar o controle da própria cabeça.

Sally sentiu um bolo no sutiã, enfiou a mão e pegou o rolo de notas. Quarenta e três dólares. Bem, pensou, o que quer que tivesse feito naquela noite, não fora um mau serviço. Todd Kramer dissera que ela era uma boa garçonete, e as gorjetas comprovavam.

Saiu do banheiro, sentindo-se sob controle, mas agitada. Deu um pulo quando Eliot perguntou se ela estava bem. Não o conhecia, mas ele parecia um dançarino de salão de meia-idade.

— Só um pouco cansada — respondeu, cautelosa.

Eliot sorriu.

— Pode ir pra casa. Vou pedir para uma das meninas fechar a sua área. A primeira noite às vezes é cansativa mesmo, mas o Todd e eu queremos te dizer para não se preocupar. O emprego é seu.

Então ele era o tal sócio que a tinha contratado. Sally jamais teria imaginado.

Agradeceu e, ao ver duas outras garçonetes rumando para um cômodo com a placa "Somente entrada de funcionários", ela foi atrás, confusa a princípio por não encontrar o vestido que estava usando naquela manhã. Ficou enrolando por ali, esperando as outras se vestirem, e conforme elas pegavam suas roupas e penduravam o uniforme, só sobraram três trajes: um conjuntinho verde, um vestido azul, e uma saia e um suéter amarelos e vermelhos. Sally voltou para o banheiro e ficou por lá até as outras garçonetes terem terminado de se trocar. Só sobrara o vestido azul, então ela o experimentou. Ficou um pouco apertado, mas esperava que fosse dela, ou teria que se explicar depois.

Quando saiu, Eliot lhe deu uma piscadela.

— Até amanhã.

Sally assentiu, mas estava pensando que não tinha a menor intenção de voltar ali. Eles eram muito legais, mas o lugar era caótico e frenético demais para o seu gosto.

3

No dia seguinte, Sally foi ao Hospital Midtown, no cruzamento da Lexington com a rua 52. De fora, a ala do Centro de Saúde Mental parecia um prédio de escritórios qualquer, todo de vidro cromado. Maggie Holston, a enfermeira magricela e bochechuda do dr. Ash, a levou para uma sala de exames e ficou para tomar notas.

— Gosto de explicar o máximo possível para os meus pacientes — disse Roger. — O amital sódico vai nos ajudar a ultrapassar seus bloqueios mentais e auxiliar você a lembrar coisas que esqueceu. Depois que você estiver sob o efeito da droga, vou usar um processo chamado regressão de idade para levá-la de volta à infância, o que vai nos ajudar a desvendar algumas pessoas e eventos que podem elucidar os seus problemas.

Sally estava bem assustada. Eu a sentia tremendo. Ele aplicou a injeção, depois pediu que ela fizesse uma contagem regressiva começando em cem. Por volta do 88, ela começou a pular números, se confundindo, balbuciando. Parecia estar com a boca cheia de algodão.

— Sally, veja bem — disse ele. — Não durma. Fique acordada e se concentre. Vamos voltar à sua infância. Quando eu contar até cinco, você vai voltar para uma época anterior aos apagões ou aos esquecimentos. Você vai abrir os olhos e visualizar tudo na sua frente, como se fosse em uma televisão e tudo estivesse acontecendo com outra pessoa. E vai descrever tudo que ver, ouvir e cheirar. Entendido?

Ela assentiu.
— Muito bem. Um, dois, três... quatro... cinco!

Ela abre os olhos, encara a televisão em sua mente e diz a ele o que vê.

Ela é bem novinha. Seu pai, Oscar, um homem magro de ombros caídos, bigodinho fino e pálpebras pesadas, a leva consigo nas rotas de entrega, deixando que Sally coloque as cartas nas caixas de correio ou as entregue às senhoras esperando na porta, que lhe acariciam o cabelo por ser uma menina tão boazinha. Uma mulher lhe dá um pedaço de torta, e ela deixa cair o recheio quente de maçã no vestido verde, mas Oscar nem percebe. Ele se afasta, sorrindo para si mesmo como se estivesse rindo durante o sono. Quando a bolsa de couro fica vazia, põe Sally dentro dela. Sally está tão feliz. Sabe que o pai a ama muito, e adora quando ele narra contos de fadas saídos de sua infinita bolsa mágica de carteiro, toda noite na hora de dormir. Mas uma vez, quando ela tem 4 anos, ele para no Shamrock para tomar umas, e a ergue da bolsa para o balcão do bar, e ela fica com medo porque ele já acabou bêbado demais duas vezes e a deixou para trás. Também a perdeu uma vez no circo do Madison Square Garden, depois de beber de um frasco de bolso, e outra vez entrou no trem do metrô sem ela. Sally ficou tentando passar pela multidão, chorando e gritando, e quando o policial a pegou no colo, ela berrou:

— Meu papai se perdeu! Tenho que achar meu papai!

Um dia, depois de perder uma bolsa inteira de correspondências, ele desapareceu de vez. A mãe disse que ele provavelmente enchera a cara, caíra no rio Hudson e se afogara, mas Sally nunca acreditou nisso. E até hoje, sempre que vê um uniforme de carteiro, ela sai correndo para ver se é um homem com ar cansado, olhos caídos e tristes e um bigode fininho, rindo consigo mesmo. Sally tem certeza de que ele acha que a perdeu em algum lugar e está procurando por ela.

— Muito bem, Sally. Agora relaxe. Está tudo voltando. Pode ver seu padrasto e sua mãe?

O canal muda, e Sally vê a casa de cômodo único e a descreve. Está de noite. O lugar é uma bagunça. A cama de casal está desarrumada, e o colchão dela fica ao lado. O fogão a lenha está rachado. Sua mãe está costurando. Ela engordou, e usa um vestido doméstico sem graça. O cabelo castanho está preso em um coque. As rugas sob os olhos dão a impressão de que chora com frequência.

Sally, sentada no chão brincando de boneca, vê o padrasto, Fred Wyant, desligar a televisão. Ele se levanta da cadeira de vime e diz:

— Vivian, tira a criança daqui.

— Estou cansada, Fred. Com dor de cabeça... — diz a mãe.

Fred a fuzila com olhos cheios raiva e ergue o boné que usa sempre, até dentro de casa, descobrindo o buraco na careca, onde rachou a cabeça em uma briga de bar.

— Eu mandei você tirar a criança daqui. A gente vai pra cama.

Os ombros da mãe caem, e ela suspira. Seu rosto, antes suave e bonito, se tornou inchado e pálido nas bochechas e sob os olhos, de modo que parece feito de uma massa murcha.

Ela larga a costura de volta na cesta e coloca Sally e as quatro bonecas no armário, e Sally começa a chorar baixinho, porque tem medo do escuro.

A televisão em sua mente fica preta, diz Sally, e ela escuta o som de alguma coisa — talvez de uma cadeira — sendo escorada contra a porta do armário. Sally empurra, mas a porta não se mexe. Depois de alguns minutos, a cama começa a ranger, e ela imagina os dois pulando no colchão. Era esse o som quando ela pulava na cama e a mãe gritava para que parasse. Ela imagina que eles estejam pulando na cama, para fazer aquele som, e não entende por que não pode ver. Pensa que deve ser muito feio ficar pulando na cama, porque sua mãe sempre grita para ela parar quando Sally pula, mas, quando são eles que pulam, ela é trancada no armário.

Quando a mãe abre a porta e a deixa sair, Fred está dormindo na cama, roncando de boca aberta, como sempre, de modo que consegue ver os dentes da frente faltando, e Sally se arrasta para o colchão dela.

Lágrimas escorrem pelo seu rosto, e ela treme ao se lembrar da vez em que a mãe se esqueceu de colocar a cadeira, ou então não a escorou direito sob a maçaneta. Sally consegue abrir um pouco a porta do armário e vê os dois pelados sob a luz amarela do abajur. Não estão pulando. A mãe está com os joelhos e as mãos na cama, a bunda empinada, e Fred está colado nela, metendo do jeito que os cachorros fazem. O rosto dele está corado e a cabeça parece grande e redonda demais para o corpo magro, e ele está grunhindo.

Quando Fred se afasta e Sally vê a coisa que ele estava metendo em sua mãe... meu Deus, ela fica apavorada. Desmaia.

Ao se lembrar disso, Sally grita e começa a se balançar, suor escorrendo pelo rosto. Sente a dor lancinante no pescoço e nos olhos, e bem ali, na sala de exames, tem um apagão.

Bella abriu os olhos e espiou ao redor, se perguntando que merda estava rolando ali, mas ficou animada ao ver Roger. Umedeceu os lábios e usou sua voz rouca e sedutora igual à de Mae West.

— Olá, bonitão...

Ele arregalou os olhos e fez menção de falar algo, mas não falou. Olhou de relance para Maggie e chamou a atenção dela com um discreto aceno de cabeça. Ela estava de boca aberta.

Quando Bella se deu conta de que estava em uma mesa de exames, sentou-se, jogou as pernas para o lado e passou as mãos pelos quadris. Ainda na persona sedutora, com a voz rouca, falou:

— Não sei qual é o problema, doutor, mas espero que não impeça a gente de se ver um dia desses. — Quando os outros dois continuaram calados, Bella abandonou a persona e deu risada. — Vocês estão com uma cara que parece até que um paciente morreu e ressuscitou. Espero que não seja uma doença antissocial.

Roger recuperou a voz, mas saiu fraca.

— Você pode me dizer seu nome, para a gravação?

— Estão fazendo uma gravação? Não estou ouvindo música nenhuma.

— Quis dizer a gravação da nossa conversa.

— Ah, esse tipo de gravação. Meu nome é Bella. Significa "bonita" em italiano. Eu não falo italiano, mas um olheiro que estava *muito* interessado em mim me contou isso um dia.

Roger assentiu, e deu para ver que estava lutando para se manter tranquilo.

— Pode me dizer sua idade?

— Tenho mais de 18 — respondeu ela com uma risadinha.

— Você sabe onde está?

Bella olhou em volta.

— Bem, estou em uma mesa de exame, né? E você está usando um jaleco branco. Talvez seja um set de *General Hospital* e eu esteja fazendo teste para algum papel da novela.

— Ela se espreguiçou e levou as mãos à cabeça, adotando uma pose bastante sugestiva. — Faço qualquer coisa pela chance de começar a atuar. Sou muito talentosa.

— Eu sou médico, Bella. E estou aqui para te ajudar.

Bella riu.

— Nossa, essa já está ficando velha.

— Esta aqui é Maggie Holston, minha enfermeira. Eu sou o dr. Roger Ash, seu psiquiatra.

Ela se empertigou de repente.

— Psiquiatra?! Pode ir parando. Eu não sou maluca.

— Claro que não. Mas estou aqui para te ajudar a lidar com seu problema.

— Não tenho problema nenhum.

— O nome Sally Porter te diz alguma coisa?

Ela se recostou e olhou para o teto com uma expressão de desdém.

— Ai, merda! Então é isso.

— Então você a conhece.

— Não pessoalmente, mas já ouvi falar dela por alguém que a conhece.

— Quem?

— Derry.

— Derry do quê?

— Só Derry, não sei se tem sobrenome. Mas também já vi as roupas da Sally e li umas correspondências dela, e posso te dizer que ela é a pessoa mais burra, mais sem graça e mais entediante de que já ouvi falar.

— Por quê?

— A Derry diz que a Sally só quer ficar em casa, fazendo faxina. Só pensa em recuperar a guarda dos gêmeos daquele ex-marido idiota. Ela nunca quer sair para dançar ou ver um show. Nunca fuma unzinho. Jesus, que vida de merda que ela tem.

— Qual a relação dela com você?

Bella refletiu por um segundo.

— Não sei bem.

— Então como é que funciona? Vocês têm algum tipo de contato? Você chega a aparecer quando a Sally está presente?

— Sabe quando você quer fazer xixi, mas todas as cabines do banheiro feminino estão fechadas, e não dá para entrar porque as trancas dizem que está ocupado? É igual: você fica esperando, ouvindo os sons de gente cagando e das descargas, mas só dá para uma pessoa usar a cabine por vez. Mas, como eu disse, a Derry me fala dela.

— Então você não sabe o que se passa na cabeça da Sally?

— Eu nem sabia que ela tinha uma cabeça.

— Você tem noção das coisas que acontecem quando não está presente?

— Só o que consigo deduzir. Tipo, ano passado, antes do divórcio, apareci e descobri que ela estava em uma festa de casamento. Bem incomum, porque geralmente sou eu que vou às festas. Mas a Sally e o Larry, o ex-marido, tinham sido convidados, e de repente eu estava na pista de dança e tinha um cara colado em mim, e dava para sentir a ereção dele. Aí entendi por que eu apareci. A Sally não sabe lidar com homens. Dancei com esse cara a noite inteira e fiquei sabendo que ele era um amigo da noiva. Eu nem conhecia o casal, mas gostei do cara. Fomos para o quarto de hotel dele, ele tirou minha roupa na cama, beijou os meus peitos, e essa é a última coisa que eu lembro antes de acordar com a chuva batendo na janela de manhã cedinho, e o cara já tinha ido embora. Depois fiquei sabendo pela Derry que a Sally teve a maior briga com o Larry por causa disso e deduzi que foi o que finalmente levou ao divórcio.

— Você ficou sabendo alguma coisa sobre a tentativa de suicídio da Sally?

Bella pareceu surpresa.

— Ela tentou se matar?

— Você não soube?

— Faz um tempinho que não falo com a Derry, então estou meio atrasada na fofoca. Mas uma hora ela vai me contar. Ela tem um fascínio pelas pessoas e pelo que elas fazem, e adora conversar. Você devia conhecê-la. Acho que vai gostar dela.

— Está nos meus planos. Não hoje, porque está tarde, mas talvez na próxima sessão. E muito obrigado, Bella, por ter sido tão prestativa.

— Quando quiser, doutor. Te achei uma gracinha.

Ele olhou para Maggie, incomodado, então sorriu meio sem graça para Bella.

— Obrigado, Bella. Agora é hora de você fechar os olhos e voltar a dormir. Vou contar e, quando chegar a cinco, a Sally vai despertar, se sentindo bem, e vai se lembrar do quanto quiser dessa entrevista. Sally, você pode se lembrar de tudo, de partes, ou de nada.

Quando terminou a contagem, ela acordou e olhou em volta, confusa e assustada, e não se lembrava de nada. Isso a perturbou, porque pareceu um de seus apagões.

— Não aguento mais — disse, soluçando. — Quero uma vida normal. Quero poder ir pra cama à noite e acordar de manhã sem essa preocupação horrível. Eu estou maluca, dr. Ash?

— Não pense assim. Isso não é insanidade.

— O que é, então?

Roger hesitou por um momento, olhando de relance para Maggie, então para Sally, como se não soubesse bem o que dizer.

— Sei que pode ser difícil de aceitar...

— Por favor. Sinto como se o meu mundo estivesse desmoronando.

— Não tenho como ter certeza, é claro, mas acredito que você esteja lidando com um estado mental que estamos presenciando cada vez mais. Até a metade da década de 1940, existiam apenas uns 150 casos registrados, classificados psiquiatricamente como neurose histérica do tipo dissociativo. Desde então, milhares de outros casos apareceram, e agora eles têm a própria classificação, "transtornos dissociativos".

Ela franziu o cenho e balançou a cabeça.

— Não entendo. O que isso significa?

Ele fez uma pausa, depois se inclinou para a frente.

— Você já viu um filme chamado *As três máscaras de Eva*?

Sally fez que não.

— Nunca vou ao cinema.

— Já leu um livro chamado *Sybil*?

Ela balançou a cabeça, mas seu corpo começou a tremer.

— Não li, mas ouvi falar. O que essas coisas têm a ver comigo?

— O que você ouviu falar do *Sybil*?

— Uma mulher com personalidade múltipla... — Ela arregalou os olhos e o encarou. — Está dizendo que...?

— Não tenho certeza, Sally, mas tenho motivos para acreditar que essa síndrome de personalidade múltipla* seja parte do seu problema.

Ela ficou atordoada. Sabia que ele estava completamente enganado. Era a coisa mais ridícula que já tinha ouvido, mas não queria contradizê-lo. Era errado discutir com um médico. Se falasse que não acreditava, ele provavelmente a mandaria embora e não a ajudaria mais. E Sally sabia que precisava de ajuda. O juiz só lhe daria os filhos de volta caso melhorasse. Então precisava ter cuidado para não insultar o dr. Ash.

---

* Nos dias de hoje, esta condição psiquiátrica é chamada de transtorno dissociativo de identidade (TDI). Para esta edição, contudo, optou-se por manter a terminologia original, utilizada à época em que o livro foi escrito e publicado, em 1980. [N. E.]

— O senhor já teve muitos casos desses? — perguntou.
— Você é o primeiro.
— Foi por causa das minhas múlt... por causa do que você disse que aceitou me tratar, mesmo que não tenha o costume de aceitar pacientes suicidas?
— Para ser totalmente honesto, foi.

Ela não sabia se aquilo era bom ou ruim, ter um problema que o médico nunca tratara. Era óbvio que não tinha personalidade múltipla, mas não ia discutir com ele. Contanto que o médico achasse que Sally tinha algo interessante, continuaria a tratá-la. E era isso que importava.

— Você recebe algum aviso, Sally, antes de apagar e perder o controle?
— Normalmente, antes da dor de cabeça, vem uma sensação estranha, como um arrepio e uma eletricidade no ar.

Ele fez uma anotação.

— Parece um pouco com a aura da epilepsia, um aviso antes da convulsão. — Ele se recostou na cadeira e tamborilou o lápis na mesa, pensativo. — Acho que você vai conseguir trabalhar, viver e lidar com o mundo enquanto tentamos solucionar seu problema. Pode demorar para encontrarmos uma solução, mas vamos fazer o possível para te ajudar. Quero vê-la duas vezes por semana, para começar, às dez, de segunda e sexta, depois vamos ajustando as sessões conforme necessário. Te vejo na sexta-feira.

— Confio em você, dr. Ash. Não sei o que tenho, mas sei que vai dar um jeito de me curar.

— Nós vamos, Sally — respondeu ele. — Ao menos vamos tentar.

Ao deixar o hospital, ela tentou sentir como seria ter personalidade múltipla, pessoas diferentes dentro dela, mas parecia besteira sequer pensar nisso.

Claro que ele estava enganado, pensou. No entanto, se

continuasse o tratamento, encontraria o verdadeiro problema, e aí, sim, seria capaz de salvá-la.

O ônibus estava lotado. Enquanto Sally se segurava em uma das alças de mão, um rapaz cheio de espinhas, com as mãos nos bolsos, se apertou contra as costas dela, se esfregando. Ela tentou mudar de posição, mas ele se mexia junto, e Sally ficou constrangida e confusa, com vergonha demais para fazer qualquer coisa. E ele continuou se esfregando com intensidade. Sally sentia a ereção dele, esfregando... esfregando... Sentiu o arrepio — aquilo que Roger chamara de aura — e então a dor de cabeça, e soube que ia acontecer. Eu fiquei fora do caminho.

Jinx surgiu com tudo. Cravou o calcanhar no peito do pé do rapaz e soltou palavrões que não vou repetir, depois deu uma joelhada com toda força na virilha dele. O rapaz uivou de dor, e as outras mulheres no ônibus aplaudiram. Quando chegamos ao ponto, Jinx sumiu e deixou Sally ali, atordoada ao se deparar com o ônibus quase vazio.

O motorista sorriu enquanto ela descia.

— Você deu uma bela lição naquele garoto. Aposto que ele nunca mais vai aprontar uma dessas.

Sally o encarou, sem reação.

Às vezes, sinto pena dela. Sua cabeça vai explodir quando finalmente entender e aceitar que Roger está descobrindo a existência do restante de nós. Somos como uma lata de minhocas. Eu sabia que ele uma hora iria nos destrinchar. Era um cara esperto. Mas daí o que faria a respeito? A gente já estava ali. Claro, se ele fosse capaz de nos matar, já que não haveria corpos dos quais se livrar, acho que seria o crime perfeito.

A semana passou rápido. Eu gostava de trabalhar no restaurante, e as gorjetas se acumulavam. Eliot ficou bem impressionado. Ele me chamou para sair, mas dei um jeito de recusar. Mal podia esperar para chegar sexta-feira. Queria ver Roger.

Sally chegou ao consultório particular dele às dez em ponto.

— Hoje, vamos fazer algo diferente, Sally. Em vez da droga, vou usar hipnose, e vamos conseguir acessar muitas coisas da infância que você esqueceu. Tudo bem por você?

Ela assentiu.

— Agora, quero que olhe para o reflexo desta caneta dourada na luz. Quero que mantenha os olhos nela e escute atentamente a minha voz. Olhe com atenção e se concentre nas minhas palavras, e logo vai começar a sentir muito sono.

Era fascinante. Eu nunca tinha visto ninguém ser hipnotizado, a não ser em filmes. Sinceramente, nem achei que fosse funcionar, porque ouvi dizer que é preciso ser inteligente para ser hipnotizado, e Sally não é lá muito esperta. Mas ela queria muito agradá-lo, encarando o brilho dourado, e a voz de Roger era suave e baixa, e ela foi ficando dormente. Sua cabeça se esvaziou, como acontece logo antes de ela pegar no sono. Em geral, é nesse momento que apareço, mas fiquei a postos para ver o que ele faria em seguida.

— Quando eu contar até três, você vai abrir os olhos, mas ainda estará sob hipnose. Vou fazer perguntas, e você será capaz de respondê-las e de conversar comigo de forma fácil e natural. Até que número eu falei que ia contar?

— Três...

— Muito bem. Um... dois... três... Agora me diga, Sally. Você conhece uma pessoa chamada Bella?

— Tive uma boneca quando era pequena. Eu a chamava de Bella.

— Me conte sobre ela.

— Eu fingia que ela era de verdade e conversava com ela.

— E ela respondia?

Sally ficou em silêncio por um instante, depois sussurrou:

— Fizeram uma peça na escola sobre a Branca de Neve e os sete anões. A rainha Bella era uma rainha-bruxa tão engraçada que eu fingia que minha boneca era ela, e depois minha boneca Bella começou a conversar comigo.

— Você deu nome para mais alguma boneca?

Ela assentiu.

Roger aguardou, mas ela apenas continuou sentada ali, pensando: *Espere ele perguntar.*

— Quando foi isso?

— Em diferentes momentos.

— Quais eram os nomes?

— Nola.

— E qual mais?

— Derry.

— Mais algum?

Ela suspirou, aliviada de Roger ter tirado aquela informação dela.

— Jinx.

— Mais alguém sabia os nomes das suas bonecas?

Ela balançou a cabeça.

— Nunca contei. Eram minhas amigas secretas. Tirei o nome da Derry da parte do meio de "Cin-*de-re*-la".

— Entendo. Por que você deu o nome dela em homenagem à Cinderela?

— Porque esse era o nome da minha gatinha.

Ele esperou, mas ela também.

— O que aconteceu com a sua gatinha?

— Morreu na primeira vida, mesmo que devesse ter sete. Meu padrasto, Fred, mentiu pra mim.

— Derry foi a primeira boneca que você batizou?

— Não.

— Me diga a ordem em que elas vieram.

— Jinx foi a primeira. Depois Derry, depois Bella. Nola foi a última.

— Agora, Sally, me ouça com atenção. Eu gostaria de falar com a primeira, com a Jinx. Acha que posso falar com ela?

Sally deu de ombros.

— Muito bem, então. Quando eu disser "Venha para a luz", você vai pegar no sono, e a outra pessoa vai sair e falar comigo. Quando eu disser "Volte para o escuro", essa pessoa vai voltar para o lugar de onde ela veio. O que é que eu vou dizer?

— "Venha para a luz" ou "Volte para o escuro".

— Ótimo. Agora, Sally, quero falar com a Jinx. Quero que a Jinx *venha para a luz*.

Olha, quando ele disse que queria falar com Jinx, fiquei surpresa. Pensei que, depois do que Bella tinha contado a meu respeito, ele fosse querer falar comigo. Nem imaginei que fosse querer seguir na ordem. Mas não era um bom momento para deixar Jinx sair. Ela ia arrumar problema. Roger não sabia nada sobre a Jinx, e não estava pronto para conhecê-la. Talvez não tenha sido certo, mas quando ele disse "Venha para a luz", tomei a frente e apareci. Jinx teria tido um ataque de fúria.

— Oi — falei. — Sei que você chamou a Jinx, mas achei melhor a gente se conhecer primeiro e eu contar um pouco dela, porque ela é uma pessoa bem perigosa.

— E quem é você?

— Derry.

— Como vai, Derry?

— Mais ou menos.

— Qual é o problema?

— É que eu conseguia aparecer com muito mais facilidade. No começo, eu entrava na mente da Sally como uma mão em uma luva. Agora, meu tempo está reduzido.

— O que você deseja, Derry?

— Ser uma pessoa de verdade. Ficar presente o tempo todo, para poder esquiar e velejar e voar. Queria pular de paraquedas.

— Já fez alguma dessas coisas?

— Uma vez tentei esquiar durante uma "escapadinha de fim de semana" para Vermont. A Sally nunca entendeu o tornozelo torcido. Agora, ando curtindo sair para correr.

— O que você acha da Sally?

— Ela é a pessoa mais sem graça que já conheci. Você nem imagina a chatice que é ter que passar os dias assistindo a novela e programas de auditório e fazendo faxina. Aspira a casa num dia, lava a roupa no outro, limpa as janelas no outro, e assim vai. Nossa Senhora, sabe? Vai sujar tudo de novo, e logo você tem que recomeçar. Isso não é vida pra mim. Só consigo me divertir quando estou servindo mesas.

— Pode me dizer por que você apareceu no lugar da Jinx?

— É que ouvi você pedindo para falar com ela, mas pensei que era melhor eu vir primeiro e meio que te alertar. A Jinx tem mais ódio acumulado do que você imagina. E ela é esperta e astuta. Vai ficar te dando corda pra depois te enforcar.

— Ela me machucaria?

— Só posso dizer o seguinte: se for falar com ela, é melhor garantir que não tenha nenhuma arma ao alcance.

— A Jinx já matou alguém?

— Ainda não, mas garanto que é bem capaz. E está ficando mais forte. Ela acha que a vida é uma daquelas corridas em que os carros tentam se destruir. Quer entrar no carro e acabar com todos os outros antes que acabem com ela.

— Você parece saber muito sobre Sally e Jinx. Mas a Sally mencionou você apenas como a lembrança de uma boneca. Pode me explicar como isso funciona?

— Eu sou a única que sabe o que se passa em todas as mentes, na da Sally e na das outras, o que elas estão fazendo ou pensando quando aparecem. Sou a única que vê o que está acontecendo mesmo quando não sou eu no comando. Mas não controlo nenhuma delas. Quem aparece tem a liberdade de fazer o que quiser, porque elas são todas pessoas diferentes. As outras me conhecem e sabem só o que eu contei de cada uma. Tirando a Sally. Ela ainda não sabe que a gente existe, mas sabe que tem algo errado.

— Mas como é que funciona quando você não está no comando? Como você sabe o que está acontecendo?

— Quando eu apareço, sei das coisas pelos meus próprios sentidos. Quando uma das outras aparece, é como se eu estivesse empoleirada num cantinho de cada mente. Então sei o que está acontecendo, mas só da forma como aquela pessoa vê as coisas. Por exemplo, a Jinx não sente muita dor, então não me assusta levar um tapa ou um soco quando ela está no comando. A Nola é míope, então, se ela não estiver de óculos, tudo fica borrado. Quando é a Bella, e ela está dançando, sinto o ritmo da música. Vejo o mundo de várias maneiras. Não estudei muito, mas aprendi um monte de coisa através das outras.

Roger me encarou, assentindo e mexendo na própria orelha.

— Derry, você me contaria de onde todas vocês vieram?

— A gente só existe — respondi. — Sempre existimos, desde que a Sally deu nome às bonecas. Não sei como aconteceu, mas nos tornamos pessoas de verdade depois disso, com aqueles nomes... Só que ela não sabe. Mas vem cá, posso te fazer uma pergunta?

Ele pareceu surpreso, mas assentiu.

— Certo. Essa terapia que você está fazendo com a Sally. Significa que o resto de nós vai morrer?

Roger pareceu admirado. Procurou uma resposta, como se ainda não tivesse pensado naquilo.

— Não, claro que não. Não é bem uma morte. É... bem... vamos dizer o seguinte: a técnica será fazer com que a Sally tome consciência de cada uma de vocês, que aceite isso intelectualmente, a princípio, depois emocionalmente. Então vamos reunir a Sally e as outras personalidades, para que conversem, para que vocês possam cooperar e viver de um modo tolerável. Por fim, com hipnoterapia, vou tentar integrar todas vocês em uma única mente. Serão uma pessoa só em vez de cinco.

— Isso parece horrível!

— Por quê?

— Eu sou eu! O que acharia se alguém decidisse que você deve abrir mão da sua liberdade, te jogasse numa panela com quatro outras pessoas e te dissesse para não se preocupar, porque você vai sair de lá com uma nova personalidade bem legal, feito um ensopadinho de carne?

— Não vai ser assim, Derry.

— Como é que você sabe? Você disse pra Sally que nunca tratou um caso como o nosso.

— É verdade. Não tratei.

— Os outros médicos não parecem estar tendo muito sucesso — continuei. — A Nola leu a respeito do *Sybil* e do *As três máscaras de Eva*, e o que os médicos delas fizeram foi se livrar das outras personalidades. Ou pelo menos pensaram que se livraram. Mas aí ela leu um artigo que dizia que matar as personalidades não adiantava, porque outras novas eram criadas.

— É por isso mesmo que não pretendo cortar nem isolar nenhuma de vocês, Derry. Vocês eram uma só antes de se separarem. Agora, quero uni-las de novo, integrá-las em uma só.

— Não tem a menor chance.

Ele franziu o cenho, como se estivesse incomodado. Pedi desculpas e falei que faria o que estivesse ao meu alcance para ajudar.

— Cooperar com a Sally é o melhor para você — disse Roger, tamborilando a mesa com o dedo indicador. — Ajude ela a manter o trabalho. Foi você quem conseguiu o emprego, para começo de conversa, não foi?

Assenti.

— Então ajude a Sally a mantê-lo. A ter um salário, estabilidade, algo para mantê-la ocupada.

— Para você me fazer desaparecer?

— Não vai ser desse jeito.

— Ela é quem deveria desaparecer.

— Como assim?

— Ela não sabe de nenhuma de nós, do que está acontecendo, e eu sei — respondi. — Eu conheço cada uma e sei o que pensam e sentem. Então sou eu quem deveria ser a pessoa de verdade, não é?

— Não funciona bem assim, Derry. Veja bem, de acordo com vários terapeutas que trabalham nessa área, a maioria das pessoas com personalidade múltipla desenvolve uma persona que conhece todas as outras... como você. É o que chamamos de coconsciência. Chamam essa personalidade de "rastreadora". Na verdade, a sugestão é que o terapeuta tente entrar rapidamente em contato com a rastreadora para descobrir sobre as outras e conseguir a colaboração dela. Mas a rastreadora não é a pessoa de verdade.

Isso foi um golpe e tanto. Eu tinha esperança de que o fato de saber o que se passava em todas as mentes significasse que eu era a pessoa de verdade e Sally só pensasse que era ela.

— Rastreadora, hein? Derry, a rastreadora. Parece bem importante. Tudo bem, vou cooperar, mas não de graça. Quero fazer um trato.

Ele aparentou surpresa.

— Que tipo de trato?

— Você faz ela mudar de estilo de vida, diz pra ela parar com aquele penteado cafona, comprar umas roupas decentes e me ajudar com a dieta, parando de comer sobremesa, e eu ajudo. Quero pelo menos aproveitar a vida enquanto ainda estou rastreando por aqui.

— Vou conversar com a Sally sobre isso.

Pelo modo como ele girou na cadeira e me olhou, soube que ia me mandar voltar para o escuro. Eu voltei.

Quando ele trouxe Sally de volta, deu a ela as recomendações que eu mencionara. Então contou que, no futuro, para hipnotizá-la, só precisaria dizer "Ele sabe o que há no escuro", e ela dormiria. As outras duas frases — "Venha para a luz" e "Volte para o escuro" — seriam usadas para passar de uma personalidade para outra.

— Mas você só vai reagir a essas frases quando eu as disser. Se for outra pessoa falando, não vão surtir nenhum efeito em você. Entendido, Sally?

Ela assentiu. Roger disse que, quando contasse até cinco, ela acordaria se sentindo descansada e seria capaz de se lembrar da sessão toda, de partes, ou de nada.

Ela não se lembrou de nada.

Aquele fim de semana foi uma chatice. Fiquei esperando algum sinal de que ela fosse mudar, como Roger tinha me prometido, em troca da minha cooperação. Mas Sally estava tão assustada e alerta que eu estava prestes a perder as esperanças. Então, cerca de uma semana depois, Eliot a interceptou na saída e a chamou para um encontro. Isso mesmo. Não chamou Bella ou eu. Chamou Sally para um encontro. Claro, erro dele, e ela estava prestes a recusar, mas aí se lembrou do que Roger dissera, corou e aceitou.

— Você está de folga na quarta-feira — disse ele. — Vamos tomar um drinque no Lion and Crown, depois podemos sair e nos divertir.

Na quarta-feira, ela perambulou pelo apartamento, sentindo-se tonta e instável. Esqueceu o encontro por um tempo e começou a lavar as janelas. Olhou para a luz do sol refletindo no teto dos prédios de apartamento, tentando se lembrar do que tinha para fazer. Algum lugar para ir... alguém para encontrar.

Arrastei o dedo dela pela janela, escrevendo na poeira. E-L-I-O-T. Pensou que tivesse feito aquilo sozinha, então lembrou que ficara de se encontrar com ele para um drinque no Lion and Crown.

Sally olhou para o vestido xadrez preto e branco que estava usando. Notou pela primeira vez o quanto era sem graça. Tinha gostado dele ao comprá-lo, mas de repente lhe parecia errado — ainda mais para encontrar Eliot em um bar. Não entendeu por que do nada lhe pareceu tão importante usar o vestido azul. Normalmente, teria lutado contra o desejo de fazer algo tão impulsivo, mas o dr. Ash dissera para ela não resistir à vontade de usar roupas diferentes. Por mais que odiasse aquele vestido azul vulgar, tinha que cumprir a promessa. Só esperava que Eliot não pensasse que o colocara por causa dele.

O bar estava lotado quando Sally chegou, às seis em ponto. Era uma imitação de pub inglês na avenida Madison, com painéis escuros nas paredes e mesas e cadeiras de madeira escura.

Eliot acenou para ela de uma mesa nos fundos. Usava uma camisa de seda lilás, de colarinho aberto, calças combinando, um paletó branco e um cordão com um pingente de dente de tubarão.

— *Giá cuerem pedir?* — perguntou o garçom, com um sotaque meio do Brooklyn, meio italiano.

— Quero uma Pepsi diet — disse Sally.

Eliot pediu um chope.

O garçom trouxe as bebidas. Eliot apontou para a Pepsi diet dela.

— Eu bebia isso aí sem parar. Você viu as fotos no meu escritório, de quando eu era gordo.

Ela assentiu, bebericando.

— O senhor parece outra pessoa.

Ele ficou feliz.

— É como dizem: dentro de toda pessoa gorda tem uma pessoa magra gritando para sair. Você está olhando para o que realmente tinha dentro de mim. Agora eu saí. Deixa o gordo ficar gritando. Vou ficar aqui fora.

Ela sentiu um calafrio, sem entender por quê. Sua mão tremeu, fazendo o gelo tilintar, e ela baixou o copo.

— Aposto que o senhor se sente melhor, também — comentou Sally.

— Me sinto jovem de novo. Foi por isso que fui para a Suíça. Ouvi um dos clientes do restaurante comentando sobre uma clínica que tem lá. Uma fonte da juventude! Aqueles médicos suíços conhecem todos os segredos para manter as pessoas jovens. Dietas e extratos de glândulas. Me custou quase dez paus, mas pensei que valia a pena para rebobinar o relógio. Meu médico daqui quase caiu pra trás. Disse que agora eu tenho o corpo de um cara de 30 anos.

Ele olhou fundo nos olhos dela ao dizer isso, e soou como uma proposta.

— Contanto que esteja saudável... — disse Sally.

— Andei pensando em você nesses últimos dias, Sally. Te acho uma beldade. Interessante, inconstante, misteriosa. Me deixa todo agitado, pensando em como vai agir em seguida. Um minuto, você fica distante e tímida, como se fosse desmontar se eu te tocasse, e no outro está toda confiante e no controle. Você cuida daquele salão durante a hora de maior movimento como se não fosse nada e lida com aqueles carinhas como uma mulher que sabe o que está fazendo e onde está. Já outras vezes, parece uma garotinha perdida. Meio que me fez ficar pensando como pode uma mulher ser quase duas pessoas diferentes. Entende o que quero dizer?

Sally tomou um gole da Pepsi, baixou o copo devagar e se recostou no assento de couro.

— Eu... não sei como explicar, sr. Nelson. Mas o senhor sabe que mulheres são inconstantes... temperamentais...

Ele balançou a cabeça, os olhos fixos nela.

— Tenho a impressão de que não é só isso. E, por favor, me chame de Eliot.

— Olha, não sei o que quer de mim, sr. Nelson. Aceitei este encontro. Não pensei que fosse envolver toda essa conversa sobre temperamento. Você deve saber que tem épocas em que as mulheres ficam mais agitadas e temperamentais, e é só isso.

— Desculpa. Não queria te chatear.

— Estou ficando com uma dor de cabeça. Bem forte. Desculpa, sr. Nelson, preciso ir ao toalete.

Ela se levantou e cambaleou até o banheiro. Doía entre os olhos e na nuca. Um arrepio a fez estremecer, como se seu corpo estivesse eletrificado. Lá dentro, Sally foi até a pia e jogou água fria no rosto. Sabia que, se relaxasse e mergulhasse na escuridão da mente, a dor passaria, mas não queria ter um apagão. Queria se agarrar e lutar contra o impulso de correr e se esconder atrás de outra pessoa em toda situação de cunho sexual. Precisava ficar no comando e encarar o mundo. Precisava... precisava... ai, meu Deus... por favor... não...

Bella sorriu para si mesma no espelho.

Ela correu a língua pelos lábios e conferiu os dentes. Procurou na bolsa um batom, um gloss, qualquer coisa, mas não havia nada. Nem um delineador, nadinha. Estava tão pálida e sem graça. O rosto sem contornos. Agradeceu a Deus ao menos pelo vestido. Não era dela, mas servia. Puxou a gola para aumentar o decote. Queria ver uns shows, sair para dançar... Planejava se divertir bastante.

Seguiu na direção da saída do Lion and Crown, passando direto por Eliot Nelson.

— Sally, aonde você vai? — chamou ele.

Ela deu meia-volta. Sabia que jamais vira aquele homem. Coroa, pensou, mas com aquela roupa lilás parecia ser do tipo suingueiro. Voltou e se sentou à mesa.

— Oi. Você é bonitinho.

Ele pareceu surpreso.

— O que está havendo, Sally? Você está esquisita.

— Por que não me chama pelo meu apelido? Bella.

— Bella?

— E como você quer que eu te chame?

Ele olhou em volta, como se para ver se tinha mais alguém os observando.

— A maioria dos meus amigos me chama de Eliot.

— Não estou vendo uma aliança, Eliot.

Ele riu.

— Não mesmo. Minha terceira esposa me largou há dois anos, e estou me divertindo desde então.

Ela correu os dedos pela camisa de seda dele e fez beicinho.

— *Diversão* é a palavra mágica. Aposto que você dança bem, Eliot. E de repente fiquei morrendo de vontade de ir para uma boate. Faz tempo que não saio para dançar. Quer dançar coladinho comigo?

— Você mudou de novo.

Ela sorriu e passou a língua pelos lábios.

— É para te encantar, meu querido.

— Você se lembra do que a gente estava falando antes de ir ao banheiro?

Ela pensou por um momento.

— Não lembro. Acho que não estava prestando muita atenção. Que se dane, a gente saiu para se divertir, não foi? Não sou muito de conversas sérias. Você gosta de dançar, Eliot?

— Gosto, claro, mas estava pensando em um jantar, talvez um cinema.

— Ah, para a merda com o cinema. Se bem que amo teatro. Quero fazer coisas. Quero ver um show, sair para dançar, ficar bêbada e me divertir... não necessariamente nessa ordem.

— Está bem, Bella. Quer jantar primeiro?

— Comer eu como todo dia. Quero música, luz e ritmo. Faz mil anos que não saio para dançar.

— Vamos lá, querida. De repente, me deu vontade de dançar também. Conheço um lugar ótimo. Vou sempre lá.

Ele pagou a conta e os dois saíram às pressas, chamando um táxi. Arrumaram um, e Eliot abriu a porta para ela, entrou ao seu lado e disse ao motorista para levá-los ao Black Cat Club.

— Não consigo superar como você está diferente agora — comentou ele.

Ela passou um braço ao redor do pescoço dele, pressionou seus corpos e o beijou.

— Meu Deus — disse Eliot quando Bella finalmente o soltou. — Pensei que quisesse dançar.

— Eu quero.

— E como é que vou dançar se você fica me provocando desse jeito?

Ela deu uma risadinha.

— Esqueci. Desculpa.

Ela desceu a mão para as calças dele e deu uma apertadinha.

— Ai!

— Abaixa, garoto! Abaixa!

— Fácil falar.

Ele a abraçou de novo, mas Bella se afastou.

— Nada disso. Primeiro, vamos dançar e cair na gandaia, depois vamos a um show, e depois pra sua casa, abrir a panela de pressão.

Ela se inclinou para a frente e deu uma lambidinha no canto da boca dele.

— Você tem que avisar antes de dar o bote — reclamou ele.

Chegando ao Black Cat Club, ela avançou na frente enquanto Eliot pagava o taxista. Era visivelmente um lugar para jovens solteiros.

— Ei, espera! — pediu ele.

— Não posso esperar. Quero ir rápido, antes que a cortina se feche.

Eliot pagou pela entrada e a alcançou, sem fôlego.

— Meu Deus, do nada você ficou com pressa. Vá com calma, temos tempo. A noite é uma criança.

— Não posso ir com calma! — gritou ela sobre o som do amplificador, dançando ao ritmo da música. — Não há tempo! Só existe o agora, e preciso me espalhar pelo presente, porque o futuro não existe.

— Não estou te ouvindo! — gritou ele, dançando em movimentos bruscos, como um brinquedo de corda.

— Deixa pra lá!

A música a preenchia. Quanto mais dançava, mais desejava. Cada parte de seu corpo reagia à batida que pulsava subindo das pernas para os quadris para os seios suavemente massageados pelo sutiã. Queria arrancar as roupas e dançar pelada.

— Você é linda — disse ele quando finalmente conseguiu levá-la para uma mesa.

— Fale mais.

— Você é a mulher mais envolvente, emocionante, selvagem e maluca que já conheci.

— Claro que sou — sussurrou ela.

— E também a mais confusa, misteriosa, inconstante e sedutora...

— Quem? Euzinha? Tá falando da Bellinha aqui?

— Só tem uma coisa que me assusta, Bella.

— O quê?

— Tenho medo de que você mude. De que vá ao banheiro e saia de lá diferente. Ou que eu vire a cabeça, pisque, e você se torne outra pessoa antes que eu possa te abraçar, antes que eu possa...

— É porque eu sou a melhor atriz do mundo. Mas não quero uma conversa séria. Vim aqui me divertir.

— Mas a gente tem que conversar sobre isso.

Ela se levantou.

— Se você vai ficar todo sério, vou embora. Não faço o tipo sério, Eliot. Se gosta de mim, tem que me aceitar como eu sou. Se ficar questionando quem ou o que eu sou, vou ter que ir embora.

— Meu Deus, Cinderela, calma. Não falei por mal. Por favor, não vá.

Ela se sentou.

— Eu *não* sou a Cinderela. *Nunca mais* me chame assim. Posso fazer todos os outros papéis, mas não o dela.

— Está bem, está bem, me desculpe.

— Me fale de você, Eliot. O que você faz da vida?

Ele a encarou intensamente, e na mesma hora Bella soube que tinha cometido um erro e começou a se levantar. Mas ele a segurou pelo pulso e respondeu:

— Sou dono do lugar onde você trabalha, Bella. Um dos sócios do Yellow Brick Road.

— Claro, eu sei disso — mentiu, tentando disfarçar. — Estava só te provocando.

— Então você deve ser mesmo uma das melhores atrizes do mundo.

— Esse sempre foi o meu sonho. Sempre soube que, se dependesse de mim, eu poderia fazer fama e fortuna cantando e dançando.

— Eu acredito.

— E não só isso. Já tive alguns papéis em peças e leituras off-off-Broadway e em cafeterias no Village. Dizem que eu sou muito boa.

— Ei, por que você não faz umas apresentações no Yellow Brick Road? Já tivemos alguns shows por lá. Você poderia cantar ou dançar, ou qualquer outra coisa, e entreter os clientes.

— Eu adoraria, de verdade.

Ela o puxou para perto e o beijou na boca.

— Quer ir embora? — perguntou ele.

— Pra onde?

— Pra minha casa? Pra sua?

— Eu quero dançar.

— Meu Deus! Mas você vai dançar a noite inteira, é?

— Por que não? De noite é a melhor hora para dançar. Ninguém sai para dançar de manhã ou de tarde.

— Meus pés estão doendo — reclamou ele. — E estou com fome. De comida e de você.

— Bem, e eu estou com fome de dança.

Ela se levantou e foi dançar sozinha, depois com outros homens. Seu corpo, seus braços se moviam em um ritmo frenético. Precisava se agarrar ao mundo permitindo que a música embaçasse qualquer outra realidade que não fosse o aqui e o agora. Tinha o pressentimento de que, se parasse, a cena mudaria, o ato seria encerrado, a cortina se fecharia antes que estivesse pronta, e essa ideia a assustava. Então sentiu a pressão na nuca. Lutou contra a dor. Não era justo, fazia pouco tempo que tinha aparecido. Mas foi ficando mais difícil respirar. Tudo virou um borrão, e então Bella despencou no chão.

Quando Sally abriu os olhos, estava engasgando com o cheiro de amônia.

Olhou em volta, a mente de início em branco, então cheia de medo.

— Onde estou? O que aconteceu?

— Você desmaiou no meio da pista de dança — disse o dono da boate, tampando o frasco de amônia. — Está bem? Quer que eu chame um médico?

— Pista de dança? Eu... pensei que estivesse no banheiro.

O dono olhou para Eliot.

— No banheiro?

— É, ela foi ao banheiro. Não estava se sentindo bem. Vou levá-la para casa de táxi. Ela vai ficar bem.

— Que horas são? — perguntou Sally.

— Onze e meia.

— Ai, meu Deus. Eliot, me leve para casa. Por favor, me leve para casa agora.

O porteiro arrumou um táxi para eles. Dentro do carro, Eliot a observou.

— Quer me contar o que aconteceu? — perguntou ele, por fim.

— Eu desmaiei, só isso.

— Isso não é normal, Bella. Alguma outra coisa aconteceu.

Ela se virou bruscamente.

— Por que me chamou de Bella? Você drogou a minha bebida?

— Meu Deus, do que você está falando?

— A gente estava no Lion and Crown. Você me pagou uma Pepsi diet e, quando eu vejo, estou caída no meio de uma pista de dança. Alguém deve ter colocado alguma coisa na minha bebida.

— Escute aqui, Bella...

— Não me chame assim. Você sabe que meu nome é... é Sally.

— Está bem, Sally, escute aqui. Não sei bem como lidar com isso, mas fiquei te olhando de perto esta noite. O Todd tinha razão. Você é bem o tipo "o médico e o monstro", sabia? Um minuto é Sally, aí vai ao banheiro e volta de lá como Bella, aí desmaia na pista depois de dançar por três horas seguidas e de repente volta a ser Sally. Olha, você pode ser uma ótima atriz, mas...

— Eu não sei dançar, Eliot. Nunca danço.

Ele a encarou.

— Ah, fala sério, não diga isso!

— É verdade. Sou muito desajeitada. Não tenho ritmo nenhum.

— E a promessa de fazer um show para nós? E as leituras e as apresentações?

— Nunca. Eu morreria se tivesse que me apresentar diante de uma plateia.

Ele apoiou a cabeça no encosto do banco.

— Se não tivesse visto com meus próprios olhos, escutado com meus próprios ouvidos... As duas maneiras como você agiu esta noite são diferentes de como você age lá no restaurante.

Ela ficou quieta, sentindo aquele sufocamento que a fazia lutar contra as lágrimas.

— Você faz acompanhamento médico? Precisa de ajuda. De um psiquiatra.

Ela assentiu.

— Foi por isso que aceitei o emprego. Minha pensão não é suficiente para pagar as contas e o tratamento...

Eliot ficou em silêncio quando pararam em frente ao prédio de tijolinhos vermelhos na rua 66 com a Décima Avenida. Ele pagou o motorista e saiu com ela. Conforme andavam em direção ao prédio, Eliot parou diante da vitrine escura da alfaiataria ao lado.

— Tem um policial ali dentro.

— Não — disse Sally. — É só o manequim do sr. Greenberg, o Murphy.

— O quê?

Ela o conduziu para mais perto da porta de vidro, atrás da qual Murphy estava de guarda, com o cassetete na mão esquerda e a mão direita erguida.

— É o segurança particular do sr. Greenberg. A loja foi invadida quatro vezes no último ano, e roubaram ternos dos clientes. Então, antes de fechar, o sr. Greenberg coloca o Murphy de guarda-noturno, bem à vista das pessoas.

— Mas isso não enganaria ninguém que olhasse mais de perto.

Ela deu de ombros.

— O sr. Greenberg acredita que a maioria das pessoas não presta muita atenção e que um ladrão que estivesse procurando uma loja para roubar rápido reagiria à presença do Murphy e passaria direto. Ele diz que tem um efeito psicológico.

Eliot riu.

— Meu Deus, tem gente pra tudo mesmo. Boa noite, policial Murphy.

Sally foi até o prédio ao lado e se sentou no último degrau. Eliot baixou os olhos para ela.

— Você vai ficar bem, Sally?

Ela assentiu e fez um gesto para que ele se sentasse ao seu lado.

— Não quero subir ainda. Converse um pouco comigo. Me fale de você.

Eliot se sentou no degrau.

— Meu assunto favorito. O que você quer saber?

— Como você e o Todd se tornaram sócios? Como você entrou no negócio de restaurantes?

Ele sorriu e escorou o cotovelo no degrau acima.

— O restaurante era meu até meados dos anos 1970. Meu pai me mandou para a faculdade de veterinária, eu me formei e aí desenvolvi uma alergia a pelo de animal. — Eliot deu um tapa no próprio joelho. — Mas achei que foi ótimo. Estava querendo uma vida mais animada.

— E como a conseguiu?

— Foi só seguir a estrada de tijolos amarelos, descendo as montanhas da Virgínia Ocidental.

— Como assim?

— Tijolos amarelos eram o que os vigaristas usavam para enganar uns idiotas... Um tijolo dourado. Meu pai era um trapaceiro, mas, em vez de tijolos amarelos inúteis, ele viajava o país vendendo ações de minas de carvão inúteis. Acabou vindo parar em Nova York. Logo antes de perder tudo e ir pra prisão, ele comprou o restaurante e colocou no meu nome. Foi a minha herança.

— E como o Todd virou seu sócio?

— Eu estava passando por uns maus bocados durante a crise econômica dos anos 1970. Lembra o primeiro embargo de petróleo dos países árabes? Por pouco não perdi o restaurante. Todd tinha acabado de ganhar uma bolada no pôquer. Quando viu que eu estava quase falindo, decidiu investir. Aí ele entrou em uma maré de azar e saiu perdendo tudo, até parar de jogar, seis meses atrás. O restaurante foi tudo que sobrou. Seria de se imaginar que pessoas de gerações diferentes não se dariam tão bem como sócios, mas a gente tem uma ótima relação.

— Eu acho isso incrível.

Depois de uma longa pausa, ele disse:

— Agora é sua vez. O que aconteceu hoje de verdade?

O sorriso dela morreu.

— Você não se lembra mesmo de nada entre o momento em que foi ao banheiro, no Lion and Crown, e o momento em que acordou no escritório do gerente da boate?

Ela balançou a cabeça.

— É um branco completo.

— O nome Bella te diz alguma coisa?

Ela baixou os olhos para as mãos.

— Outras pessoas já me chamaram assim. Geralmente, gente que eu não conheço. Deve ter alguém parecida comigo...

— Você se chamou de Bella quando voltou do banheiro.

— Impossível.

— E se comportou como uma pessoa totalmente diferente. Toda agitada, sexy e cheia de vida. Dançou até cair.

Sally o encarou, então começou a chorar.

— Meu Deus, não foi minha intenção te fazer chorar. Pensei que fosse importante saber o que está acontecendo, para poder resolver. Você tem que contar pro seu médico. Ele vai te curar, aí você vai pôr a cabeça no lugar e vai ficar tudo bem. Quero que saiba que estou aqui, caso as coisas se compliquem. Pode me ligar a qualquer hora, dia ou noite, eu vou te ajudar. E não se preocupe com o emprego. Vou te dar uma força quando a situação lá estiver pesada.

— Obrigada, Eliot — disse Sally, secando os olhos e sorrindo. — Você é uma das pessoas mais queridas que já conheci.

Ele a levou até a porta, e Sally lhe estendeu a mão. Eliot a apertou e desejou um boa-noite.

Sally entrou no apartamento e olhou em volta, conferindo se estava sozinha. Foi direto até o espelho e encarou o próprio rosto, para garantir que continuava familiar. Estava com medo de ter esquecido.

— Você está ficando maluca — falou para si mesma.

Então se deitou na cama e encarou o teto.

Quando finalmente adormeceu, sonhou que estava dançando com Eliot na praia — só que não era Eliot, era Murphy, e não era ela, porque tinha se transformado em um manequim chamado Bella —, e os dois entravam bailando no mar, até que as ondas os cobriam e eles eram separados pelas ondas e se afogavam.

4

Ela teve o mesmo sonho na noite seguinte e, quando o contou para o dr. Ash, na sexta-feira, ele pediu que se deitasse no sofá e fizesse associações livres às imagens sonhadas de manequins dançando. Sally seguiu uma trilha de imagens mentais... manequins... roupas... liso... duro... dançar... terminar... pelada... morte... Cinderela...

E foi aí que parou. As associações não avançavam mais.

— Vamos voltar um pouco. A ideia de "terminar" faz você pensar em quê?

— Em nada.

— Algo no seu inconsciente está tentando se comunicar com você, Sally. Precisa se abrir, tentar ser receptiva às forças que querem te ajudar em sua mente.

— Não estou entendendo, dr. Ash.

— Eu posso te ajudar, Sally, mas a compreensão e a cura terão que vir de dentro de você. "Cinderela" faz você pensar em quê?

— Em morte.

— Por quê?

— Era o nome da minha gatinha, e ela morreu.

— Como?

— Não lembro. — Mas, ao dizer isso, lágrimas começaram a escorrer pelo rosto. — Tem tanta coisa que não lembro.

— E "dançar" evoca quais pensamentos?

Ela se remexeu, incomodada, e respondeu depois de um longo silêncio:

— Espera, lembrei uma coisa sobre a Cinderela. O nome "Derry" me ocorreu. Foi o nome que dei a uma das minhas bonecas, tirado da sílaba do meio de... Ah, eu já te contei isso?

— Você se lembra de ter me contado?

— Não, só tive essa impressão. Contei?

— Contou — respondeu ele. — Quando estava sob hipnose. Mas, quando despertou, não se lembrava de nada do que tinha dito durante o transe.

— É igualzinho durante os apagões. Não tenho lembrança de nada do que falo ou faço, só umas impressões vagas.

Sally ficou em silêncio de novo.

— Você ia fazer associações livres com "dançar".

Ela o encarou, sem expressão, e indagou:

— Ia?

O médico sorriu e assentiu.

— E aí você bloqueou o assunto e saiu pela tangente.

Ela se recostou de volta no sofá e sentiu o peso do corpo contra o couro, como se quisesse afundar nele.

— Eu não sei dançar. Nunca soube. Sou desajeitada. Não tenho ritmo. Odeio dançar.

Ele esperou, assentindo. Sally se remexeu. As imagens do sonho vieram à tona — uma silhueta obscura, cabelos ruivos compridos, dançando freneticamente, e o nome Bella surgiu em sua cabeça.

— Eu saí com um dos meus chefes esta semana. Eliot. Ele me disse que dancei e fiquei me chamando por outro nome.

— Qual foi o nome?

— Bella.

— Você usa esse nome?

— Não. Claro que não. Já tive uma boneca chamada Bella...
— Por que parou de falar?
— Acho que já te contei isso também.

O dr. Ash assentiu.

— Você me contou o nome das suas bonecas.
— Sob hipnose?
— Foi.
— Por que eu não lembro?
— Porque é uma associação dolorosa. Você não quis lembrar.
— Mas preciso lembrar para poder melhorar, não é?
— Com o tempo você vai lembrar — respondeu ele. — Não precisa ter pressa.

Sally baixou os olhos para o chão.

— Eu te contei que depois essas bonecas viraram minhas amigas imaginárias? Que eu conversava com elas e fingia que elas me respondiam?
— Você mencionou que a Bella falava.
— Elas não conversavam umas com as outras, só comigo. E nunca falei delas para ninguém. Montei um clubinho de mentira chamado "Amigas Ocultas". Tinha a Derry e a Bella... e uma chamada Nola... Eu... Eu não me lembro da outra... da problemática. A gente fazia encontrinhos e eu servia chá imaginário em xícaras imaginárias, que a gente tomava levantando dedinhos imaginários e falando sobre a escola e garotos e coisas importantes.
— O que aconteceu com essas amigas imaginárias?
— Não sei.
— Quando foi a última vez que você se encontrou ou falou com elas?
— Acho que o clube se desfez quando comecei a namorar com o Larry.

— E quando foi isso?

— Depois que me formei no ensino médio.

— Como você separou o Amigas Ocultas?

Sally se virou para encarar o dr. Ash, se perguntando por que confiava nele a ponto de compartilhar aquele segredo que nunca tinha contado para ninguém. Ele a observava atentamente, o cenho franzido de preocupação por ela.

— Falei para elas que não as queria mais — respondeu Sally. — Mas a Derry disse que não era simples assim. Disse que já tinham sido criadas e não iam simplesmente desaparecer. E a Nola argumentou que elas também tinham direitos.

— E o que você fez?

— Tirei elas da cabeça à força. Me mantive ocupada.

Ele assentiu para que Sally continuasse.

— E foi aí que os momentos de esquecimento pioraram muito. Eu perdia longos períodos de tempo, e as pessoas diziam que eu fizera coisas das quais não me lembrava. Coisas que eu sabia que jamais teria feito... como...

— Como o quê?

— Como o Eliot, na outra noite, dizendo que me chamei de Bella e fiquei dançando a noite toda...

— O que você acha que isso significa, Sally?

— Não sei. Pensei que estivesse maluca, mas o senhor disse que não estou.

Ele balançou a cabeça com firmeza.

— Você não é maluca, insana nem psicótica... Todas essas palavras são usadas para descrever pessoas que perderam o contato com a realidade e não conseguem ser funcionais, ou então que apresentam tamanho perigo para si mesmas e para os outros que precisam ser institucionalizadas.

— Então o que eu sou?

— Você tem o que costumávamos chamar de neurose. Mas agora nós da área percebemos que é bem mais sério que isso. A categoria que agora chamamos de "transtornos dissociativos" inclui amnésia, fuga dissociativa, sonambulismo e uma condição que andou sendo muito publicizada nos últimos tempos, chamada personalidade múltipla.

Ela assentiu.

— Eu tenho amnésia, isso é verdade. Posso me curar?

O dr. Ash se levantou e foi até a mesa.

— Acho que sim, mas o primeiro passo para isso é aceitar sua condição. Intelectualmente, a princípio, mas depois também emocionalmente. Precisa acreditar, sentir e saber com todo o seu ser o que você é. Só então conseguiremos mudar a situação.

Sally sabia que ele estava tentando lhe dizer alguma coisa.

— Quer dizer então que não é só amnésia?

Ele assentiu.

— Não é essa outra... a personalidade...

O dr. Ash apoiou as mãos no ombro dela em um gesto reconfortante.

— Acredito que seja com isso que estamos lidando, Sally. Acho que suas amigas imaginárias criaram vida e se tornaram personalidades alternativas. É por isso que te acusam de fazer coisas das quais você não se lembra. Você as faz sob o comando de outras pessoas.

Ela assentiu.

— Entendi. Isso explica tanta coisa. Nunca tinha percebido...

Mas o que Sally estava pensando era: *Isso não é verdade*. Não acreditava naquilo, e nada que o médico dissesse a convenceria.

— Vamos precisar trabalhar muito — explicou Roger. — Sabe-se muito pouco sobre a multiplicidade. A terapia é majoritariamente experimental. Mas, conforme você desenvolver uma compreensão da sua condição, acho que vamos poder criar uma estratégia para lidar com isso... e talvez curá-la.

— Obrigada, dr. Ash. Vou fazer tudo o que o senhor mandar.

— Nos vemos na semana que vem.

No entanto, ao sair, ela estava pensando que não tinha a menor intenção de voltar e de ficar gastando dinheiro com um charlatão tentando convencê-la de que tinha personalidade múltipla. Não tinha a menor chance. Precisava haver outra explicação.

Naquela noite, na cama, ficou se revirando sem parar, incapaz de pegar no sono, então se levantou em busca de algo para ler. Havia muitos livros na estante que ela não se lembrava de ter comprado. *Crítica da razão pura*, de Kant, *Finnegans Wake*, de Joyce. Olhou de relance as páginas e hesitou. Não entendia nada do conteúdo. Jogou os livros no chão. Por que tinha comprado aqueles livros, se não conseguia lê-los?

Voltou-se para a primeira página de um panfleto chamado "A nova mulher: igualdade AGORA" e viu o nome NOLA em uma caligrafia grossa, em letras de forma. *Nola*. Agarrou os outros livros que tinha jogado no chão e procurou, e neles também estava escrito o nome Nola.

Provavelmente tinha feito aquilo e esquecido. Sua mente estava lhe pregando peças.

Atrás dos livros, encontrou uma caixa com um massageador e uma folha de instruções para deixar a pele mais firme e tonificada. Não se lembrava de ter comprado nada daquilo. Atrás dos livros encontrou também dois exemplares enrolados da *Playgirl*. Abriu as revistas, mas, quando chegou às páginas principais, recuou, chocada. Aquilo a enojava. Tinha comprado aquelas revistas? Impossível. Jamais sequer olharia para imagens de homens pelados.

Larry lia a *Playboy*. Fotos de mulheres peladas. E imagens vulgares naqueles manuais sexuais. Era horrível ser casada com alguém que tinha uma mente tão suja.

Sally tentou dormir, mas toda hora que estava quase pegando no sono, começava a sonhar com o mar de novo. Daquela vez, não sonhou com Murphy e Bella, mas com os gêmeos, os dois boiando na água. Depois os via alcançar a areia, enrolados em algas, as cabeças e pernas retorcidas em posições não naturais.

Sentou-se, arfando. Sabia que ainda estava muito tarde, mas precisava ligar para Larry e saber das crianças. Quando ele atendeu, sonolento, soou irritado.

— Não fique bravo comigo, Larry. Tive um sonho com a Penny e o Pat. Um pesadelo, mais uma visão, deles machucados.

— Eles estão bem.

— Posso falar com eles?

— Estão dormindo. São quase duas da manhã, pelo amor de Deus.

— Eu tenho o direito de falar com eles.

— Você não tem mais direito nenhum, Sally.

— Por favor, Larry, pelo menos vá dar uma olhada. Tive uma premonição.

— Você vive tendo premonições. Só um minuto. Vou olhar e te aviso.

Ela esperou alguns segundos enquanto ele estava longe do telefone, e ficou prestando atenção aos sons. Ouviu a voz de uma mulher no fundo, perguntando quem tinha ligado.

Então Anna pegou o telefone.

— Por que você não o deixa em paz? Não para de ligar, noite e dia. Está nos deixando loucos. Vamos chamar a polícia se não parar com isso.

— Não é verdade. Faz meses que não ligo para ele.

— Mentirosa. Ligou noite passada e na noite anterior. É você quem fica fazendo aquelas ligações obscenas. Num dia você o quer de volta, no outro ameaça matar ele e seu próprio filho. Vou te dizer uma coisa: o juiz falou que, se não parar com isso, você nunca vai recuperar seu maldito direito de visitação.

— Não! — gritou Sally. — Você não pode fazer isso. Não faria isso. Eles são meus filhos... meus e do Larry. Você não tem o direito de...

— É você quem não tem direitos. Sua maluca alienada. Se não parar de nos incomodar e ameaçar...

Sally ouviu a voz de Larry sussurrando:

— Pare com isso, Anna. Deixe ela em paz. Ela é maluca.

— Ela está tirando o nosso juízo.

Os dois discutiram por um momento, então Larry voltou ao telefone.

— Escuta, Sally, os dois estão bem. Dormindo. Olha, sei que você não está num bom momento, mas a Anna tem razão. Você tem que parar de ficar ligando assim a altas horas.

— Mas eu não liguei, Larry. Esta é a primeira vez em meses. Não sei do que ela está falando. Eu ainda te amo, Larry.

— Vai começar com isso de novo? Meu Deus, pensei que fosse parar com essas mentiras e manipulações. Você já me acordou três vezes este mês entre duas e quatro da manhã.

Já ligou para a minha casa, para o meu escritório, em várias horas do dia ou da noite. O que você acha que eu sou, Sally? Foi esse comportamento irracional que acabou com o nosso casamento, sabia? Já faz mais de um ano, então por que continua com isso? Pensei que fosse tomar jeito.

— Estou tentando, Larry. Estou melhorando. Indo a um psiquiatra. E tenho um emprego fixo como garçonete, para não precisar te pedir mais pensão. Não queria te incomodar, mas penso em você o tempo todo. E estava preocupada com as crianças.

— Não tem nada com que se preocupar, então. Estamos cuidando bem delas.

— Anna não é a mãe delas, eu que sou, e sou sua esposa.

— Escuta, isso já acabou, Sally. Anna é minha esposa agora... e ela ama as crianças como se fossem dela.

— Não. — Sally arfou. — Impossível. Impossível. Elas são minhas. Não vou deixar mais ninguém ficar com elas. Prefiro ver elas...

A imagem do corpo contorcido das crianças voltou. O que estava dizendo? O que estava pensando?

— Ai, Larry, não. Não quis dizer isso. Desculpa. Só queria que as coisas voltassem a ser como eram...

O clique alto do outro lado lhe indicou que ele havia desligado. Sally baixou o telefone para o gancho e pôs a cabeça de volta no travesseiro. Pelo menos as crianças estavam bem. Ela finalmente adormeceu.

Pensei que aquela seria uma boa hora para aparecer. Eu não estava com o menor sono. Não parava de repassar o que Roger dissera para Sally na sessão daquele dia. Então me vesti e desci as escadas para falar com Murphy. Olha, sei que parece maluquice ficar falando com um manequim, mas tem pouca gente de verdade com quem posso conversar sobre essas coisas. Claro, agora tem o Roger. Mas ainda acho muito relaxante falar com o Murphy. Ele é o *meu* amigo imaginário.

Ele estava lá, parado atrás da porta de vidro, a postos, com o cassetete na mão esquerda e a mão direita erguida.

— Preciso conversar com alguém, Murphy — falei, me sentando nos degraus em frente a ele. — Sei como você deve se sentir, parado aí noite após noite, vendo gente passar, indo se divertir, enquanto você está de guarda, protegendo este lugar. Aposto que tem o mesmo sonho que eu, de que Deus te transforme em uma pessoa de verdade. Lembra a história do Pinóquio? Eu amava quando o Oscar lia essa para Sally. O Pinóquio se tornava um menino de verdade, no final. Pode acontecer com você também. Devem existir milhões de amigos imaginários feito a gente, que querem ser pessoas de verdade.

Ele não respondeu nada, mas eu não estava esperando que respondesse. Bastava ter alguém para me ouvir.

— O problema, Murphy, é que a Sally não acredita no que o Roger contou. É bom ou ruim pra ela aceitar que tem personalidade múltipla e conhecer a gente? O Roger disse que ela se curar não significa que eu vou morrer, e eu acredito nele. Mas como ele sabe?

Murphy ficou só ouvindo, com seu sorriso triste.

— E o que acontece com todas nós se Sally ou Nola se matarem? Eu pensava que, como o corpo é esvaziado depois da morte, as nossas almas, todas elas, seriam libertadas. E aí nós teríamos cada uma a própria salvação ou danação, de acordo com a vida que levamos, com como somos. Não acho que o Senhor vai me deixar sofrer pelo que Jinx e Bella fizeram. Sally e eu somos puras. Merecemos um lugar no céu. O que você acha, Murphy?

"Ainda não me decidi sobre a Nola. Ela é uma boa pessoa no geral, e bem-educada, mas é ateia. Ela usa o nome de Deus em vão e diz coisas horríveis sobre o governo. E eu acho que ela é a favor de moradias comunitárias e ideias radicais. Por exemplo, a Emenda da Igualdade de Direitos. Quando ela pensa nisso, tenho certeza de que ela tem razão e fico a favor da liberdade e da igualdade. Mas aí quando a Bella fala contra, e diz que é melhor as coisas ficarem como estão, porque as mulheres sabem como levar os homens a fazer o que elas querem, tenho certeza de que ela está certa e a Nola está errada. E a Nola é a favor do aborto, então não sei como ela poderia ir para o céu. Não estou dizendo que ela fez coisas ruins, a não ser por uns furtos aqui ou ali, mas ela tem ideias ruins. A gente vai pro inferno por ter ideias ruins, mesmo se não faz nada com elas? E se você *tentar* cometer suicídio, mas der errado?"

Eu sabia o que Murphy diria, se pudesse. Que ele não sabia, que ninguém sabia com certeza.

— Às vezes, acho que, com essa nossa organização mental excêntrica que o Roger chama de *multiplicidade*, devia ser possível uma de nós morrer e ir para o além, e as outras continuarem vivas. Aí talvez eu descobrisse o que vem depois da morte sem precisar morrer. Isso seria maneiro...

Senti que Murphy estava concordando comigo.

— Eu que devia ser a pessoa de verdade, Murphy, não acha? Minha nossa, eu quero ser a pessoa de verdade.

Falei com Murphy quase até as quatro da manhã, e a conversa ficou muito profunda e espiritual, como se eu estivesse quase rezando para ele me ajudar.

Com a mão direita erguida, Murphy me abençoou, e me senti melhor. Eu aprendia muito sobre mim mesma conversando com ele. E me dava esperança de que, mesmo depois que Sally aceitasse a verdade, haveria um lugar para mim no mundo.

Na manhã seguinte, Sally acordou envergonhada de ter ligado para Larry. Pensou em ligar de novo para se desculpar, mas concluiu que isso o irritaria. Foi escolher algo para vestir, mas, por algum motivo, nenhuma das roupas a agradou. Precisava de algo novo para se alegrar.

Decidiu ir fazer compras na Horton's. Ela ficou sentada, tensa e assustada, durante todo o trajeto de metrô até a rua 34. Tinha lido tanta coisa sobre ataques no metrô que ficava olhando para cada homem com apreensão — principalmente para os jovens. Os adolescentes haviam se tornado violentos. Ninguém mais estava a salvo. Todos roubavam dinheiro para comprar drogas. Nova York se tornara um pesadelo. Ela fez as baldeações, apertando com nervosismo a grande bolsa vermelha sob o braço. Ficou vigiando se alguém a seguia.

Só sentiu alívio depois de passar pelas portas grandes e familiares da Horton's, mas ainda carregava a bolsa grande com as alças passadas pelo braço e a mão a envolvendo, como recomendavam os policiais nos boletins anticrimes que via na televisão.

Sally comprou dois vestidos, um par de calças e um biquíni. Não era o tipo de roupa que costumava usar. Tinha a impressão de que seu gosto estava se inclinando para estilos mais jovens e modernos. As compras lhe deixaram praticamente só com o dinheiro da passagem de volta. Decidiu que uma hora dessas ia precisar abrir uma conta na Horton's.

Ao chegar na escada rolante, notou que um homem de rosto bexiguento, usando calças jeans e casaco cáqui, a observava. Ela desceu no segundo andar e rumou para o elevador.

Ele a seguiu, com as mãos enfiadas nos bolsos do jeans. Sally se encostou à parede dos fundos do elevador, a enxaqueca na base da nuca despontando. Teria que esperar ele descer primeiro, então iria para outro andar. Ela foi até o último andar, e ele não desceu. A dor de cabeça estava passando, mas seu corpo estava trêmulo e frio...

Nola saiu do elevador e se perguntou o que estava fazendo na Horton's.

Era a primeira vez que aparecia desde o mar. Lembrava-se da Nathan's, da chuva, da areia molhada nos pés e de três homens a arrastando para debaixo do calçadão. Teria que perguntar a Derry o que tinha acontecido desde Coney Island.

Olhou para a sacola, notou o biquíni pequeno, e decidiu que com certeza não tinha sido Sally quem estivera fazendo compras. Bella ou Derry. Ora, já que estava ali, era melhor comprar logo uns materiais artísticos. Vasculhou a bolsa e achou um dólar e cinquenta centavos. Não dava nem para pegar um táxi de volta para o apartamento. E, droga, não estava com o talão de cheques.

Ficou furiosa com quem quer que a tivesse deixado naquela situação. Foi até a seção de materiais de artesanato e, quando o vendedor não estava olhando, passou a mão em três grandes tubos de tinta a óleo e os enfiou na bolsa da loja. Precisava de uns pincéis também. Roubou dois de modo bem astuto.

Certa de que ninguém a flagrara, tomou a escada rolante e notou um homem bexiguento, de jeans e casaco cáqui, atrás dela. Bem, se o babaca roubasse sua bolsa, não ia levar muita coisa.

Já tinha atravessado as portas da saída quando o homem a alcançou.

— Senhora, sou um segurança da loja. Poderia voltar comigo, por favor?

Ela o encarou.

— Do que você está falando?

— Vamos entrar, por favor.

— Como vou saber se você é segurança mesmo? Pode muito bem ser um ladrão.

Ela voltou a andar, torcendo para se livrar na cara e na coragem.

— Senhora — chamou ele, acompanhando Nola. — Um momento.

Ele pegou a carteira e mostrou para ela um cartão de identificação que dizia "Equipe de Segurança da Horton's". No movimento de pegar a carteira, Nola reparou que ele tinha um revólver em um coldre de ombro sob o casaco.

— Eu não fiz nada — defendeu-se.

— Só venha comigo, e vamos conferir.

Ela se virou e começou a andar de volta com o segurança.

— Você vai ouvir do meu advogado — disse Nola. — Vou processar você e a loja por prisão ilegal.

Ele a conduziu até um elevador com uma placa de "Somente entrada de funcionários". Lá dentro, o homem se virou para ela.

— Olha, nós podemos ir para o escritório da diretoria e chamar a polícia ou...

O homem deixou a frase morrer conforme seus olhos a percorriam de cima a baixo. Nola percebeu, por aquele olhar, que ele estava oferecendo um trato.

— Ou o quê?

— Posso apertar o botão para o porão. Tem um quartinho de armazenamento lá, onde tiro uns cochilos de vez em quando. É bem privativo.

— E aí?

— Aí você é boazinha comigo, e eu sou bonzinho com você.

— E eu posso manter o que tem na bolsa?

Ele deu de ombros.

— Por que não? Não me custa nada.

Ela se esticou e apertou o botão para o porão, pensando em ganhar mais tempo para resolver aquela questão na lábia.

Enquanto o elevador descia, o homem se aproximou e pôs a mão na bunda dela, apertando e esfregando.

— Você é linda — sussurrou ele, rouco.

— Eu sei. Sou bem o seu tipo.

O elevador parou e a porta se abriu no porão. Ele a conduziu por corredores de caixas de papelão até um quartinho. Não havia ninguém por perto. Toda a coragem de Nola desapareceu. De repente, sentiu-se acuada. Ele lhe tocou nos seios. Ela sentiu o calafrio e começou a tremer.

— Vamos lá, meu bem — disse o segurança. — Você quer tanto quanto eu.

O homem abriu o zíper das calças. Nola desviou o rosto e fechou os olhos.

Quando o homem bexiguento a puxou para perto, com as duas mãos em sua bunda, Jinx o empurrou de volta.

— Tira as mãos da minha bunda! — ladrou ela.

A mudança súbita de voz o sobressaltou, e ele cometeu o erro de agarrá-la pelo braço. Jinx segurou a mão dele em uma pegada de judô e o atirou ao chão. No mesmo movimento, ficou em cima dele, acertando uma joelhada em sua virilha e golpeando sua garganta com a base da mão.

— Eu vou te matar, seu desgraçado.

Os olhos do jovem segurança saltaram conforme ela o sufocava. Jinx notou o relevo da arma, enfiou a mão sob o casaco dele e a tirou do coldre.

— Isso aqui vai ser útil.

Ele tinha uma expressão amedrontada quando ela ergueu a arma e deu uma coronhada em seu crânio. O homem desmaiou.

— Isso é pra te ensinar a não se meter com mulheres inocentes.

Ela arrastou o corpo de forma que parecesse que ele estava cochilando em um canto, depois pôs a arma na bolsa. Fechou a porta do quartinho e percorreu as fileiras de caixas de papelão até encontrar o elevador dos funcionários. Entrou e apertou o botão para o andar principal. Lá em cima, conforme as portas se fechavam atrás dela, Jinx se meteu rápido entre as pessoas e saiu para Sétima Avenida.

Tomou o metrô de volta para o apartamento e revirou a sacola para ver o que tinha lá dentro, aborrecida ao encontrar as roupas e as tintas. Analisou o revólver .38 de cano curto, totalmente carregado. Teria que o esconder onde nenhuma das outras o encontrasse por acaso. Pegou um saco plástico na cozinha e botou a arma lá dentro. Esperou até anoitecer, então foi ao porão do prédio, pegou uma pá e saiu pelos fundos para o pequeno jardim do condomínio. Depois de se certificar de que não havia ninguém por perto, escolheu um local bem no canto direito, perto de um poste de telefone. Cavou um buraco de uns trinta centímetros, botou a arma embalada lá dentro, depois o cobriu e disfarçou a terra revirada com umas plantas.

Voltou para o apartamento e pegou no sono no sofá.

Quando Sally acordou, tarde na manhã seguinte, olhou em volta, tentando se lembrar de onde estivera e do que havia feito. A última coisa que recordava era estar no elevador, na Horton's, com medo do homem bexiguento tentar roubar sua bolsa. O que acontecera desde então? Por algum motivo estranho, suas mãos estavam sujas. O que andara fazendo?

Procurou a sacola de compras e ficou aliviada em encontrá-la no closet. Pegou os vestidos e os pendurou, então viu os dois pincéis e os três tubos de tinta a óleo: amarela, azul-cobalto e siena queimada. De onde aquilo saíra? Procurou entre os papéis e embrulhos e achou o recibo das roupas, mas não dos materiais de artesanato. Como era possível? Se os tivesse comprado e esquecido, teria os recibos. Se não havia recibo, só podia significar que...

Ela não se deixou pensar nas palavras.

Tomou banho e botou um dos velhos vestidos floridos. Tomou o café da manhã em um humor apreensivo. Estava tentando. Estava mesmo. Mas não havia melhora nenhuma. Os apagões estavam piores do que nunca, e ela não parava de fazer coisas, ir a lugares, sem lembrança do que acontecia. Se o dr. Ash não arrumasse uma solução em breve, ela viraria uma candidata ao hospício. Comprou um exemplar do *Daily News* no caminho para o ponto de ônibus e viu a história na página 2 sobre um ataque a um segurança da Horton's. Ficou olhando para a fotografia do homem com o rosto bexiguento.

Ficou em pânico com a matéria, que dizia que o homem fora atacado por uma ladra que roubara materiais de artesanato e carregava uma grande bolsa vermelha e uma sacola de compras da Horton's. O segurança a descrevia como de altura mediana, cabelo escuro e uma expressão culpada que o deixara desconfiado. Ao chegar no trecho que falava da arma e de como ela se tornara uma tigresa brutal e violenta, Sally começou a tremer intensamente. Tinha que parar de pensar naquilo. Tinha que ir trabalhar. Forçou-se a esquecer o assunto.

Ficou feliz que fosse Todd a serviço para o almoço naquele dia em vez de Eliot. Não queria responder a perguntas sobre o encontro ou tentar evitar que Eliot ficasse se esfregando nela atrás do balcão. No entanto, percebeu que Todd a observava de perto. Várias vezes ele se aproximou, como se fosse perguntar alguma coisa, então desistia, mastigando ferozmente um palitinho. Será que tinha visto a matéria no jornal? Será que estava desconfiado?

O ritmo do restaurante no horário de almoço estava lento, então decidi deixá-la cuidar do serviço por conta própria. Sally não cometeu muitos erros, e ninguém lhe passou uma cantada, e assim tirei a tarde de folga.

Quando saiu do restaurante, não notou que Todd a seguia. Estava pensando no segurança bexiguento e na arma, e algo em sua mente sussurrava a palavra "igreja". Não fui eu nem as outras. Só um daqueles pensamentos que às vezes nos ocorrem do nada. Embora tenha soado como uma voz, até para mim. Notei Todd de novo quando ela parou em um semáforo. Ele estava do outro lado da rua. Sally não o viu. A Catedral de São Miguel ficava a apenas dois quarteirões do Yellow Brick Road e, lembrando o conselho do dr. Ash sobre suas forças internas, Sally pôs um lenço no cabelo e entrou.

Estremeceu na umidade fria da igreja, espiando ao adentrar a escuridão. Os confessionários de repente lhe pareceram uma fileira de cabines telefônicas, e ela se imaginou entrando em um deles e fazendo uma ligação interurbana para Deus, para perguntar por que sua cabeça ficava dando sinal de ocupado o tempo todo e por que ela ficava desconectada com tanta frequência. Mas havia telefones no céu? Sally se perguntou qual seria o código de área. E será que dava para ligar direto para Deus, ou era preciso passar por um telefonista? Temia que o número de Deus não estivesse na lista telefônica.

Deveria se confessar, mas, por mais que tentasse, não se lembrava de nenhum de seus pecados. Parecia estranho que não tivesse nenhum. Havia a história do roubo, mas seu coração e sua cabeça estavam tranquilos. Só que, se ela não tivesse pecado, por que se sentia tão oprimida? Por que se sentia tão desamparada? Será que podia ter feito aquelas coisas e não lembrar?

Viu gente olhando para ela do vão central, então se curvou, fez o sinal da cruz e se esgueirou para um dos bancos a fim de se ajoelhar e rezar. Sentiu alguém entrar ao lado dela e, quando ergueu os olhos, viu que era Todd. Talvez ele soubesse. Talvez tivesse lido a matéria e reconhecido que era ela a mulher descrita. Sally abriu a boca para falar, mas a dor de cabeça foi muito forte. Seu relógio dizia 14h23. Pôs as mãos no rosto e baixou a cabeça e, antes que pudesse terminar a frase "Ave Maria, cheia de graça...", já tinha saído de cena.

5

Nola estava pronta para sair correndo do quartinho e deixar o segurança da loja chamar a polícia. Contudo, quando ergueu os olhos e viu o altar, as velas bruxuleantes e a figura de Jesus na cruz, sussurrou:

— Ai, não...

— *Você está bem, Sally?*

Ela se virou. Em vez do segurança bexiguento, um jovem loiro a observava com olhos azuis nervosos. Usava jeans e uma camisa branca, com as mangas arregaçadas até os cotovelos.

Nola se levantou sem responder e saiu da igreja. Ele a seguiu de perto e, quando estavam do lado de fora, disse:

— Você passou o dia agindo estranho, Sally. Precisa conversar com alguém?

Ela diminuiu o passo e se virou para ele.

— Por que você acha que eu quero conversar com alguém?

— Você estava diferente lá no trabalho. Quando saiu toda nervosa do restaurante, te segui porque pensei que precisasse de ajuda.

— Diferente como?

— Com uma expressão meio desesperada, meio de pânico. Agora já sumiu. Você mudou de novo.

— Seja específico. Como?

— Você não parece a pessoa que eu entrevistei para o emprego, que era tímida e normal, e do nada se tornou toda animada. De cara, eu acreditei naquela história de você ter sido modelo. Mas quando o Eliot me contou do encontro de vocês, de como você estava incontrolável, como só queria dançar, comecei a achar que tinha alguma coisa errada.

Ela não fazia ideia de quem era Eliot, mas se lembrava de Derry ter comentado uma vez como Bella adorava dançar. Então Eliot devia ter saído com Bella.

— E agora?

— Agora você está mais séria. Falando diferente... mais articulada.

— Sou uma pessoa inconstante.

— Acho que foi isso que despertou meu interesse.

— Interesse em fazer o quê?

— Em ser mais do que o seu patrão. Quero te conhecer melhor.

— Tudo bem. Pode me levar ao Village e me comprar um cappuccino.

Quando passaram em frente a uma vitrine de loja, ela reparou no vestido florido sem graça que estava usando e gritou:

— Meu Deus do céu! Não posso ir ao Village usando essa obscenidade. Preciso passar em casa para me trocar. Por que não nos encontramos mais tarde?

— Me deixa ir com você.

— Acha que não vou aparecer?

— Eliot me avisou que você é muito imprevisível.

— Olha, se quer vir comigo e me esperar trocar de roupa, tudo bem. Não sei quanto tempo vou ter. Mas quero fazer muitas coisas esta noite, e sexo não está na programação. Se é isso que você está planejando, melhor nem perder seu tempo.

— Só quero passar a noite com você — disse Todd. — Não consigo te entender.

Ela decidiu que era melhor preveni-lo sem entregar toda a situação.

— Eu tenho humores, Todd. Às vezes, ajo de um jeito e gosto de fazer certas coisas, e aí, de repente, sem explicação, dou um giro de 180 graus.

— Você é diferente das outras mulheres. Isso me atrai.

— Desde que você não me *traia*...

— Sally, eu...

— Me chame pelo meu apelido. Nola.

— Outro apelido?

— Tem gente que coleciona coisas piores.

Pegaram um táxi e ela insistiu em pagar. Diante do apartamento, Todd deu uma espiada na vitrine da alfaiataria de Greenberg e acenou.

— Oi, Murphy.

Nola se virou para ele.

— Por que você fez isso?

— O Eliot mencionou o que você contou. Sabe, sobre o sistema de segurança do sr. Greenberg.

Nola o encarou.

— Acho uma idiotice colocar um manequim de guarda, e ainda mais vesti-lo como um policial e dar um nome a ele. Outro homem vazio.

Todd assentiu rapidamente.

— Concordo... com certeza.

— Por que será que ele se chama Murphy? — ponderou Nola.

— Bem, você já ouviu falar da Lei de Murphy. "Tudo que pode dar errado vai dar." Vai ver o velho Greenberg é só um pessimista.

Lá em cima, no apartamento, ela deixou Todd sentado na sala enquanto foi ao quarto se trocar. Vestiu suas calças jeans salpicadas de tinta e sua camisa de denim favoritas e um par de sandálias.

De repente, notou os livros no chão, do outro lado da cama. Meu Deus, por que Sally não deixava as coisas dela em paz? Nola tomava todo o cuidado para não mexer nas coisas de Sally. Catou os livros, subiu em uma cadeira e os escondeu na estante do armário. Livros eram importantes, caramba, uma das poucas maneiras de expandir os horizontes, de escapar daquela armadilha mental. Sentia-se enjaulada com quatro animais invisíveis, e tinha que tomar cuidado para não invadir o território alheio. *Bem*, pensou ela, fechando os punhos, *elas não deviam invadir o meu*.

Saiu marchando do quarto, sem nem olhar para Todd, então disse em tom raivoso:

— Vamos.

— Você parece irritada.

— Você vem ou não vem?

Pegaram um táxi. Odiava o metrô, o aperto da multidão, e ficou contente que Todd tivesse percebido que ela precisava de espaço, pois se sentou longe dela. Nola insistiu em pagar pelo táxi, mesmo que parte dela quisesse deixá-lo pagar. Não queria se sentir na obrigação de nada.

— Aonde estamos indo? — perguntou ele.

— Ao Horseman Knew Her.

— O quê?

— É uma piada de duplo sentido... e uma cafeteria no Village.

— Ah, tá.

— Me lembra de te contar a piada uma hora dessas.

— Deve ser boa — comentou ele. — Você finalmente está sorrindo.

No Horseman Knew Her, algumas pessoas perguntaram por onde ela tinha andado, porque estava sumida havia séculos, e disseram que sentiam falta de suas leituras interpretativas. Nola adorava aquele lugar. Era o mais perto que jamais chegaria do Left Bank, da Nouvelle Vague, e lhe dava a sensação de estar vivendo entre escritores e artistas.

    O lugar estava em expansão, e o som de marteladas ecoava conforme trabalhadores buscavam derrubar a parede que dava na loja ao lado. Dava para sentir o cheiro de gesso velho. A cafeteria em si era decorada como um café francês, com mesas feitas de blocos de madeira e paredes cobertas de folhas amareladas de jornais da França, da Itália e da Alemanha, para dar aquele ar de pobreza autêntica, como se não tivessem dinheiro para cobrir as paredes com mais nada. As cadeiras eram desencontradas, algumas de madeira e outras com encosto de arame. Outra parede estava ladeada de bancos de parque e mesinhas redondas. Os abajures Tiffany lançavam uma luz avermelhada no chão de tábuas polidas. Atrás do balcão, a gigantesca máquina de expresso cintilava, com suas alavancas e bicos em cada estação.

    Nola viu o olhar reprovador de Todd, e isso a irritou.

    — Sei que é cafona — explicou-se, sem se preocupar em baixar a voz. — Mas é meu tipo de cafona.

    — Eu não falei nada.

    — Nem precisou. Seu rosto é muito expressivo.

    — Assim como a máquina de café — brincou ele, com um sorriso.

    Ela resmungou.

    — *Nola, meu bem!*

    Ela reconheceu a voz antes de ver quem era. Meio se virando, estendeu a mão, e o homem gordo baixinho usando uma jaqueta de veludo cotelê sobre os ombros, como uma capa, a beijou.

    — Kirk, *meu bem*. Como vai?

    — Eu estou sempre esperando você, Nola — afirmou ele, encarando-a através de lentes grossas. — Você vive prometendo que vai aparecer em uma das minhas soirées de sexta-feira, mas nunca vem.

Nola o apresentou a Todd.

— O Kirk dá aula de economia na Central Community College, mas é só para poder bancar a verdadeira vocação: dar festas toda sexta à noite no apartamento dele. Todo mundo fica *louco* por essas festas. O Kirk passeia pela cidade, e sempre que esbarra em alguém interessante, ou pelo menos diferente, convida a pessoa para uma das reuniõezinhas de sexta-feira.

— Vocês dois precisam ir nesta sexta — disse ele. — É só levar uma garrafa de vinho.

Ele beijou a mão de Nola de novo, então se afastou para encurralar uma jovem magricela, de ombros caídos, que usava uma camisa de camponesa e botas de couro bem altas. Ela o ouviu dizendo:

— ... sexta à noite... e leve uma garrafa de vinho.

O dono da cafeteria reparou em Nola e deu a volta no balcão para abraçá-la.

— A Mason andou perguntando por você — disse o homem. — Ela precisa do dinheiro do aluguel.

— Estou indo lá agora pagar — respondeu Nola. — Só passei para tomar um cappuccino e ver quem estava por aqui. Abe, Todd Kramer. Todd, Abe Colombo.

Todd estendeu a mão, e Abe bateu nela com a palma aberta, depois deu um beijinho na bochecha de Nola e voltou para o caixa.

— Abe Colombo? — sussurrou Todd.

Nola sorriu.

— O pai dele é o rebelde da família Colombo de Little Italy. Se casou com uma bela garota judia. Aí o Abe foi e fez o mesmo. A Sarah é aquela ali, servindo as mesas.

Ela achava engraçado que as pessoas tivessem dificuldade em distinguir as garçonetes, já que todas usavam maquiagem branca combinando com os aventais brancos por cima dos collants e camisetas pretas. Todas usavam sapatilhas pretas e se moviam silenciosamente, carregando menus em pequenos quadros-negros, com bloquinhos de comanda pendurados por tiras de couro nos aventais.

Sarah notou sua presença e deu a Nola e a Todd um dos menus em quadro-negro.

— Nola, o Norm Waldron andou perguntando por você. Ele tem algumas leituras programadas e achou que talvez você fosse se interessar.

— Eu ando meio sem tempo — respondeu ela. — Passo quase todo meu tempo livre pintando e não saio mais para passear tanto quanto costumava.

Sarah anotou o pedido de dois cappuccinos e voltou para o meio da multidão.

— Você tem muitos amigos aqui — comentou Todd.

— Conhecidos, não amigos. Mas, como artista, gosto da companhia de gente criativa.

— Eu não sabia que você era uma artista. Gostaria de ver o seu trabalho.

— Está dizendo que quer visitar o meu estúdio?

— Quero.

— E, claro, depois você gostaria de tomar um vinhozinho e transar no chão à luz de velas.

— Olha, não me confunda com o Eliot. Ele que é o Don Juan. Pode perguntar pra qualquer pessoa que me conheça. Não sou nenhum mulherengo. Mas vou te dizer que você é a única mulher que realmente despertou meu interesse desde a época da faculdade.

Ela riu.

— Então não faz muito tempo. Tudo bem, vou arriscar, mas já vou te avisando: se começar de gracinha, é por sua conta e risco.

Quando saíram do Horseman Knew Her, subiram a rua Houston até o Soho, onde ela alugava um loft de esquina de uma artista chamada Mason. Nola e Todd entraram e encontraram Mason sentada no chão diante de um cavalete, fumando um baseado. O nariz arrebitado e o cabelo castanho emoldurando o rosto quadrado sempre lembravam Nola de um cachorrinho pequinês.

— Oi — disse Mason, ficando de pé, cambaleante. Ela ignorou Todd e sussurrou para Nola: — Vem dar uma olhada na minha última obra. Estou experimentando novas cores e formatos.

Nola olhou para a combinação de quadrados e pichações urbanas e assentiu.

— Original. Gosto da sua técnica. É muito contemporânea.

— Concordo — interveio Todd.

Mason olhou feio para ele e se voltou para Nola.

— Quero me comunicar com a jovem geração antissistema.

Quando Nola levou Todd para um canto do estúdio, Mason saiu batendo o pé. Todd indagou:

— Qual é o problema dela?

— Ela não gosta de homens.

— E você gosta?

— Tanto quanto gosto de mulheres.

— O que isso significa?

— Não *significa* nada, só *é* assim.

— Nossa, estou perdido. Não consigo acompanhar a sua linha de raciocínio.

— Sinto muito, Todd, mas não posso mudar isso por sua causa. Se você não consegue acompanhar, vai ter que continuar perdido.

Ele balançou a cabeça.

— É você quem está perdida. Então por que está me sacaneando?

— O que você quer dizer com isso?

— Sally, Bella, Nola. Quem é você?

— Eu sou *eu*. Não importa o nome que usem.

— É mesmo?

Ela desviou o olhar.

— Pensei que você quisesse ver meus quadros.

— Você é como mercúrio — comentou ele. — Se tento pegá-la, escorre por entre os dedos.

— Esses aqui não são muito recentes, mas já faz um tempo que não produzo. Não tenho saído muito...

Ela virou as telas que estavam encostadas uma na outra, voltadas para a parede, e as alinhou para que ele pudesse olhar.

Todd arfou.

Ela sabia que para outra pessoa, alguém como Todd, aquelas pessoas, objetos e criaturas dos seus sonhos pareceriam o *Inferno* de Dante. Ela mesma não fazia ideia de onde vinham aquelas imagens. Pintava em um frenesi de construir imagens em tela. Uma mulher sem rosto. Uma criança com bochechas, testa e queixo partidos, encarando o espectador com olhos mortos. Uma série inteira sobre morte. Suicídios nunca consumados, que terminara em tinta a óleo. E ainda havia a série de múltiplos: um rosto com muitas bocas, todas bramindo. Uma cabeça rachada por um cutelo.

— Por quê? — perguntou ele.

— É um jeito de tomar as rédeas dos meus sentimentos. Um jeito de controlar algo dentro de mim ao projetar para fora e fixar o pensamento por tempo suficiente para encarar, entender. Controlar.

Ele balançou a cabeça.

— Meu Deus! Sei como é ficar arrasado, passar pelo inferno, mas essas pinturas vieram do outro lado do espelho da Alice.

Ela assentiu.

— Você é diferente dos homens que geralmente...

— O quê?

— Deixa pra lá.

— Que geralmente se envolvem com a Sally? — perguntou ele.

Nola o encarou.

— Quem andou falando com você? O quanto você sabe, exatamente?

Ele apontou para a pintura de uma garota com o rosto estilhaçado.

— Só sei o que fui capaz de deduzir. Aposto de dez para um que você não é quem, ou o quê, parece ser neste momento.

— Entendi. E o que eu pareço ser?

— Uma mulher inteligente e liberal, interessada em cultura e nas artes. Fria, sagaz e intelectual.

— E o que eu sou *de verdade*? Por trás das aparências?

— Humpty Dumpty — respondeu ele.

— E todos os homens e cavalos do rei...

— Mas é tudo um bando de baboseira.

Ela estava encarando a pintura do rosto de uma mulher refletido num espelho quebrado.

— ... não conseguiram juntar Humpty Dumpty de novo.

— Você não precisa ser juntada. Eu sou um apostador que se arrisca. Te aceito como você é.

— O que eu sou? O que você é? Me conte quem é você.

— Todos nós somos pessoas diferentes em momentos diferentes. Nos anos 1960, em Columbia, eu era um ativista antiguerra. Nos anos 1970, fui um apostador. Agora, sou um homem de negócios e parte do sistema. Todo mundo é várias coisas.

Ela balançou a cabeça.

— Você está falando de diferentes estágios na vida de uma pessoa. A maioria das pessoas é multifacetada, como as faces de um prisma de diamante que reflete a luz. Eu sou diferente. Sou uma única gota em um colar de cinco pérolas.

— É isso que me encanta. Tem algo em você que me deixou empolgado com a vida de novo. Sem o estímulo das apostas, eu fui pro beleléu. Você me despertou. Não quero fingir que sei o que é. O jeito como você vive mudando me atrai, mas não me leve a mal, não te considero uma daquelas mulheres neuróticas. Eu te acho a pessoa mais fascinante que já conheci. A vida com você nunca deve cair no tédio.

Ela balançou a cabeça outra vez.

— Você não tem o direito de pensar em uma vida comigo.

— Não consigo evitar. Você não sai da minha cabeça desde aquele primeiro dia.

Os olhos azuis e pueris dele eram implorativos. Nola o achava atraente.

Deixou que Todd a tomasse nos braços sem resistir. Ele a abraçou e, embora não tenha correspondido ao beijo, ela também não o afastou. Mas o toque em seu seio a sobressaltou. Ela tremeu, recuando mentalmente. Queria manter a mão dele ali, queria que ele acariciasse seu seio, o beijasse, mas sabia que, se ele seguisse em frente e ela perdesse o controle, uma das outras ia escapulir pela porta giratória.

Por quê? Por que ela não podia ficar ali e se entregar a alguém de quem gostava, se quisesse? Não era justo estar fadada a experimentar a vida apenas através de livros e revistas. Queria o toque das mãos delicadas dele em seu corpo.

Todd a puxou para o colchão. Nola queria continuar ali e deixá-lo fazer amor com ela, mas a ideia de ser penetrada a fez ficar dormente. O prazer sumiu, e ela ficou fria, de súbito entorpecida, e soube que não poderia experimentar prazer nem dor. Isso a irritou conforme a porta girou e ela foi empurrada para dentro...

Jinx se viu empurrada para fora. Encarou um par de olhos masculinos desconhecidos, sentiu uma mão passando por entre as suas coxas. Ela estendeu o braço e agarrou o pulso dele, as unhas se cravando na pele, e se levantou num pulo.

— QUE MERDA VOCÊ PENSA QUE ESTÁ FAZENDO?

— Eu te quero. Sou louco por você.

Ela afastou a mão dele e lhe deu um tapa forte na cara.

— SEU FILHO DA PUTA! TIRE ESSAS MÃOS SUJAS DE CIMA DE MIM!

Todd recuou rapidamente.

— Minha nossa! Mais uma.

Jinx agarrou uma cadeira e a atirou. Errou o alvo, e a cadeira atingiu a parede e quicou, fazendo um rasgo em uma das telas de Nola. Todd segurou seus pulsos e a prendeu contra a cama. Jinx chutou, cuspiu e gritou, se contorcendo e girando para se livrar dele, mas Todd era forte.

— Eu vou te matar — gritou ela. — Vou pegar minha arma e estourar seus miolos.

— Podemos conversar sobre isso?

— Você tenta me estuprar e agora quer conversar?!

— Eu não estava te estuprando. Nola, qual é o problema?

Jinx sentiu a tensão abandonar seu corpo. Olhou rápido ao redor e percebeu o que havia acontecido. Normalmente, descobria por Derry que era Bella quem se envolvia com os homens. Agora Nola estava fazendo aquela palhaçada também. Primeiro com o guarda da loja, depois aquilo.

Ele apertou mais a pegada, e ela se sentiu paralisada. Odiava ficar presa. Não ligava para a dor. Raras vezes a sentia, e só de leve, como um latejar surdo. Mas ficar imobilizada fazia com que fosse tomada pelo pânico, como se houvesse alguém a sufocando.

— Tudo bem! — Arfou. — Sai de cima de mim.

Ele se levantou da cama, ainda segurando seus pulsos. Ela se sentia ofegante, como se tivesse corrido, mas sabia que era a raiva. Meu Deus, odiava aquela sensação. Então, devagar, ele a soltou.

Jinx andou pelo estúdio, olhando as pinturas de Nola. Eram desconfortantes. Os rostos pertenciam a pessoas de que se lembrava vagamente. Quando chegou à garota de rosto estilhaçado e olhos vazios, estremeceu. Era como se encarar em um corredor de espelhos. Pegou uma faca e retalhou as telas. Toda vez que Todd se aproximava para tentar impedi-la, partia para cima dele, que sempre dava um jeito de se esquivar. Quando enfim terminou, tinha destruído todas as telas no estúdio — inclusive as de Mason.

Todd desistiu de tentar impedi-la. Sentou-se na beira do colchão e assistiu. Depois que acabou, ela parou ofegante no meio do cômodo, exausta e mole.

— Isso te fez se sentir melhor? — perguntou ele.

— Vai pro inferno!

— Você extravasou muita agressividade. Deve estar calma o bastante para conversar.

— Com você?

— Por que não?

— Porque os homens são todos iguais. Só pensam em uma coisa, nos usam e nos jogam fora, como carros usados em um ferro-velho.

— Nola, não é assim que...

— Cala a boca! — berrou ela. — Não quero ouvir.

Ela partiu para cima dele com a faca. Todd se desviou, mas ela atingiu seu antebraço, deixando um corte sangrento.

— Pronto. Essa cor te cai melhor. Agora, se você vier atrás de mim, vou terminar o serviço.

Jinx jogou a faca no chão e saiu correndo do estúdio, passando por uma jovem com cara de cachorro em um jeans salpicado de tinta nos degraus da entrada. Não prestou atenção quando a mulher gritou:

— Ei, Nola, aonde você vai? Cadê o cara?

Jinx correu e caminhou todo o percurso até a área sul do parque Washington Square, observando o rosto das pessoas. Próxima do parque, parou e ficou vigiando.

Na caixa de areia, um garotinho estava atormentando uma garota. Outro macho perverso e nojento. Ele não parava de pisar nos montinhos de areia dela e puxava o cabelo da garota quando esta afastava o pé dele. Jinx se aproximou. O garotinho partiu para a gangorra.

Lembrou-se do padrasto de Sally, Fred, que costumava puxá-la pelo cabelo quando queria puni-la, depois a botava no colo e baixava sua calcinha para lhe dar palmadas. Lembrou como ele ficava duro ao fazer aquilo. Já não sentia muita dor, desde criança, mas ele não parava de bater até que, por fim, ao soltá-la, sua ereção já tivesse sumido e seus olhos estivessem baços. Como os olhos do garotinho naquele momento. Jinx avançou e o agarrou rapidamente pelo pescoço, então começou a apertar.

Uma das outras crianças gritou com ela, que se distraiu, e eu apareci. Soltei o menino e saí correndo. Normalmente não interfiro, mas matar uma criança? Pelo amor de Deus, consegui imaginar nós cinco passando os próximos cem anos na solitária.

Cheguei a uma cabine telefônica na rua MacDougal, liguei para o consultório de Roger e disse a Maggie que Jinx tinha acabado de tentar matar um garotinho e que era melhor Roger fazer alguma coisa rápido. Maggie disse que ele estava no hospital, mas me pediu para encontrá-la na entrada do pronto-socorro.

Eu estava abalada, tremendo ao pensar que minhas próprias mãos tinham rasgado as pinturas de Nola e quase esganado uma criança. Algo precisava ser feito, não havia dúvida disso. Mas o quê? Talvez Nola tivesse razão. Talvez fosse melhor a gente morrer. Afastei essa ideia. Tinha que ter outro jeito. Roger precisava tomar uma atitude.

Para garantir que não houvesse confusão caso Sally voltasse antes de eu chegar ao consultório, arranquei uma página do caderninho de Nola e escrevi: "Quando ler isto, vá direto para o pronto-socorro do Hospital Midtown. Maggie vai te encontrar lá".

Considerei pegar um táxi, mas aí pensei que alguém tinha que cuidar das finanças, então peguei o ônibus na Quinta Avenida para o centro da cidade. Mantive o bilhete na mão, assim, se Sally aparecesse, saberia para onde estava indo. Era tudo culpa dela. Se não fosse tão fraca, conseguiria manter as rédeas e impedir Jinx de assumir o controle. Eu estava sempre disfarçando os surtos de maldade ou violência de Jinx, sempre aparecendo a tempo de ajeitar as coisas. Derry, a rastreadora, sempre dócil, sempre presente para catar os cacos quando Jinx aprontava alguma e metia Sally em confusão. Como naquele dia. Não seria assim se eu fosse a pessoa por inteiro. Fechei os olhos e me imaginei voando como um pássaro selvagem e livre... mais e mais alto, circulando conforme me aproximava mais e mais do sol... então me senti despencando... caindo... caindo... e ali estava eu de novo, enjaulada no canto escuro da mente de Sally.

Sally se virou a fim de perguntar para Todd por que ele a seguira até a igreja e ficou chocada ao se ver dentro de um ônibus, usando um jeans manchado de tinta. Olhou em volta, se perguntando se alguém notara seu constrangimento. Onde estivera? O que andara fazendo? Aonde estava indo? Quanto tempo o apagão durara daquela vez? Ela conferiu o relógio. 17h31. A última coisa de que se lembrava era entrar na Catedral de São Miguel, às 14h23, e descobrir que Todd fora atrás dela. Mas ainda era o mesmo dia? Por que estava usando um jeans manchado? *Se controla*, pensou.

Quando percebeu que não ia ter outro apagão, ela se sentiu melhor. Relaxou e respirou tranquila, recostando a cabeça na janela. Talvez devesse descer na próxima esquina e ligar para o dr. Ash. Sabia como ele era ocupado e não queria perturbá-lo, mas não fazia ideia do que acontecera desde a igreja. Apertou os punhos com força, então percebeu que tinha algo na mão esquerda. Abriu-a e viu que era um papel amassado. Assustada, ela o alisou e leu o bilhete.

Por favor, meu Deus, pensou ela, *que nada de ruim tenha acontecido. Sou uma boa pessoa. Não quero fazer coisas ruins.*

Ela ergueu os olhos de repente e viu que o ônibus estava passando pelo ponto do Hospital Midtown, então se pôs de pé e desceu.

Sally andou da Quinta Avenida até a Lexington, segurando o bilhete. Olhou-o de novo. Não era a sua caligrafia. Pesada, redonda — em letras de forma —, não se parecia em nada com suas letrinhas organizadas e inclinadas para a esquerda, tão pequenas que na escola ela era capaz de anotar uma aula inteira em uma página só enquanto outros alunos usavam três ou quatro. Mas aquela caligrafia espaçosa com certeza era de outra pessoa. Sally passou rapidamente pela porta giratória, e Maggie estava esperando por ela na recepção.

— Como você está? — perguntou Maggie.

— Um pouco nervosa.

— Quem...?

— Eu sou a Sally.

Ela entregou a Maggie o bilhete amassado, e a mulher o olhou, balançando a cabeça.

— Você deve estar passando por maus bocados.

— Desculpa incomodar. Sei como o dr. Ash é ocupado.

— Você deve ficar à vontade para nos ligar a qualquer hora do dia ou da noite, Sally.

Maggie a levou até uma sala de exames branca e fria.

— Agora descanse um pouco. O dr. Ash está com uma paciente e vem ver você em uns cinco minutos.

— O mais incrível é que não sei por que estou aqui. Não faço ideia do que aconteceu. Pode não ser nada. Estou com tanta vergonha.

— Não pense assim, Sally. Sei que teve um bom motivo, e ele vai te ajudar a resolver.

— Espero que sim. Estou assustada. Por favor, deixe a porta aberta.

Sally se recostou e descansou a cabeça na parede, agitada. Hospitais a deixavam nervosa.

Alguns minutos depois, ela se sobressaltou com o som de vozes. Duas mulheres passando pela porta da sala espiaram ali dentro. Uma delas, uma enfermeira, usava um crachá preto com letras brancas que dizia ENFERMEIRA P. DUFFY. A outra usava roupas comuns. Quando a viram erguer os olhos, viraram as costas.

— É essa aí que tem personalidade múltipla? — Sally ouviu uma delas dizer. As vozes pareciam estar vindo da sala ao lado, e ela ainda as escutava.

— O Ash acredita que sim.

— Fico arrepiada só de pensar.

— Eu não acredito em personalidade múltipla.
— Mas o dr. Ash...
— Lembra como o Ash estava antes de encontrar essa mulher? Quando um psiquiatra fica entediado com os esquizofrênicos e maníaco-depressivos de sempre, começa a procurar doenças mais exóticas.
— Você acha que ela está fingindo?
— Fingindo, não. Todo mundo sabe que pessoas com neurose histérica percebem o que os médicos querem delas, e dão isso a eles. É de conhecimento público que o Ash estava em um precipício emocional antes de essa mulher aparecer. Muitos bons psiquiatras acabam tendo burnout.

Então a porta se fechou e a voz delas sumiu. Tinha mesmo ouvido aquilo ou apenas imaginado?

A porta do outro lado do corredor se abriu, e uma garota de cabelo oleoso, com espinhas no rosto e um olhar nervoso, saiu acompanhada de Maggie.

Sally baixou os olhos para evitar encará-la. Não queria falar com ninguém. Depois do que aquelas mulheres tinham dito, queria se levantar e sair correndo.

Alguns minutos depois, Maggie voltou e a levou para o consultório de Roger.

— Sally, o que houve? Você está bem? — perguntou ele.
— Estou com uma dor de cabeça horrível.
Maggie olhou para Roger.
— Ela estava bem um minuto atrás.
Ele se levantou e guiou Sally para uma cadeira.
— Aconteceu alguma coisa?
— Eu ouvi elas falando. Aquela enfermeira, Duffy, e a outra mulher estavam falando sobre personalidade múltipla. Disseram que pessoas com neurose histérica ficam inventando coisas para os psiquiatras. Eu não inventei nada para o senhor, dr. Ash. Juro que não. Não estou atuando nem

fingindo. Não sei o que está acontecendo na minha cabeça, mas é verdade. É um inferno!

— Duffy... Imbecil maldita. Se fosse por mim...

— Minha cabeça, dr. Ash! Está doendo!

Ela sentia uma pressão bem no topo, que então ficou ainda mais forte, mais forte, como se o cabelo de toda a cabeça estivesse sendo puxado para o meio.

— Vai acontecer. Não consigo segurar!

Ele tomou sua mão.

— Não resista, Sally. Se acalme. Esqueça o que aquelas idiotas disseram. Nós vamos conversar sobre isso. Maggie, pegue um copo d'água.

Ela viu Maggie se mexer, mas estremeceu, e a imagem de Roger virou um borrão, as vozes ficaram distantes, como se houvesse rodas dentro de rodas em sua cabeça, girando cada uma a uma velocidade, e Sally passava de uma para outra e se afastava do centro — de si mesma — sobre o qual as outras giravam.

Ash falava com ela, tentando se comunicar, mas Sally não conseguia ficar no centro. Deixou-se levar, passou para a segunda roda, depois para a terceira, girando sem parar. Então recuou, e o centro se tornou um borrão também. Ficou tonta, e antes de apagar lhe ocorreu o pensamento de que um dia teria que perguntar ao médico o que causara o burnout dele.

6

Nola abriu os olhos e estava prestes a retribuir o beijo de Todd quando olhou em volta e se viu em um consultório médico, sendo observada por um doutor de jaleco branco e uma mulher desconhecidos. Como sempre, ficou sentada em silêncio, esperando alguma pista a respeito do motivo que a levara ali e do que estava acontecendo.

— Agora, Sally, quero que me conte tudo que lembra desde que saiu do trabalho esta tarde — pediu o médico.

Então ele pensava que ela era a Sally. Se aquele era o psiquiatra da Sally, que a Derry mencionara, ela não queria papo.

— Sally, está tudo bem? — insistiu ele. — Por que está nos olhando desse jeito estranho?

— Porque me sinto estranha. Passei por muita coisa nos últimos dias e não sei por que estou aqui, o que me deixa irritada.

— Você está aqui porque a Derry marcou uma consulta de emergência. Ela ligou e disse que você quase matou uma criança. Não acha que isso é motivo suficiente para estar aqui?

Nola levou a mão à boca.

— Não fui eu. Nunca fiz uma coisa dessas. A Derry não tinha o direito de marcar uma consulta para mim.

Ela viu os dois trocarem um olhar preocupado e percebeu que falara demais. Recostou-se na cadeira, cruzou as pernas e olhou de um para o outro. Então relaxou e balançou o cabelo, correndo os dedos pelos fios.

O médico se inclinou para a frente e a olhou com atenção.

— Pode nos dizer o seu nome?

— Primeiro me diz quem você é, onde eu estou e por que estou aqui.

— Muito bem. Eu sou o dr. Roger Ash, seu psiquiatra. Esta é Maggie Holston, minha enfermeira, e muitas vezes minha assistente. Você está no Centro de Saúde Mental do Hospital Midtown, porque Derry ligou e disse que Sally estava com problemas.

Ela assentiu.

— Bem, eu não sou a Sally. Acho que você já se deu conta disso. Meu nome é Nola. E você não é meu psiquiatra. — Ela achou graça da surpresa nos olhos dele. — Dá para ver que não estava esperando por *mim*.

— É verdade — respondeu ele. — Foi a Derry quem ligou. Você conhece a Derry?

— Conheço.

— Posso te fazer uma pergunta? — disse Roger.

Nola inclinou a cabeça e sorriu.

— Desde que eu não esteja te pagando por hora.

— Obrigado. Você se importaria de dizer por que apareceu neste momento?

Ela considerou a questão.

— Queria ver o que estava acontecendo. — Nola olhou para o jeans manchado. — Acho que foi por causa do dia de hoje. Eu estava no meu estúdio com... bem... e aí... aqui estou eu.

— Quer dizer que não estava ciente de mim e da srta. Holston?

— Sabia de forma indireta, pela Derry, como sombras na parede.

— Você conhece as outras pessoas na cabeça da Sally?

— Só a Derry, diretamente. Sei que existem outras. É como esbarrar em gente no escuro. Consegui deduzir, por pistas, por comentários de outras pessoas e pelas coisas que fico sabendo pela Derry. Tive que ser uma verdadeira Sherlock Holmes para ir ligando os pontos com os pedacinhos de informação. Fui eu que li sobre Eva e Sybil e falei delas para a Derry. Li artigos sobre personalidade múltipla. Acho que podemos dizer que plantei na cabeça dela a ideia de que podemos ser múltiplas, e ela repassou o pensamento para a Sally, para pedir ajuda. É isso mesmo, doutor? A gente tem personalidade múltipla?

Ele assentiu.

— Mas a Sally ainda não sabe, não é?

— Eu contei, mas ela ainda não admitiu para si mesma. Vai ter que encarar o fato. Uma de vocês deveria contar a verdade para ela.

— Eu não consigo falar com a Sally. O abismo entre nós é intransponível. E parece estar piorando em vez de melhorar. Eu aparecia para ler e pintar muito mais do que agora. Agora, com a terapia, o emprego da Derry, as corridas, as danças e os homens com quem ela e Bella se envolvem, meu Deus, tenho sorte quando arrumo a oportunidade de ler as propagandas no metrô.

— Você comentou que leu sobre o tratamento de personalidade múltipla. Então talvez entenda a estratégia terapêutica em alguns desses casos.

— Pelo que entendi, existem duas abordagens. Em uma delas, o terapeuta parece extirpar as outras personalidades da hospedeira, meio que mata elas. Na outra, é como se o médico as reunisse... O que chamam de integração.

Ele arqueou a sobrancelha, parecendo impressionado.

— É isso mesmo.

— Em qual das duas você está pensando?

Ele olhou de relance para Maggie, que estava ocupada tomando notas.

— Uma combinação das duas, talvez. Vou ter que improvisar ao longo do caminho. Tenho certeza de que você entende, Nola, que se sabe muito pouco sobre a multiplicidade.

Ela assentiu.

— Os livros mencionavam que é bem raro. É verdade? Nós somos tão especiais assim?

Roger sorriu.

— O seu... hã, o caso da Sally me fez voltar a pesquisar. Essa condição é conhecida desde o começo do século 19, mas até 1944 só existiam 76 casos disponíveis para a maioria de nós da área. O *Index Medicus* sugere que os periódicos médicos do mundo apresentavam mais ou menos o mesmo número. Digamos que uns 150 casos em toda a história da psiquiatria e da medicina até 1944.

— Então é raro.

— Só que, desde então, houve mais milhares de casos. É estranho, mas todo psiquiatra que diagnostica um caso acaba com vários outros. A nova terceira edição do *Manual diagnóstico e estatístico de transtornos mentais*, feito pela Associação Americana de Psiquiatria, agora lista a personalidade múltipla sob uma nova categoria chamada "transtornos dissociativos", junto a outros transtornos, como amnésia e fuga dissociativa. Houve até uma newsletter sobre personalidade múltipla. Agora, estima-se que três a cada cem pessoas tenham experimentado alguns dos sintomas dessa síndrome. Então, estamos descobrindo que, em vez de ser essa raridade toda, era só a pontinha do iceberg.

Nola ponderou a respeito.

— Como aconteceu esse súbito aumento nos números?

Ele deu de ombros.

— Talvez estivéssemos deixando passar, esses anos todos. Pessoas com personalidade múltipla que cometeram suicídio, foram executadas, internadas como loucas ou simplesmente se esconderam em cidades grandes e nunca foram descobertas. Agora que sabemos o que procurar, encontramos cada vez mais casos.

Ela pensou na resposta e balançou a cabeça, em negação.

— Ou talvez haja outra explicação. Talvez seja a doença dos nossos tempos. Num mundo fragmentado com a divisão do átomo, podemos estar vendo os resultados da civilização moderna... Pessoas se dividindo por desintegração mental. Ou talvez seja uma mutação causada pelas partículas radioativas deixadas pelas bombas atômicas, uma geração inteira se fragmentando em reação em cadeia.

— Isso não faz sentido.

Nola se levantou e foi até a janela, olhando para as pessoas abaixo.

— Por que não? Talvez deva ser assim mesmo. A raça humana sempre se adaptou ao ambiente. Você tem que admitir que, nesse mundo explodindo de informação, é mais lógico ter a mente separada em compartimentos autônomos, uma divisão do trabalho, como uma linha de montagem mental.

— Mas não é eficiente, porque vocês estão trabalhando uma contra as outras, cada personalidade constantemente destruindo o que a outra criou, e o resultado é caótico. Vai acabar com todas vocês.

— Isso é só por causa da amnésia, da falta de controles internos — respondeu ela, encarando-o com uma expressão arrogante. — Talvez essas primeiras tentativas de desenvolver uma nova espécie mental tenham sido fracassos evolutivos da natureza. Talvez um dia uma criança predisposta à multiplicidade nasça com uma pequena variação, capaz de criar operações de troca que lidem com a amnésia, para controlar a mudança entre as personalidades. Aí teríamos de fato um ser humano superior... *Homo sapiens multiplus*. A fragmentação pode ser a onda do futuro em vez de um defeito.

Ele bateu com o punho na mesa.

— É meu trabalho lutar contra a fragmentação porque, em praticamente todos os casos, a pessoa com esse transtorno está em perigo. Homicídio e suicídio. Temos que reverter o processo.

— Está falando da integração?

Ele assentiu.

— Isso mesmo. O oposto da desintegração. O que acha?

— Não sei bem. Pelo que a Derry já me contou sobre nós, sei que somos tão diferentes que não imagino como você conseguiria nos unir. Mas estou disposta a tentar, porque sou realista o bastante para saber que, se ninguém fizer *alguma coisa*, vamos acabar mortas. Deus sabe que já tentei, mas algo ou alguém sempre interfere. Talvez seja por isso que estou aqui agora. Mas tem uma coisa que você ainda não mencionou. Como planeja integrar Jinx, com a violência e o sadismo dela, a essa nova Sally? Ou acha que ela vai desaparecer se for ignorada?

— Tem razão — respondeu o médico. — Ainda não descobri o que fazer com a Jinx. Ainda não a conheci.

— Sorte sua.

— Vou ter que conhecer, mais cedo ou mais tarde. Acha que ela conversaria comigo?

— Pergunte à Derry. Ela anda se gabando do novo título... "Rastreadora".

— Muito bem, então. Vou ver isso com a Derry. E você pode ficar e escutar enquanto converso com ela, se quiser. Posso organizar isso por meio de uma sugestão pós-hipnótica.

Nola considerou a ideia.

— Seria fascinante, mas significaria o começo de uma coconsciência, não é? Ainda não. Talvez outra hora, quando eu tiver certeza de que você está no controle da situação... inclusive da Jinx.

— Como quiser. Não pretendo forçar nenhuma de vocês a fazer nada além de permanecerem vivas. Vocês vão se reunir no próprio tempo, e estarei aqui para ajudá-las a lidar com a questão.

Nola sentiu a mão dele em seu braço e fechou os olhos.

— Quando eu contar até três, a Derry vai aparecer e conversar comigo. Tenho assuntos importantes a discutir com ela. Um... dois... três... Derry, *venha para a luz*.

Abri os olhos e sorri para ele.

— Oi.

— Oi. Pode me dizer seu nome completo, para registro?

— Derry Hall.

— Como vai, Derry?

— Nada mal. Gosto do meu emprego. É pesado, mas divertido.

— Quer me perguntar alguma coisa?

— Queria perguntar sobre o que a Sally ouviu antes da Nola aparecer, sobre você ter tido um burnout.

Ele corou e olhou para Maggie, depois de volta para mim.

— Como assim?

— Aquela enfermeira Duffy e a outra mulher estavam conversando na sala ao lado da de Sally e disseram que você teve *burnout*. O que elas quiseram dizer com isso?

— Quando questionei se você queria me perguntar alguma coisa, estava falando sobre as outras personalidades.

Deu para ver que a minha pergunta tinha incomodado Roger e que ele estava evitando responder. Isso só me deixou mais curiosa.

— Eu estou sempre respondendo perguntas sobre mim, mas tenho muito interesse em outras pessoas. Claro, se você não quiser me contar...

Ele me lançou um olhar aguçado, depois sorriu.

— Acho que você tem direito a uma explicação. Médicos às vezes sofrem de algo conhecido como "síndrome de burnout", e o próprio médico é sempre o último a saber o que está acontecendo com ele.

— O que é uma síndrome?

Ele não me encarou. Estava analisando as veias no dorso da própria mão direita.

— É um conjunto de sintomas que acontecem ao mesmo tempo. Nesse caso, descreve o que acontece com muitos médicos que passam tempo demais com os pacientes ou, como chamamos agora, "clientes". Passar anos confrontando medos, lembranças, sonhos e alucinações das pessoas tem um custo. E a exposição constante ao sofrimento desumaniza o médico. Ele para de prestar atenção. Sua mente cria uma casca para se proteger da constante exposição ao sofrimento. As emoções endurecem. Ele segue com a vida, mantém uma fachada e a etiqueta de sempre, mas no fundo já parou de se importar com as pessoas que deveria estar ajudando.

Fiquei com pena dele. Entendia como era estar constantemente lidando com os problemas dos outros, viver o sofrimento dos demais. De certa forma, era o que eu tinha que fazer pela Sally e as outras. Eu me perguntei se eu também tinha burnout.

— Obrigada por me contar, Roger.

Ele me olhou nos olhos, e sua voz ficou mais severa.

— Entenda que estou falando de modo geral sobre a

síndrome, não sobre mim. Agora, chega de conversas teóricas. O que aconteceu hoje depois do trabalho?

— O que aconteceu?

— Você ligou para a Maggie e disse algo sobre quase matar um garotinho.

— Ah, é. Nossa, meu Deus, sim! Lembrei agora. Você tem que fazer alguma coisa com a Jinx.

Contei para ele o que se passara, e Roger pareceu perturbado.

— Você tem que se livrar dela — falei. — Antes que ela mate alguém.

Ele balançou a cabeça, pesaroso.

— Ela faz parte da Sally, assim como você. Todas vocês vão ter que aprender a conviver com a Jinx.

— Ninguém consegue conviver com aquela mulher maligna.

Roger pensou por um momento, a testa franzida.

— Acha que ela conversaria comigo?

— Duvido.

— Podemos tentar entrar em contato com ela?

— Posso tentar, mas não vai ajudar em nada. A Jinx sabe que você está querendo acabar com ela.

— Mas eu nunca falei nada disso. De onde ela tirou essa ideia?

— Acho que de mim. Imaginei que não fosse querer uma pessoa sádica como ela na nossa nova vida quando juntasse todas nós. Ela é horrível, Roger. Diabólica.

— É fácil dizer, Derry. Meu trabalho é tentar entendê--la, não julgar.

— Mas você não pode aceitar deliberadamente esse ódio violento e fazer a gente compartilhar dele com ela.

— A Nola parece pensar que não somos capazes de isolá--la. Ela acha que a Jinx sempre estaria à espreita, pronta para ressurgir. Não seria melhor fazer as pazes com ela, ver se tem alguma maneira de...?

Isso fez os pelos da minha nuca se arrepiarem.

— Seria como fazer um pacto com o diabo!

— Ora, veja bem.

— Você não a conhece.

— Pode fazer com que isso aconteça?

— Acho que ela não vai aceitar, mas vou tentar. Você tem que ver e ouvir ela por conta própria.

— Muito bem — disse ele. — Jinx, *venha para a luz*.

Fechei os olhos e apertei os lábios por quase um minuto, mas nada aconteceu.

— Ela não quer vir. Não confia em você.

— Diga a ela que só quero conhecê-la pessoalmente.

Tentei de novo.

— Não adianta. Ela não vem. Nossa, ela me dá calafrios. Olha só, fiquei arrepiada. Ela vai matar alguém, com certeza.

— Quem ela quer matar?

— Faz um bom tempo que ela quer matar o Larry, ex-marido da Sally.

— Você sabe por quê?

— Acho que sim — respondi. — Acho que é por causa das trocas de esposa.

— Pode me explicar mais sobre isso?

— Só sei o que chegou aos meus ouvidos, Roger. O Larry levava a Sally em encontros com outros executivos da indústria da moda... Sabe, compradores, gerentes de vendas e as esposas deles. Eles jantavam, depois iam para uma boate ou um show, e aí os homens começavam a falar sobre trocar de esposa por uma noite. O Larry dizia à Sally que isso o ajudaria muito nos negócios se ela topasse.

— O que a Sally achava disso?

— Ela ficava com dor de cabeça e pedia para o Larry levá-la para casa.

— E ele levava?

— Como eu falei, Roger, só sei o que me contaram. A Sally não ia com os outros homens, nem eu, e com certeza a Nola também não. Se quiser mesmo saber o que rolava, é melhor perguntar pra Bella.

— Muito bem. Derry, *volte para o escuro*. Bella, *venha para a luz*.

— Oizinho — disse ela, piscando como se um holofote a ofuscasse. — Como vai?

— Bella, eu a chamei porque gostaria que você me desse algumas informações sobre o ex-marido da Sally. A Derry parece achar que a Jinx quer matá-lo por causa de alguns incidentes com trocas de esposa. Você sabe alguma coisa a respeito disso?

— Devo saber. A Sally era covarde demais para aceitar a brincadeira. Quer dizer, ela era a esposa do Larry, não era? E ele precisava de uma mulher que o ajudasse a avançar na carreira. Mas, quando chegava a hora da diversão, ela ficava com dor de cabeça e eu aparecia. Bem, não vou falar mal da coisa toda. Era bem divertido, dançar, ver os shows, até as festinhas depois.

— Como o Larry reagia à mudança?

— Ele sempre ficava maravilhado. Dizia que eu era a mulher mais inconstante ou a melhor atriz do mundo. Eu respondia que era as duas coisas.

— Você sabe por que a Jinx quer matar o Larry?

— A Derry me disse que a Jinx ficou bem puta com ele na última vez que fizemos uma troca. Naquela noite, fomos ver uma apresentação do Buddy Hackett no Copacabana. Eu amo o Buddy Hackett. As piadinhas infames dele são hilárias. Naquela noite, a Sally teve a dor de cabeça mais cedo. Ela acha as piadas dele "de mau gosto" e fica nervosa. Cacete, ela é muito puritana, né? Enfim, eu apareci e peguei a segunda metade da apresentação, como sempre. Mais tarde, quando fizemos a troca com um comprador de fora da cidade e a esposa dele, pensei que fosse ser bem divertido. Ele tinha um Cadillac branco lindo e estava hospedado no Americana, e eu soube que ia ser fantástico.

"Eu queria sair para dançar, mas ele estava bêbado e com tanta pressa para chegar no quarto que pensei que seria uma rapidinha e que a gente ia dançar depois. O filho da puta me pegou de surpresa e amarrou as minhas mãos às costas. Quando comecei a me debater, ele agarrou meus pés e prendeu os tornozelos. Eu falei: 'Ei! Não precisa disso. Eu topo brincar'. Mas ele disse que gostava daquele jeito e que a esposa nunca aceitava.

"Nessa hora, comecei a implorar. 'Por favor, para, odeio que me machuquem.' Mas ele disse: 'Meu bem, você vai amar'. Disse que morria de tesão naquilo e que sabia que mulheres adoravam ser punidas. Falei que ele era maluco, que eu não precisava de punição nenhuma. Ele me falou para continuar implorando. Aí puxou o cinto das calças e dobrou ao meio, como se fosse bater na minha bunda. Eu avisei para ele não fazer aquilo, disse: 'Você não sabe o que pode acontecer'. Mas ele começou a me bater. Eu sou uma covarde quando se trata de dor. Não aguento. Então fui embora."

— O que aconteceu?

— Não sei bem, porque, como disse, fui embora. Mas a Derry depois me contou que a Jinx apareceu e conseguiu se soltar. O cara foi parar na UTI, e o Larry teve que arrumar um novo emprego. Desde aquela noite, a Jinx está com o Larry na mira.

— Muito bem, Bella. Você me ajudou muito. Obrigado.

— Quando quiser, campeão... — Ela interrompeu a voz sedutora com uma risadinha.

— Agora, Bella, quero que você *volte para o escuro*. Quando eu contar até três, a Sally vai aparecer e se lembrar do quanto ela quiser dessas conversas.

Ele fez a contagem. Sally apareceu, deu uma olhada pela sala e começou a tremer.

— É a dor de cabeça, dr. Ash. Não consigo evitar.

— Você se lembra de alguma coisa que aconteceu neste consultório hoje?

Ela olhou ao redor, atordoada.

— Eu acabei de entrar e me sentar, não?

— Você teve um apagão, Sally. Não se lembra de nada do que aconteceu durante ele?

— Não. Eu nunca lembro.

— Precisamos trabalhar nisso — respondeu o dr. Ash. Então disse a ela o que conversara comigo e com a Nola, sobre estabelecer linhas de comunicação entre nós. — É a única maneira de acabar com a amnésia.

Sally balançou a cabeça.

— Me desculpa, dr. Ash. O senhor fica me falando dessas outras pessoas, e eu tento aceitar a ideia, mas no fundo acho que não acredito de verdade. Sinto muito.

Os lábios dela estavam tremendo. Sally estava prestes a cair no choro.

— Não precisa se desculpar, Sally. Outros psiquiatras trabalhando com personalidade múltipla já descobriram que a primeira defesa do paciente contra o tratamento é quase sempre a negação. Então não estou surpreso pela sua descrença. Mas você precisa se preparar para ser confrontada com a existência das outras algum dia.

— Vou tentar, dr. Ash, mas é difícil.

— Lembre, Sally, que levou uma vida inteira para você desenvolver essas defesas. As muralhas não vão cair só porque tocamos trombetas na frente delas.

Sally ficou movendo a boca durante todo o caminho para casa. As pessoas ficavam encarando, mas eu era a única que ouvia o que ela estava repetindo sem parar dentro da cabeça:

— Não existem outras. Sou só eu. Eu sou a única. Não existem outras. Sou só eu. Eu sou a única. Não existem outras...

Meu Deus, como isso era deprimente.

7

As coisas correram tranquilas pelas semanas seguintes. Pedi desculpas a Todd pelos meus humores imprevisíveis, e ele disse que eu não precisava me desculpar. Sally ia para a terapia. Bella e Nola apareciam por curtos períodos, sem maiores problemas. Jinx ficou recolhida. Eu cuidava do trabalho, e comecei a ter esperança de que as coisas permanecessem estáveis assim e de que talvez não precisássemos da integração. Se eu não podia ser a pessoa de verdade, aquilo ali era a segunda melhor opção.

Então, uma tarde, depois de fecharmos o Yellow Brick Road, Todd me parou a caminho da saída. Ele tirou o palito mastigado da boca e disse:

— Sei que amanhã é a sua folga, Sally, mas preciso de um favor.

— Pode falar.

— Você sabe que, durante a temporada de corrida de arreio, eu organizo campanhas publicitárias para o gerente dos eventos especiais da Pista de Corrida de Nova York.

Assenti.

— Bem, no evento do Memorial Day, antes da última corrida, sempre contratamos uma garota bonita para se vestir como jóquei. Sabe como é: camisa de seda, capacete, óculos. Nós chamamos a personagem de "Vitória Naposta". A garota que a gente costuma contratar ficou doente, e o Eliot sugeriu você para substituí-la.

— O que eu teria que fazer?

— A Vitória Naposta só fica desfilando em um carrinho alegórico na pista, antes da última corrida, canta umas músicas, qualquer uma que ela quiser, e sorteia os ingressos vencedores de dentro de um tambor. Você ganharia cinquenta pilas.

— Não precisa me pagar por um favor.

— Não, essa parte é trabalho. A pista de corrida é que paga. A gente passaria o começo da noite por lá. Eu te mostraria tudo. O serviço em si não deve levar mais de quinze minutos.

— Eu topo — respondi.

Todd esfregou a boca, me olhando de perto.

— Tem certeza de que não tem problema? Isso não causaria uma daquelas suas mudanças de humor?

Dei risada.

— Só me avisa quando o holofote acender, e você vai ter o seu show. Parece divertido.

Todd passou para me buscar às seis da tarde do dia seguinte, em seu Lincoln Continental Mark IV preto, e ficou me observando, como se tentasse desvendar quem eu era. Ele estava chegando perto da verdade.

— Nossa — falei, correndo a mão pelo interior de couro marrom do carro. — Dá para ficar mal-acostumada com isso aqui.

— O problema é esse — disse ele enquanto pegava a entrada do Central Park para a rua 66. — Depois que a gente se acostuma, vira só um transporte, igual um Chevroletizinho, mas as prestações ainda são altíssimas.

— Então por que você fica com ele?

— Um executivo tem que passar certa imagem.

Ele adentrou tranquilamente a rodovia FDR Drive e seguiu rumo à ponte do Queensboro. Aproveitei o passeio. Conversamos um pouquinho, até que ele disse:

— Sally, eu...

Tinha certeza de que ele ia tocar no assunto dos meus humores, então mudei de assunto:

— É difícil acreditar que você era um universitário radicalista.

— Por quê?

— Eu admirava a maioria dos estudantes mais velhos na época da guerra. Sempre admirei idealistas que ligavam mais para as causas do que para coisas materiais. Mas quem protestava não queria estar do lado vencedor. Queriam que os Estados Unidos perdessem o que consideravam uma guerra injusta. Apostadores são diferentes. Eles querem ganhar.

Todd sorriu.

— Isso mostra como você sabe pouco sobre apostadores. Como disseram certa vez: "O que importa não é ganhar ou perder, mas como se joga o jogo". Para um apostador, o que importa não é ganhar, é a empolgação do jogo.

— Com quantos anos você começou a apostar?

Ele olhava fixamente adiante, e o carro de repente acelerou para 130 quilômetros por hora.

— Aposto desde que me entendo por gente — respondeu Todd. — Nasci no West Side, em Hell's Kitchen. Aprendi a jogar pôquer por centavos.

— Você apostava quando era criança?

— Só fazia isso da vida até ir para a Universidade Columbia. Mas mesmo lá eu estava exposto. Saía passando o chapéu para vários fundos de defesa de direitos ou para socorro a Hanói, e dizia a mim mesmo que ia conseguir duplicar ou triplicar o valor em algum jogo de dados ou nas pistas. Pensava que a sorte ia sorrir para uma boa causa.

— E ela sorriu?

— Por um tempo. Uma vez, tive uma maré de sorte que durou quase três semanas, e todo mundo pensou que eu fosse o maior levantador de fundos do movimento.

— E quando você perdia?

— Era um inferno na Terra, mas precisava continuar apostando para dar à roda da fortuna uma chance de voltar para mim de novo.

— Mas aí você levou uma bolada?

— A melhor coisa que fiz foi deixar o Eliot me convencer a investir parte do que ganhei no Yellow Brick Road. Se não fosse por isso, eu teria perdido tudo.

— E onde entram o Jogadores Anônimos?

— Depois de investir no restaurante, entrei numa fase de perdas que me levou tudo que eu tinha construído. Quase dez mil dólares. Entrei em pânico. Eu precisava de dinheiro, mas o Eliot não tinha grana pra comprar a minha parte do Yellow Brick Road. Foi aí que ele me convenceu a começar a frequentar o J.A. Faz seis meses que não rolo nenhum dado, jogo cartas por dinheiro ou aposto grana em um cavalo ou um cachorro.

Coloquei a mão no ombro dele, sentindo compaixão. Conseguia imaginar o que Todd tinha passado e sentia a mesma angústia que ele devia ter sentido para superar um transtorno mental.

— E este lugar aqui? — perguntei enquanto ele estacionava em uma área reservada. — Não te deixa tentado?

— É diferente. O que eu faço aqui não é aposta. Não envolve meu próprio dinheiro. — Ele captou minha descrença e riu. — Você vai ver já, já.

Em vez de passar pelas arquibancadas ou pelos portões principais do clube, atravessamos uma entrada especial. O segurança assentiu e tocou no boné em uma saudação.

— Boa noite, sr. Kramer.

O velho negro que cuidava do elevador privativo acenou quando entramos. Ele segurava um exemplar todo grifado de um jornaleco com os resultados mais recentes das corridas.

— Oi, boa noite, sr. Kramer — disse, erguendo os olhos.

— O que acha do Príncipe da Índia na primeira?

— Ele não ficou nem entre os quatro primeiros na última corrida, Jason.

— Verdade — respondeu o tal Jason, coçando a cabeça com o toco de lápis que vinha usando para grifar o programa. — Mas isso foi na pista molhada. Hoje é na seca. Acho que vou botar dois dólares nele. Uma das faxineiras que cuidam do vestiário falou que um jóquei comentou que ele vai ser barbada.

— Você já trabalha aqui há tempo o bastante para ser mais esperto que isso, Jason.

— Pois é, normalmente eu não ligo para essas dicas, mas hoje de manhã estava mesmo pensando nesse cavalo. Tive um sonho com um príncipe indiano que ganhava seu peso em ouro de presente de aniversário. Aí pensei que pode ser só uma coincidência.

— Os dólares são seus, Jason. Acho que o jeito como vai perdê-los não faz diferença.

— O senhor não falava assim.

— Você sabe que eu cheguei ao fundo do poço, Jason. É difícil sair de lá, e acho que não vou ter mais muitas chances.

Jason sorriu.

— Minha situação não é tão complicada assim, sr. Kramer. Só aposto uns dois dólares de vez em quando, e mais pela diversão.

— Continue assim, Jason, e não vai precisar frequentar o Jogadores Anônimos pela diversão.

Descemos do elevador no último andar e, enquanto Jason nos deixava sair, eu me dei conta de que cada pessoa tinha o próprio inferno.

— Como seria o inferno de um apostador? — perguntei para Todd. — Ser assado em um espeto sobre uma fogueira feita de tíquetes de apostas perdidas? Ou ser forçado a se arrastar para sempre atrás de um bilhete premiado que caiu de um buraco no bolso?

Ele olhou para a pista oval conforme avançávamos pelo último andar. As fortes luzes refletiam nos jóqueis exibindo suas habilidades.

— Por que inventar, se já estamos nele? Para mim, isso aqui é o inferno do apostador. Não poder participar pessoalmente da ação.

Conforme andávamos, pessoas acenavam para Todd — os funcionários nos caixas de apostas, os faxineiros, os atendentes nas lanchonetes. Todo mundo parecia conhecê-lo e gostar dele. Ao passarmos pela sala de imprensa, vários dos jornalistas esportivos o cumprimentaram. Todd respondeu acenando também e olhou para o relógio.

— Quinze minutos para a primeira corrida — disse. — Está na hora de encontrar o Stan.

Todd nos conduziu através de uma salinha com uma escadaria que levava à cabine do locutor das corridas. Subimos a escada circular até a cabine de observação feita de vidro e aço. Uma morena peituda estava sentada junto à porta de vidro, virando as páginas de um exemplar da *Filmland Confessions*. Ao ver Todd pelo vidro, ela não demonstrou reconhecê-lo, mas estendeu o braço e destrancou a porta para entrarmos, depois voltou à revista.

— Aquela é a Holly — disse Todd. — Namorada do Stan. Ela ganhou o concurso de Miss Englewood, dois anos atrás.

Na parte mais alta da cabine, com visão para a pista, Stan e seu assistente estavam sentados a uma mesa, atrás de um microfone. Stan assistia ao desfile dos cavalos através de um par de binóculos.

— Pista seca hoje — comentou Todd.

Stan ergueu os olhos. Tinha um rosto pueril, com uma expressão séria, como um palhaço de cara branca e boca triste. Stan assentiu, depois levou a mão a uma pasta de couro do tamanho de uma bolsa, com uma alça de pulso, abriu-a, puxou um rolo de notas de cem dólares amarrado com um elástico e o estendeu para Todd, que contou vinte notas no total, repôs o elástico e enfiou o rolo no bolso das calças.

— Alguma coisa para a primeira corrida? — perguntou Todd.

Stan pegou os binóculos e estudou os animais, que agora circulavam a pista e retornavam às baias.

— Não. Tem quatro cavalos promissores... Um tanto arriscado para apostar. Vamos esperar pela segunda corrida. Me liga.

A voz de Stan tinha um tom duro, solene, que combinava com o rosto. A Miss Englewood ergueu os olhos da revista por tempo o bastante para nos permitir sair da cabine e trancá-la atrás de nós.

— Do que vocês estavam falando? — perguntei, seguindo Todd escada abaixo.

— O Stan tem 26 anos e é um dos locutores mais jovens das corridas de arreio, além de um dos melhores *handicappers* do circuito. Pouca gente por aqui sabe que o serviço de locutor é só um bico. Ele tira dinheiro de verdade seguindo os trotadores e andadores pelo país.

Eu estava começando a entender.

— E você faz as apostas por ele...

Todd sorriu e assentiu.

— Ele não pode apostar em uma pista em que é o locutor das corridas. Por uma comissão de 5%, eu cuido dessa parte. Ou aqui mesmo, ou com meu corretor, por telefone. Já que tenho reputação de ser um grande apostador, ninguém suspeita... ninguém que importe, pelo menos.

Quando saímos do elevador, um garçom nos levou até uma mesa no lounge VIP logo acima da linha de chegada, tomou nossos pedidos de bebidas e comidas e nos trouxe o programa da corrida e várias folhas de dicas e informações.

— Não parece certo você gastar esse dinheiro todo comigo — comentei quando os drinques chegaram.

Todd sorriu e balançou a cabeça.

— Isso tudo é de graça. A pista cobre as contas do restaurante. Está incluso no favor de hoje.

— Bem, então... — Ergui meu brandy alexander. — Um brinde a uma noite empolgante.

Nós brindamos.

— Com a mulher mais empolgante e fascinante que já conheci.

Todd era muito fofo, e me senti muito próxima dele naquele momento. Como se fôssemos bons amigos. Então a voz de Stan ecoou do alto-falante. Não acreditei que fosse o mesmo cara. O anúncio do início da corrida soou profundo, grave e anasalado.

Várias outras pessoas tinham chegado ao lounge VIP e pareciam conhecer Todd.

— O Stan escolheu algum para a primeira corrida? — perguntou um homem corado, com um enorme charuto e anéis de diamante em três dedos.

Todd balançou a cabeça.

— Provavelmente vai escolher na segunda.

— Merda! Estava torcendo para ele nos ajudar a escolher o vencedor da primeira.

Todd me entregou uma nota de vinte dólares.

— Para que é isso?

— Para apostar.

— Pensei que não fôssemos apostar na primeira corrida.

— O Stan e eu não vamos. Olha, o Stan também não é um apostador. É um *handicapper*, que, como eu te disse, é diferente. Um *handicapper* só aposta para vencer. Um apostador aposta pela emoção... Ganhar ou perder. Então aposte. Talvez um pouco da sua animação estimule a minha adrenalina.

— Em quem eu aposto?

— Você ouviu a dica do Jason, o Príncipe da Índia.

Apostei os vinte no Príncipe da Índia, mas, mesmo eu tendo gritado até ficar rouca, e Todd tendo se divertido muito me vendo pular e berrar, o cavalo errou o passo e chegou em penúltimo.

Logo antes da segunda corrida, Todd foi até um telefone e ligou para Stan. Ao desligar, o homem com o charuto e os três anéis, e mais três outros homens com cara de ricos ali pelo lounge, o rodearam.

— McCoy Majestoso na segunda — disse Todd.

Cada um dos homens botou uma nota de vinte na mão de Todd. Quando foram dar a Jason o dinheiro para fazer as apostas, Todd me passou uma das notas.

— Viu só? Dinheiro fácil. Vai lá apostar no McCoy Majestoso.

Fui até o caixa de apostas, e só conseguia pensar naquela música do *Garotos e garotas*: "*I got a horse right here, his name is Paul Revere...*". *Tenho um cavalo bem aqui, o nome dele é Paul Revere*. Todd estava em outro dos caixas, apostando por Stan.

O anúncio do início da corrida me fez estremecer conforme os cavalos partiam, e comecei a gritar mais alto que eu já conseguira. McCoy Majestoso ficou em terceiro lugar por todo o percurso, até a última volta, e então reagiu. O vencedor teve que ser conferido por foto. Ele venceu. E as apostas eram de cinco para um. Troquei minhas fichas com as mãos trêmulas enquanto o homem contava meu dinheiro. Enfiei as notas na bolsa com rapidez. Isso, sim, era vida. Todd trocou as fichas da aposta de duzentos dólares de Stan.

— O dinheiro é seu — falei, oferecendo a Todd o dinheiro que havia ganhado.

Ele balançou a cabeça.

— Isso significaria que estou apostando. E aí o que diriam meus amigos do Jogadores Anônimos?

O cavalo seguinte que Stan escolheu ficou em terceiro, mas ele teve mais três favoritos vencedores, e pela oitava corrida eu já tinha ganhado 470,35 dólares.

— Em qual devo apostar na próxima corrida? — perguntei.

Todd balançou a cabeça.

— O Stan vai deixar passar as próximas duas corridas. Muitos cavalos bons. Além disso, você tem um trabalho a fazer.

Então me lembrei da razão de estar ali. Precisaria atualizar Bella da situação, para ela não fazer besteira. Olhei à minha volta, nervosa. Havia muita gente em volta.

— Tem algum lugar onde eu possa ter privacidade por uns minutinhos?

— Tem um camarim ao lado do escritório da secretaria da pista. Seu traje está lá. Vou entregar o dinheiro ao Stan, depois volto para te buscar.

No pequeno camarim, vesti as roupas azuis e vermelhas de jóquei, penteei o cabelo na frente do espelho, enfiei o dinheiro no sutiã e chamei Bella. Expliquei o combinado para ela.

Bella não gostou.

— É para eu ficar dançando nessa roupa? Com esse capacete e os óculos? Não sou uma palhaça.

— Olha, Bella, eu prometi ao Todd.

— Você que prometeu, você que faça.

Uma batida à porta.

— Tudo bem aí?

— Tudo. Só um minutinho.

— O motorista está te esperando.

— Está bem — respondi, então me virei para Bella. — Olha só, eu divido com você o que ganhei. Foram 470 dólares.

— Quero metade, e nada de me expulsar pelo resto da noite.

— Isso é um roubo descarado.

— O showbiz é assim. Se não gostou, contrate outra pessoa.

— Está bem, está bem. O nome da personagem é Vitória Naposta.

Mas, antes de trocarmos de lugar, fiz uma anotação mental, sem deixar Bella ouvir, de que um dia ela me pagaria por aquilo.

Bella se admirou no espelho, passou batom e vestiu uma echarpe vermelha que encontrou no armário.

— Muito bem, Vitória Naposta — disse, umedecendo os lábios. — A plateia está esperando. Vamos dar um show.

O motorista esperava do lado de fora, assim como Todd. Ela se aproximou e beijou Todd na boca, pegando-o desprevenido.

— Até mais tarde, meu bem.

— Meu Deus — sussurrou ele.

— Pode me chamar de Vitória Naposta — respondeu ela com uma risadinha, e saiu atrás do motorista, rebolando.

O motorista, um porto-riquenho jovem e atraente chamado Paco, a conduziu até o carro alegórico enfeitado com flores e acoplado a uma picape branca. O palco tinha um cavalo de mentira atrelado ao carrinho de duas rodas das corridas de arreio, além de um tambor de aço preenchido com ingressos. Havia alto-falantes em cada ponta do carro e um microfone de mão preso à frente.

— Você sabe o que fazer? — perguntou Paco.

Entrando em sua persona sedutora enquanto subia no carrinho e tomava as rédeas nas mãos, Bella respondeu:

— Paco, meu querido, eu sempre sei o que fazer.

— Muito bem — disse ele, rindo. — Também tenho um microfone. Vou te apresentar e fazer os anúncios. Depois disso, você só precisa cantar uma ou duas músicas, qualquer uma, e acenar para os babacas enquanto eu dirijo bem devagar, indo e voltando na frente das arquibancadas umas três vezes. Aí vou estacionar bem no meio, e você faz a sua parte.

Conforme a picape entrava na pista, a multidão explodiu em aplausos e acenos.

— Ei, Vitória Naposta!

— Ei, vitória que nada!

— Canta uma música pra gente, Vitória!

— Esses peitos são de verdade?

— Vitória Perdida na pista!

— Ei, Vitória Bota Tudo!

Enquanto passava pelo meio da arquibancada, Bella pegou o microfone e cantou "Camptown Races". A audiência urrou em aprovação.

Depois dessa primeira parte, Paco agradeceu à multidão por comparecer à Pista de Corrida de Nova York. Vitória

Naposta ia sortear o ingresso vencedor no tambor preso ao carro alegórico. Ele estacionou bem na frente da arquibancada. Câmeras da televisão estavam viradas para ela o tempo todo.

— Pega o meu, Vitória!
— Ô, Vitória, você pode me cavalgar quando quiser!

Ela acenou, tirou os óculos e girou o tambor de ferro, então sorteou os ingressos.

— Se os vencedores forem bonitões, cada um ganha um beijinho de bônus — anunciou. De novo, a multidão berrou, contente.

Ela fez caras e bocas para a plateia e, ao ver a câmera da televisão, molhou os lábios e sussurrou no microfone, com aquela voz sensual estilo Marilyn Monroe:

— Mas eu estava esperando fazer um teste do sofá.

Bella deu uma rebolada, e a multidão comemorou.

Ela sorteou cinco ingressos vencedores. Os três primeiros foram homens, e Bella os beijou. Quando o sorteio acabou, cantou "My Heart Belongs to Daddy" e foi ovacionada. Então um bando de rapazes pulou a cerca e correu para a pista. Paco conduziu o carro para longe da arquibancada, e foi preciso meia dúzia de seguranças para catar os homens e tirá-los dali para que a última corrida pudesse ser disputada.

— Você foi incrível — comentou Todd quando Paco estacionou na entrada das baias.

Bella o beijou de novo, demorada e intensamente.

— Vamos — disse ele.
— Aonde?
— Você pode se trocar, e depois vou te levar pra casa.
— Quero apostar na última corrida.
— O Stan não escolheu nenhum para a última corrida.
— Quem é Stan?

Todd a encarou por um longo tempo, depois balançou a cabeça.

— Mudança de humor outra vez. Você é a outra. Eu bem que desconfiei.

— A outra o quê?

— A que foi dançar com Eliot, com o apelido de Bella.

— Na mosca, meu bem — respondeu ela, acariciando o peito dele. — Agora me deixa trocar esta roupinha. Vou ser bem rápida.

Ela se trocou, e eu falei que queria voltar ao controle.

— A gente fez um acordo — respondeu Bella.

— Eu te dou os 470 dólares.

— Está querendo me comprar? Olha, fui eu que fiz todo o show. Eu deveria ficar com o dinheiro e com a noite também.

— Você vai se arrepender, Bella.

— E não é sempre assim? Você fez um acordo. Estou cobrando.

Eu não podia fazer nada. Todd estava esperando por ela diante do camarim.

— Não aposte muita coisa na última corrida. O Stan acha que tem muitos cavalos próximos.

— Isso é problema do Stan.

Ela foi até uma das cabines e apostou os 470 dólares na vitória de Sal Carrancudo. Achou que era um palpite certeiro. Sal Carrancudo ficou em quarto lugar.

— Isso foi emocionante — disse para Todd, fazendo um tom sedutor.

— Você é uma boa perdedora — comentou ele.

— Sempre digo que dinheiro é igual a homem: está sempre indo e vindo.

Ele a levou para casa, e Bella o convidou a subir para uma saideira.

Todd a seguiu escada acima, e eu me xinguei por ter feito aquele acordo idiota de deixá-la ficar no controle pelo resto da noite. Tinha medo de que ela fosse longe demais com ele e Jinx escapasse outra vez. Jinx não fizera parte de acordo nenhum, mas Bella nem ligaria para isso.

Foi então que me ocorreu que, como nenhuma das outras fizera acordo nenhum com ela, uma delas podia expulsar Bella. Nola talvez causasse complicações. Decidi que a melhor para tomar o controle seria Sally. Ela não sabia de nada.

Bella foi ao quarto para vestir roupas mais confortáveis enquanto Todd servia drinques. Foi aí que interferi, e Sally surgiu aos tropeções, se perguntando que merda estava rolando.

— Isso não é justo... — começou Bella.

Mas então ela sumiu, e era Sally amarrando o novo roupão cor-de-rosa na cintura quando ouviu sons vindo da sala. Isso a assustou. Ela espiou pela fresta da porta e viu Todd com um drinque na mão, ligando a televisão.

— Ei — gritou ele —, acho que você vai aparecer no jornal da noite.

Ela saiu do quarto devagar, tentando compreender do que Todd estava falando.

— Por que eu estaria no jornal?

— Você não viu as câmeras, lá na pista?

Sally fez uma expressão atordoada.

— O que o senhor está fazendo aqui? E o que eu tenho a ver com câmeras na pista?

— Ai, não! — disse ele, apoiando a bebida e se preparando para fugir, recuando na direção da porta. — Pelo amor de Deus, quem você é agora?

Sally olhou feio para ele.

— Olha, não sei que joguinho é esse, Todd, mas eu não saí deste apartamento o dia todo.

— Ah, não? — disse ele, apontando para a tela da televisão. — Então me explica aquilo ali.

— ... esta noite — dizia o âncora — os frequentadores da Pista de Corrida de Nova York se divertiram bastante ganhando prêmios e assistindo ao show da famosa Vitória Naposta, que estava com tudo.

A câmera deu zoom, e Sally arregalou os olhos ao se ver.

— Meu Deus!

— Se você passou o dia aqui, quem é aquela?

— Sou eu... — sussurrou ela. — Mas eu não lembro...

Ela assistiu a Bella dançar, ouviu-a cantar e fazer piadas. Lágrimas escorriam pelo seu rosto.

— Não sou eu. Não pode ser eu. Eu não lembro.

Todd tentou reconfortá-la, mas Sally se desvencilhou.

— Por favor, me deixe sozinha. Preciso pensar. Preciso entender tudo isso.

— Tudo bem, se você acha que vai ficar bem — disse ele.

— Não importa o que aconteça, só quero que você saiba que eu te amo.

Quando ele se foi, ela desligou a televisão e ficou encarando a tela escura.

Não podia mais dizer que não era verdade. Tinha visto com os próprios olhos.

O silêncio era sinistro, e ela estava tão atormentada que fiquei com pena. Era como se alguém tivesse arrancado uma máscara de seu rosto e Sally de repente pudesse ver no espelho o que vinha acontecendo durante todos aqueles anos de horas perdidas e culpa por coisas que ela sabia que não fizera, de ser chamada de mentirosa e punida, de ouvir sussurros pelas costas e de gente fazendo gestos circulares com o indicador na lateral da cabeça.

— Eu não quero viver! — gritou ela.

"Você tem que viver", respondeu a voz.

— Quem é você? Que voz é essa? Qual delas é você?

"Estou aqui para cuidar de você."

— Eu tenho personalidade múltipla. Sou uma aberração. Quero morrer!

"Agora que você sabe a verdade, está a caminho de se curar. Não desista."

— Não aguento esse inferno! Me deixa morrer!

Ela quebrou um copo de vidro e fez menção de cortar o pulso, mas a voz a impediu.

"Agora que viu Bella, você sabe a verdade, e vai aceitar as outras, tanto emocional quanto intelectualmente. Conte ao dr. Ash. E então seu tratamento vai avançar."

Sally desmaiou.

Eu não sabia de onde tinha vindo aquela voz. Provavelmente todas nós tínhamos ficado malucas.

Na sessão de sexta-feira no hospital, quando Sally contou a Roger o que aconteceu, ele ficou perturbado.

— Eu tinha planejado confrontá-la com suas outras personalidades — disse ele —, mas esperava estar presente quando você encarasse a verdade. Nunca pensei que a veria na televisão.

— Eu quis morrer, dr. Ash. Nunca me senti tão mal na vida.

— Esse é um passo doloroso, mas necessário, no caminho da melhora. Rompemos a negação, sua primeira linha de defesa. Agora que foi forçada a aceitar o fato de que realmente existem outras pessoas dentro de você, pode avançar para a coconsciência. Quando todas aprenderem a se comunicar umas com as outras, vão poder funcionar em relativa segurança. O maior perigo sempre foi que nenhuma de vocês sabia o que a outra estava fazendo.

— Desculpa por ter tentado me matar, dr. Ash.

Ele a encarou por alguns segundos, contemplativo, então se inclinou para a frente.

— Isso me preocupa.

— Não vou fazer isso de novo.

— Chegamos a uma fase muito delicada, Sally. Você está correndo grande perigo agora. Acho que talvez seja melhor se internar aqui voluntariamente. Por um curto período, enquanto estabelecemos a coconsciência.

Ela arquejou.

— Mas por quê? Eu não sou maluca. O senhor disse que eu não era psicótica.

— Claro que não, mas, como eu falei, o próximo passo é crucial. Quero que tenha gente ao seu redor 24 horas por dia, para o caso de haver mais apagões.

Ela balançou a cabeça, franzindo o cenho.

— Mas eu tive apagões a vida toda e não precisei ser hospitalizada. O que o senhor vai fazer?

Ele se inclinou, tomou as mãos dela e a olhou nos olhos.

— Sally, até agora, toda vez que te hipnotizei e dei a escolha de se lembrar da conversa ou não, você despertou com amnésia completa. Você bloqueava as outras tão fortemente que não estávamos chegando a lugar nenhum.

— O que você vai fazer?

Havia preocupação e medo na voz dela.

— Vou te dar comandos hipnóticos para que se lembre do que acontece quando eu converso com as outras. Você não vai só as ouvir, Sally, mas também vai se lembrar do que ouviu. Vai começar a aceitá-las.

— Eu não quero aceitá-las. Quero me livrar delas.

— Não podemos fazer isso. Agora que sabe da existência delas, emocional e intelectualmente, temos que reunir todas vocês. Precisam começar a se comunicar diretamente umas com as outras.

— Estou com medo.

— Claro que está. Você criou essas pessoas porque precisava delas, mas então se protegeu desse conhecimento com a amnésia. Minha abordagem é destrinchar esse mecanismo de defesa contraprodutivo, deixar tudo às claras para que possam todas trabalhar em conjunto. Lembre que elas já foram suas amigas imaginárias.

Sally secou as lágrimas.

— Foram, mas eu nunca pensei que teria que encontrá-las de novo.

— É o único jeito, Sally. Estou planejando começar uma terapia em grupo com todas as suas personalidades, e quero você no hospital, onde fique sob observação o tempo todo.

— E o meu emprego?

— Diga ao Eliot e ao Todd que você precisa tirar uma licença, por uma semana ou duas, por questões de saúde. Não precisa dar detalhes. Vou arrumar as coisas para você aqui.

Ela assentiu.

— Como o senhor achar melhor.

Ao deixar o consultório, ela sentia o corpo inteiro tenso, cada músculo retesado. Pensou em arrumar a mala e fugir, mas sabia que não faria isso. Enfrentaria aquelas pessoas horríveis que estavam arruinando sua vida, e conhecê-las pessoalmente a curaria ou a mataria.

PARTE DOIS

8

Na semana seguinte, Sally se internou no Centro de Saúde Mental do Hospital Midtown. Era uma ala espaçosa, no terceiro andar, que parecia mais um saguão moderno de hotel do que um hospital, mas ela ficava apavorada perto das enfermeiras, dos outros médicos e dos pacientes, então arrumou mentalmente as malas e deu no pé. Eu assumi. Duffy Fofoqueira passava no meu quarto de tempos em tempos, às vezes me acordando no meio da noite, sempre perguntando quem eu era. Eu sabia que ela não acreditava em nós, então fiz um grande teatro e inventei novos nomes, fingindo mais personalidades. Ela ficou toda animada quando eu disse que me chamava Louise, tinha 4 anos e estava procurando a minha mamãe. E certa tarde falei para ela que meu nome era Martin Kosak e que eu tinha roubado um banco em Tucson. Ela anotava tudo.

Cheguei a conhecer muita gente legal na iluminada e florida sala comunitária, mas, quando se espalhou a notícia de que eu tinha personalidade múltipla, os outros pacientes passaram a agir como se eu fosse uma aberração.

— Qual delas você é hoje? — perguntou uma senhorinha de cabelo branco.

— Jack, o Estuprador — respondi. — Estuprei muitas senhorinhas, na minha época.

Ela saiu correndo. Sei que não foi muito simpático da minha parte, mas perguntas idiotas assim me irritavam.

Fiz amizade com Maryanne, uma menina de cabelo oleoso e rosto cheio de espinhas que vivia comentando como eu era simpática e amigável. Sempre que eu ia para a sala passar o tempo em um dos sofás coloridos de borracha, ela se sentava perto de mim. Gostava muito de fofocar, e eu gostava de ouvir, porque Maryanne adorava ser a primeira a repassar as notícias e porque nós duas éramos pacientes de Roger.

No meu terceiro dia, voltei à sala comunitária depois de fazer um monte de exames, inclusive aquele das manchas de tinta e outro chamado de Inventário Psicológico da Califórnia. Estava cansada e mal-humorada, só queria jogar Paciência, mas Maryanne se aproximou e puxou uma cadeira para perto.

— Não quero mais ser paciente do dr. Ash — disse ela.

Continuei jogando cartas, sem olhar para ela.

— Por quê?

— Está todo mundo falando dele. Eu estava limpando as mesas lá na cafeteria e ouvi três médicos comentando que queriam tirar ele da equipe do hospital, mas têm medo de arrumar problemas por isso. Um outro chamou ele de ditador e disse que, quando o dr. Ash toma uma decisão, ele não escuta mais ninguém. Acha que sabe tudo.

— Talvez ele saiba.

Eu estava agarrada no jogo, então roubei, pegando um ás da base do monte.

— Dizem que o dr. Ash está gastando tanto tempo no seu caso que não está mais cuidando direito dos outros pacientes, e aí os outros médicos precisam ficar cobrindo ele. E têm razão. Ele passa mais tempo com você do que com a gente.

— Isso é porque eu sou cinco, e cada um de vocês é um só — retruquei, e bufei.

Ela ficou boquiaberta.

— Você admite?

— Admitir? Tenho é orgulho. Isso me faz cinco vezes mais esperta, mais bonita e mais sexy do que o resto de vocês.

Maryanne me olhou com raiva.

— Sua escrota. Todo mundo diz que você está fingindo, só para chamar a atenção dele e ocupar o tempo que devia ser nosso.

Eu dei risada.

— Claro. Na verdade, sou uma atriz. Vão fazer um filme sobre personalidade múltipla, e eu estou ensaiando para o papel principal. Vou ficar muito famosa.

— Você está me irritando. Não me leva a sério. Sabe o que mais eu ouvi? As enfermeiras disseram que a esposa do dr. Ash se enforcou em uma árvore do quintal porque não aguentava mais viver com ele.

— Você é uma mentirosa de uma figa, uma vagabunda espinhenta que não vale nada.

Acho que fui longe demais, mas, cacete, estava cansada de todo mundo cagando na cabeça do Roger. Ela avançou de repente, espalhou as cartas e me derrubou de costas na cadeira. Caí no chão com força, e aí ela partiu para cima de mim, puxando meu cabelo. Achei melhor dar conta da magrela da Maryanne sozinha, porque Jinx a mataria na hora, e eu não queria complicações no hospital.

Nós rolamos e rolamos, e ela rasgou meu vestido, mas eu a peguei num abraço de urso e me sentei em cima dela. Maryanne ficou gritando.

— Eu vou te pegar! Você vai se arrepender de ter mexido comigo!

— Mexido com você? Foi você quem...

Antes que eu pudesse terminar, fui arrancada de cima de Maryanne. Duffy Fofoqueira e uma outra enfermeira pegaram meus braços e torceram. Maryanne se levantou do chão e me deu um chute na barriga enquanto elas me seguravam. Três contra uma não era justo, então chamei reforços.

Jinx disparou um chute que acertou Maryanne em cheio no queixo e a deixou inconsciente. Amolecendo de repente, ela pegou as enfermeiras de surpresa. Quando as duas relaxaram, Jinx libertou uma das mãos e desferiu um soco em uma delas; depois mais um cruzado na outra. Ouviu o apito e a sirene de alarme tocarem, e viu os outros pacientes encolhidos no canto, mas continuou atacando as enfermeiras. Tinha sangue no chão, e Jinx sabia que não era dela.

Duffy se afastou cambaleando, depois tentou pegá-la de novo, mas Jinx a derrubou e chutou e mordeu. A porta da sala comunitária se abriu de supetão, e três atendentes entraram correndo, um deles com uma camisa de força. Eles a cercaram, e ela soltou Duffy.

— Podem vir, seus desgraçados! Eu arrebento vocês todos!

O sangue na boca a deixava nauseada, mas ela não queria vomitar naquele momento. Precisava evitar que a pegassem.

O atendente grandalhão a segurou em um abraço de urso. Jinx chutou o saco dele, mas o homem conseguiu botar a perna na frente e a apertou com mais força.

— Parece um gato selvagem — disse ele, rindo.

— Segura firme, Toby. Vou botar a camisa nela.

— Pelo amor de Deus, anda logo!

Ela seguiu tentando arranhá-lo, mas o homem se desviava. Por fim, Jinx foi parar no chão, vestindo a camisa de força.

Por que tinham levado ela para o hospício? Era uma maldita palhaçada trancá-la naquele circo e então metê-la em uma briga. Sabia muito bem que isso significava encrenca.

— Acho melhor avisar o dr. Ash. É problema dele, saco.

O outro atendente assentiu.

— Ele pega leve demais, e aí a gente que tem que lidar com essa merda. Olha essa mordida. Capaz de eu pegar raiva.

Duffy se levantou do chão e disse:

— Podem deixá-la comigo. E eu aviso o médico. Só me ajudem a levá-la de volta para o quarto e amarrá-la na cama. Já que o doutor disse que não podemos dar clorpromazina pra ela de jeito nenhum, vamos deixar essa filha da mãe se acalmar amarrada por alguns dias. Estamos com a situação sob controle. Não precisamos incomodar o doutorzinho durante o fim de semana.

— Você tá morta — rosnou Jinx. — Uma hora, vão ter que me soltar, e eu vou atrás de você e vou arrancar seu coração.

Duffy a olhou com frieza, disfarçando a raiva.

— Boa atuação, Sally, mas hoje você exagerou. Pode até enganar o dr. Ash, mas não engana o resto de nós.

Eles meio arrastaram, meio carregaram Jinx até o quarto. Ela lutou enquanto a amarravam à cama com algemas de couro nas mãos e nos pés.

— Que se dane — protestou ela, bufando. — A porcaria da briga nem era minha. Por que eu tenho que ficar aqui, aguentando essa bosta? Pode voltar, Derry.

— Eu, não — respondi. — Não aguento ficar amarrada.

— Vou dar o fora. Então pode devolver para a Imbecil.

Me senti meio culpada, porque nada daquilo era culpa de Sally, mas antes ela do que eu. Por isso, fiquei só olhando enquanto Jinx desaparecia. Então tive a estranha sensação de que tinha mais alguém observando, além de mim, mesmo sabendo que isso não era possível, porque eu era a rastreadora e conhecia todo mundo. De todo modo, quando Sally apareceu e se viu amarrada à cama, ela gritou, chorou e forçou as amarras.

Foi aí que a voz começou a falar com ela de novo. Uma voz suave, amigável. "Calma, Sally. Você vai se machucar desse jeito. Precisa ter paciência. Confie no dr. Ash. Você tem que confiar plenamente nele e conhecer as outras. Concordo com ele de que vocês todas vão correr grande perigo se algo não for feito logo."

Pensei que o hospício estava abalando nós duas, mas Sally se acalmou ao ouvir a voz, então assentiu e ficou deitada quieta. Não ia relutar. Não ia resistir. E talvez a pessoa que tinha feito aquilo com ela voltasse e tirasse as amarras.

Ela tentou apagar, mas isso não funcionou, então Sally começou a pensar no pai, Oscar, o carteiro, que desaparecera depois da morte do avô dela.

Lembrou-se do rosto que estava procurando. Buscara por ele com muita frequência ao andar pelas ruas da cidade, por aqueles olhos tristes, de pálpebras caídas, que faziam Oscar parecer um sonâmbulo, os ombros curvados dos anos carregando a bolsa de carteiro (mas, nos sonhos dela, ele era o homem de areia, e em vez de cartas a bolsa estava cheia de areia, como eles sempre fingiam depois que ele lhe contava histórias de ninar). E ela ouviu a risada arteira dele, como se estivesse rindo durante o sono. Ou será que ele estava rindo durante o sono dela?

Sally tinha certeza de que o desaparecimento dele fora apenas uma pegadinha de Primeiro de Abril e de que um dia ele apareceria por trás dela na rua, cobriria seus olhos com as mãos e diria: "Primeiro de Abril, Sally". Ou então apontaria para algo e diria: "Olha lá aquele pato!", e ela olharia, e ele cantaria, animado: "Você olhou! Você olhou! Eu apontei e você bobeou!".

Sempre fazendo piadas e rimas quando a levava junto para entregar a correspondência. "Olha aquele cachorro com dois rabos!", e aí: "Primeiro de Abril! A escola faliu! Seu professor sumiu!".

Olhos tristes, sorrindo quando a acordava para a aula.

— Hora de levantar, Bela Adormecida. Não queremos irritar sua professora.

Ele sempre ficava de olho na hora por ela. Por que saiu correndo para o trem naquele dia e a deixou na estação? Será que estava tão distraído pensando na entrega da correspondência que esqueceu que Sally estava com ele? Ela chorou quando o policial a encontrou na plataforma e a levou à delegacia para ligar para a sua mãe ir buscá-la.

E na outra vez, quando ela e a mãe foram à delegacia preencher o formulário de pessoa desaparecida. Mas como Oscar podia estar desaparecido? Como ele podia se perder? Tinha que estar em algum lugar. Todo dia de manhã, depois que ele a acordava, Sally o via sentado sozinho à mesa do café da manhã e sabia que ele estava perdido nos próprios pensamentos, encarando o vazio, como se seus olhos estivessem prestes a se fechar. E bem quando ela tinha certeza de que ele ia cair no sono, o pai dava uma risadinha, passava o dedo pelo bigode e balançava a cabeça, dizendo: "Oscar... Oscar!", como se desse uma bronca em si mesmo. Então seus olhos caíam de novo, tristes, como se ele percebesse onde estava e quem era.

Anos depois, ela se perguntou no que ele estaria pensando naquela época, antes de se perder. Será que estava sonhando com o mar? A mãe uma vez disse que Oscar provavelmente fugira para o mar, porque ele amava navios quando era garoto e tinha sido um Escoteiro do Mar. Disse também que o pai dele fora um marinheiro competente, e que Oscar sempre mencionava ir para o mar. Mas aí ele se casou logo depois de se formar no ensino médio, e a mãe de Sally largou os estudos, e ela nasceu seis meses depois. Sempre soube que a mãe sentia vergonha e amargura a respeito daquela história.

Sally, no entanto, não achava que ele tivesse ido para o mar. Ainda o imaginava como o homem de areia, seguindo seu caminho com a bolsa de couro cheia de pó-de-sonho, e um dia ela o veria e o abordaria por trás e cobriria seus olhos com as mãos e sussurraria: "Adivinha quem é, sr. Homem de Areia. Adivinha quem é".

Queria que Oscar estivesse ali naquele momento. Ela se perguntava se o pai teria ido para algum lugar começar uma nova vida. Tinha ouvido falar de homens que faziam isso: encontravam outra esposa, tinham outros filhos, adotavam outro nome e uma identidade totalmente diferente.

Quanto mais ela pensava em Oscar, mais rápido os pensamentos corriam por sua mente, tudotãoveloz que eu nãoaguento. Tenho quesair. O tremtáindotãorápido. Preciso fazê-lo ir mais devagar. Por que era tão difícil para ela tomar uma simples decisão? O que vestir? O que comer? Em qual andar descer do elevador?

Oscar, me ajude.

Dr. Ash, me ajude.

Deus, me ajude.

Ela precisava contar ao dr. Ash sobre Oscar. Sobre como, aos 6 anos, soube antes de todo mundo que ele não ia voltar. Como soube que tinha algo errado naquela noite, depois da história de ninar, quando ele pensou que a areia de mentirinha da bolsa a tivesse feito pegar no sono. Ele se inclinou sobre a cama, beijou sua bochecha e sussurrou:

— Bons sonhos, Bela Adormecida, até que seu príncipe encantado te acorde com um beijo.

Então, assentindo e sorrindo, ele saiu do quarto. E essa foi a última vez que ela o viu.

Duffy manteve Sally amarrada à cama por todo o sábado e até o meio-dia de domingo, quando entrou e a olhou nos olhos.

— Quem você é?

— Sally Porter.

Ela chegou bem perto e lhe lançou um olhar severo.

— E andou mentindo sobre as outras, não andou?

— Como assim?

— Não existem outras personalidades. Você inventou tudo, não foi?

Aquela expressão de ódio era assustadora. Sally não soube o que fazer até que a voz em sua cabeça disse: "Concorde. Ela é uma idiota perversa. Diga a essa valentona o que ela quer ouvir".

— Não — respondeu Sally em voz alta. — Não sou mentirosa. O dr. Ash acha que existem outras, e eu acredito nele.

— O Ash nos proibiu de te dar tranquilizantes. E, até onde eu sei, você ainda está violenta, então vai ficar aqui até amanhã.

Porém, uma hora mais tarde, Duffy mandou alguém para soltá-la.

— Sinto muito — disse a enfermeira gorda de ar maternal. — Duffy é uma má pessoa. Não deveria ser enfermeira psiquiátrica.

Sally esfregou os pulsos e tornozelos para recuperar a circulação, então olhou de relance para o crachá branco e preto. ENFERMEIRA L. FENTON. Pensou que talvez devesse usar um crachá também, para que as pessoas não precisassem ficar perguntando quem ela era.

— Obrigada, enfermeira Fenton. Desculpa o incômodo.

— Ora, não é incômodo nenhum. Só precisa de ajuda, só isso, e tem um ótimo médico cuidando de você.

Sally teria passado a maior parte do domingo no quarto, mas Eliot apareceu, levando flores e chocolates, e ela recebeu permissão de ir com ele à área das visitas. Ele estava diferente. Ela tentou decifrar o que era, mas não conseguiu.

— É muita gentileza sua vir me ver.

— O Todd também queria vir, mas precisou ir à pista de corrida ajeitar as coisas para um evento. Ele me contou o que aconteceu... que você se viu na televisão.

Ela assentiu.

— O dr. Ash diz que foi bom. Eu estava me recusando a aceitar a verdade sobre as outras pessoas dentro de mim.

— Eu suspeitei desde aquela primeira noite que saímos para dançar. Lembra, quando você ficou chateada porque te chamei de Bella?

Sally fez que sim.

— Você é uma linda mulher, Sally, mas, mais que isso, é uma boa pessoa. Afetuosa, animada, empolgante. Não preciso nem dizer que sou louco por você.

— Eu estou doente.

— Mas vai ficar bem. Logo, logo vai pôr a cabeça no lugar. E eu te digo uma coisa: sei que tenho reputação de mulherengo, mas já parei com isso, Sally. Estou disposto a aguardar se você me der qualquer esperança.

— Como assim?

— Depois de três fracassos, nunca pensei que fosse querer me casar de novo, mas você é a melhor pessoa que já conheci. Se você se casar com um homem responsável, com um bom trabalho, o juiz pode mudar de ideia sobre os seus filhos. Pense nisso para o futuro.

Ela corou.

— É muita bondade sua, Eliot. Os gêmeos são a coisa mais importante da minha vida, mas casamento... Eu... eu não...

— Por favor, não diga nada agora, Sally. Só plantei uma semente, apenas isso. Talvez ela cresça. Se não crescer, e eu não puder ser seu marido, vou me contentar em ser seu amigo.

Sally assentiu.

— Você é um homem maravilhoso.

Quando Eliot foi embora, ela pensou a respeito da proposta. Tentou se imaginar casada com um garanhão de meia-idade, que flertava com toda mulher à vista. Talvez ele mudasse. Enquanto comia um chocolate, percebeu de repente por que Eliot parecia diferente. O rosto dele estava mais cheio. Obviamente estava voltando a ganhar peso. Será que havia um homem gordo dentro dele naquele momento, gritando para sair?

Na segunda-feira, às dez, Maggie apareceu para levá-la até o consultório de Roger e começar a terapia em grupo.

— Ficamos sabendo do que a Duffy fez — disse a enfermeira. — O dr. Ash está furioso. Ele vai fazer uma reclamação com a diretoria do hospital.

Maggie a acompanhou através da ala psiquiátrica e do pátio até o edifício com consultórios médicos e escritórios administrativos, onde ficava a sala de Roger.

Ao entrar no consultório, ela percebeu que havia cinco cadeiras arrumadas em círculo. Quatro delas tinham espelhos apoiados nos assentos. Roger se levantou quando Sally entrou e a guiou até a cadeira sem espelho.

— Sinto muito, Sally. O que Duffy fez é indesculpável.

— Estou bem, dr. Ash, de verdade. Me disseram que o senhor deixou ordens para não me darem tranquilizantes. Duffy provavelmente não teve alternativa...

— Isso é um absurdo. Ela deveria ter me ligado. Eu teria aparecido imediatamente. Ela podia ter te trancado no quarto. Não havia motivo para te amarrar. Não estamos na Idade Média.

— Eu estava agindo de forma violenta, dr. Ash. E ela sabia que eu tinha um histórico de atentados contra a minha vida.

Ele puxou uma cadeira para perto.

— Precisamos lidar com isso, Sally. Precisamos desenterrar esse passado para podermos avançar mais rápido. Mas, como expliquei, você precisa estar ciente dele tanto quanto eu. Precisa revivê-lo, com toda a dor e todo o sofrimento. Agora que sabe da existência das outras, preciso colocar você em contato com elas.

Sally olhou para as quatro cadeiras com espelhos, apavorada, como se buscasse onde se esconder.

— Ainda não estou pronta. É cedo demais.

— Só estou torcendo para que não seja tarde demais.

Ela afundou na cadeira, encolhida como se pudesse ficar menor, tanto quanto possível.

— Não sei se eu aguento.

— Eu acredito em você, Sally, senão não seguiria em frente. Me deixe te contar o que planejei para hoje.

Ela concordou, sem o encarar.

— Primeiro, vamos tentar sem hipnose. Gostaria que você se encontrasse com as outras por vontade própria, chamando e falando com elas como fazia quando criança.

Sally balançou a cabeça.

— Acho que não consigo, dr. Ash.

— Apenas tente, Sally. Se não der certo, posso te hipnotizar nesse primeiro momento, para dar início ao processo.

— O que eu falo?

— Vou ter que deixar essa parte nas suas mãos.

Ela olhou para cada um dos espelhos, vendo o próprio reflexo e se sentindo boba de falar consigo mesma.

— O dr. Ash me pediu para falar com vocês... — Ela ficou em silêncio por alguns segundos. Depois tentou de novo. — Temos que nos unir e cooperar, porque o dr. Ash está tentando nos ajudar...

Sentia-se em pânico. Uma dor de cabeça se espalhou pela nuca, e ela sentiu o calafrio, mas sabia que não era aquilo que o dr. Ash queria. Ele não queria que tivesse um apagão. Precisava permanecer consciente e encarar aquelas... aquelas coisas, o que quer que fossem, dentro dela.

— Por favor, apareçam — pediu, chorando. — Derry... Nola... Bella... onde quer que estejam. Falem comigo.

Nada.

— Desculpa, dr. Ash. Eu te decepcionei.

— Não diga isso, Sally, nem pense nisso. É apenas um pequeno empecilho. É normal que você fique nervosa e assustada com um passo grande como este de abrir as linhas de comunicação.

— Mas elas não estão se comunicando.

Esperou outro minuto. Eu sentia Nola e Bella ali por perto, tão curiosas quanto eu para ver o que ia acontecer. Não fazia ideia de onde Jinx estava.

Eu me lembrei do aniversário de 14 anos de Sally, quando sua mãe deu uma festa e convidou todas as crianças da vizinhança, mas ninguém apareceu porque todas achavam Sally estranha. Mas ela preferia ficar sozinha mesmo. Nós todas fomos para o quarto e fizemos nossa própria festa, com sorvete, biscoitos e bolo. Bella soprou as velas, e Nola fez o pedido. Mais tarde, Jinx desceu pelo cano de escoamento, pegou o carro de Fred e nos levou para um passeio. Sally passou mal, vomitou e levou uma surra, mesmo que não se lembrasse de nada disso. É meio que uma pena que ela nunca participasse da diversão, mas sempre pagasse o pato.

Naquele momento, Sally estava tentando não chorar. Ficou esperando, joelhos bem unidos, dedos contraídos, voz trêmula.

— É melhor você chamar elas, dr. Ash. Elas não vão vir comigo.

— Tudo bem, Sally — disse ele, tocando o braço dela. — *Ele sabe o que há no escuro...*

Ela fechou os olhos e submergiu, aguardando as instruções dele.

— Quando eu contar até cinco, todas as personalidades vão vir para a sala e participar da sessão de terapia em grupo. Temos assuntos importantes a discutir, e isso requer a presença de todas. Com todas, quero dizer Derry, Nola, Bella, Jinx e, claro, Sally. Até quanto eu falei que ia contar?

— Cinco... — sussurrou Sally.

— Muito bem, então. Um, dois, três... quatro... cinco... todas vocês, *venham para a luz*.

Sally o ouviu e ficou esperando, assustada, para ver o que aconteceria. Então senti algo me empurrando para fora.

— Oi, Roger — falei. — Quanto tempo. Para constar, sou eu, Derry.

Ao ouvir minha voz, Sally arquejou e olhou de um espelho para outro, tentando ver quem era. O único reflexo diferente do dela era o que estava bem à sua esquerda. Ali, em vez de seus olhos e do cabelo castanho, viu uma loira de olhos azuis, com uma expressão vivaz e um olhar meio de lado.

— Olá, Derry — respondeu Roger. — O que tem acontecido?

Contei da tarde na pista de corrida com Todd e sobre a reação de Sally ao se ver como Bella no noticiário da televisão. Ela não sabia o que tinha acontecido naquele dia, claro, então ficou ouvindo fascinada meu relato sobre Todd.

— A confusão que está se formando é que tanto o Todd quanto o Eliot estão partindo para cima — comentei.

— Como assim? – perguntou Roger.

— O Todd está apaixonado pela Nola, mas confundiu ela comigo. O Eliot é louco pela Bella, mas pediu a Sally em casamento.

— Qual dos dois você prefere, Derry?

— Eu? Nenhum — respondi, olhando nos olhos dele.

Esperava que Roger percebesse que meu interesse era só nele.

— Vamos ter que ficar de olho nisso — disse Roger. — Mas nenhuma decisão deve ser tomada até depois da integração. A Sally completa deve ser a pessoa a escolher.

— Só espero que ela escolha direito.

— Tem mais alguma coisa que eu deva saber, Derry?

Pensei por um minuto, então me lembrei do empurrão logo antes de eu aparecer.

— Agora que você falou, tem uma coisa, sim. Ando com uma sensação esquisita de estar sendo vigiada. Às vezes escuto uma voz estranha, mas não tem ninguém presente. Isso impediu a Sally de cortar os pulsos depois que ela se viu como Bella. Normalmente, eu ficaria com medo, mas tenho a impressão de que é uma coisa boa, algo, ou alguém, querendo ajudar.

Roger assentiu.

— Estava esperando algo assim. Acontece em muitos casos de personalidade múltipla. Contanto que as coisas que essa voz diz sejam positivas, deem ouvidos a ela. Mas quero ser informado a respeito.

Assenti.

— Vou botar uma rastreadora no caso. — Dei uma risada. — Desculpa, não resisti à piadinha.

Ele sorriu, e fiquei feliz que não tivesse levado a mal minha piada.

— Tem mais uma coisa que você pode fazer, Derry.

— É só pedir.

— Quero que me ajude nessa questão da terapia em grupo. Pode pedir às outras que se juntem a nós?

— Posso tentar, Roger. Tem alguém em particular que você quer que venha agora?

— Vou deixar por sua conta.

Pensei um pouco e decidi que Bella seria a melhor aposta. Ela estava sempre louca para aparecer e nunca recusava uma plateia. Eu disse para ela que Roger queria que aparecêssemos ao mesmo tempo, e ela riu e falou que adoraria.

De repente, Sally viu o rosto no espelho mudar do dela para o de uma ruiva com cílios postiços, maquiagem pesada e lábios cheios contornados em vermelho-vivo. Eu me perguntei qual seria a verdade. O que ela via agora ou o que passara na televisão?

— Nossa! — disse Bella, se espreguiçando de maneira sensual. — Estou tonta. Como se estivesse girando e girando debaixo dos holofotes.

Sally estava com uma cara tão assustada que pensei que fosse desmaiar.

— Deixa eu apresentar vocês — falei. — Sally, esta é Bella.

— Como vai? — perguntou Sally.

— Vou bem, quando você não rouba a cena — respondeu Bella.

Sally franziu o cenho, sem entender do que a outra estava falando.

— Bella trabalha com o show business — expliquei. — Foi ela que você viu na televisão na outra noite, fazendo o papel de Vitória Naposta lá na pista de corrida.

Sally balançou a cabeça.

— Não foi ela que vi. Eu vi a mim mesma. Como isso é possível?

Então me ocorreu que ela tinha razão. Eu também tinha visto. Quando a via pessoalmente, Bella tinha aquele rosto ali, mas no vídeo ela tinha aparecido com a cara de Sally.

— Não é tão difícil entender — disse a voz no terceiro espelho, à esquerda de Bella, bem em frente à cadeira onde Sally estava sentada.

Sally viu um novo rosto preencher o espelho: maçãs do rosto salientes, pele azeitonada e um cabelo longo e preto que ia até a cintura e a fazia parecer quase indiana.

— Deixa com a Nola — falei. — A cabeçuda tem resposta pra tudo.

— É bem simples, na verdade, se você sabe o básico sobre psicologia. — Ela olhou para Roger, mas ele sorriu e não disse nada. — Quando a Sally nos vê, está projetando imagens do inconsciente — explicou Nola. — O que ela viu na televisão foi uma imagem gravada, que não contava com a imaginação dela.

Bella se irritou.

— Está me dizendo que nenhuma de nós é assim? Que todas temos a cara dela?

— Isso mesmo.

— Não acredito nisso — insistiu Bella. — Sei como é a minha própria aparência.

Nola olhou para Roger em busca de apoio.

— O que me diz, Roger? Não acha que deveria explicar as coisas para elas?

— Você está fazendo um bom trabalho — respondeu ele. — Como o terapeuta desta sessão, vou ficar de fora o máximo possível.

— Estou querendo te perguntar uma coisa desde que ouvi falar dessa ideia da terapia em grupo. Não é muito o estilo de psicanalistas freudianos, né? Normalmente eles usam o divã, com o analista no fundo e o paciente fazendo associações livres e desenterrando todas aquelas informações do inconsciente, não é?

— Isso mesmo — disse ele, sorrindo. — Mas não sou psicanalista e não sou freudiano. Embora acredite em muitas das coisas que Freud ensinava e aceite muitas de suas ideias, como recalque, inconsciente e algumas das interpretações de sonhos, também incorporei ideias de outros: orientação não diretiva, psicodrama e os conceitos e as técnicas de hipnoterapia e de terapia em grupo.

— Em outras palavras, você é eclético — concluiu Nola.

— Acho que podemos chamar assim.

Nola se sentiu empoderada, como se estivesse prestes a soltar uma bomba.

— Então acho que você deveria puxar a cadeira e se juntar ao círculo — convidou. — Se vamos compartilhar nossos problemas com você, precisamos te conhecer melhor.

Ele balançou a cabeça.

— Não acho que seja sábio, nesse estágio, que eu...

— Acho que a Nola tem razão — intrometeu-se Bella. — Se vamos te contar tudo, você não deveria esconder coisas de nós.

— A sessão é de vocês — insistiu ele. — Devo ficar de fora. — Ele olhou para Sally em busca de apoio, mas ela encarava o chão. — Por favor, Sally, prossiga com a discussão.

— Eu... acho que o dr. Ash tem razão — disse ela. — Ele é o médico e sabe o que é melhor.

— São duas contra uma — respondeu Nola. — O que a Derry acha?

Roger se levantou e começou a andar pelo consultório.
— Inacreditável! Nunca ouvi falar de algo assim. Não é questão de votação. O terapeuta não pode se meter e levar os problemas dele para uma sessão de terapia.
— Então acho que tem outra técnica que você deveria acrescentar ao seu arsenal — disse Nola.
Ele arqueou as sobrancelhas.
— Qual?
— A abordagem de autorrevelação.
— Mas onde foi que...?
— Em um livrinho que peguei na biblioteca. *The Transparent Self*, de Sidney Jourard. Imagino que conheça o trabalho dele. E o de Mowrer. Com certeza conhece o livro *The New Group Therapy*, do Mowrer.
— Claro. Mas não vejo o que isso tem a ver conosco.
— Ora, tanto Mowrer quanto Jourard acreditam que o terapeuta deve servir de modelo para o paciente, pela autorrevelação, ao se abrir e contar da própria vida e dos próprios problemas. Já que você admite que adere a várias técnicas e teorias, de diversas fontes, nós temos o direito de pedir que faça o que está *nos* pedindo para fazer.

Ficamos todas sentadas em silêncio, vendo-o angustiado. Nola tinha preparado a armadilha, e ele caíra feito um patinho.

— Eu concordo com a Sally — falei, sentindo que estava traindo Nola e Bella. — Se o Roger não quer se abrir, não precisa. Acho que já devemos muito a ele e não considero justo pressionar ele assim. Admito que estou curiosa para saber mais sobre você, Roger, mas se não acha que é certo nem bom para nós, então estou contigo. — Olhei Nola bem nos olhos e acrescentei: — Dois a dois. É um empate.

A sala ficou em silêncio de repente. Todas olhamos para o espelho na quinta cadeira, nos perguntando se Jinx ia aparecer e ocupar o lugar vago. Não havia nada ali. Fiquei aliviada, mas sabia que Jinx certamente escolheria bem a hora e o lugar de surgir.

— Só você pode desempatar, Roger — disse Nola, por fim. — Isto é, se quiser nos contar por que sua esposa se enforcou em uma árvore no quintal.

Toda cor sumiu do rosto dele enquanto Roger a encarava.

— Como... você... ficou sabendo disso?

Nola tentou não sorrir. Não era todo dia que alguém deixa seu psiquiatra tão agitado. Eles sempre fazem tanto esforço para permanecer nas sombras, fora de alcance. Ela não queria magoá-lo, só estava curiosa sobre a história da esposa.

— Como você descobriu? — perguntou ele.

— Não descobri — respondeu Nola. — A Sally ouviu rumores pelo hospital, e foi por isso que a Derry brigou com a espinhenta. A garota disse que você não era um psiquiatra muito bom, que rolam muitas fofocas entre as enfermeiras e os médicos sobre o suicídio da sua esposa ter contribuído para o que eles chamam de burnout. A Derry me contou tudo.

— O que mais disseram?

— Que você perdeu o amor pelo trabalho, mas teve que continuar, mantendo essa fachada, fingindo que se importava com os pacientes e com as tarefas, mas na verdade tinha reprimido todas as emoções para conseguir seguir em frente. Então, veja bem, nós temos direito de saber mais a seu respeito antes de nos colocarmos nas suas mãos.

— Muito bem — condescendeu ele, a voz rouca e embargada. — Talvez *seja* o momento para autorrevelação. Se vai ajudar a manter vocês vivas, pode ser que valha a pena.

Ele puxou a cadeira até o círculo e se colocou entre Nola e eu, então baixou a cabeça, encarando o chão.

— A Lynette era muito nova quando nos casamos. Ela era linda, e estávamos muito apaixonados. Como ela trabalhava, me ajudou a terminar a faculdade de medicina. Bem, há um problema entre médicos do qual pouca gente sabe. Como contei à Derry, trabalhar demais e ficar tão exposto aos pacientes leva ao que chamamos de "síndrome de burnout". Você finge que está profundamente envolvido na vida dos pacientes, mas na verdade é tudo atuação, porque já viu tudo aquilo, já ouviu tudo aquilo, e seus próprios problemas parecem maiores e mais urgentes do que os deles. Você cria uma casca para a dor e o sofrimento, para poder seguir adiante, mas isso afeta sua vida pessoal também... Ou melhor, a *minha* vida pessoal. Sempre alertei meus pacientes sobre usar o pronome errado, sobre dizer "seu" quando querem dizer "meu", e aqui estou eu fazendo a mesma coisa. Meu Deus, que situação... Enfim, acredito que foi por isso que ela se matou. A exaustão me deixou emocionalmente morto. A Lynette se culpava e, como era uma pessoa muito sensível, delicada, com uma grande carência de amor e apoio, e como eu não conseguia dar nada disso... ela... ela...

Ele balançou a cabeça, se obrigando a continuar.

— Certa manhã, quando acordei e olhei pela janela, a vi pendurada, sua silhueta contra o céu. Ela escolheu o bordo que tinha nossas iniciais gravadas.

Roger olhou para cada uma de nós.

— Nosso filho adolescente me culpou pela morte dela. Depois disso, ele ficou três anos passando por vários reformatórios até completar 16. E um dia simplesmente fugiu, desapareceu. Nunca mais o vi nem ouvi falar dele. Moro sozinho. Nunca voltei a me casar. Dediquei a vida ao trabalho. Na maior parte, só fui levando no automático... até agora.

Ele parou de falar e olhou para Nola, as mãos pendendo inertes dos braços da cadeira.

— É por isso que você não queria aceitar nosso caso, de início — disse Nola. — Por causa da minha tentativa de suicídio.

— E é por isso que está lutando tanto para manter Sally viva — acrescentou Bella.

Ele assentiu.

— Enquanto vocês resistirem, há esperança de algo mudar. Não joguem a vida fora. Não importa quão ruim fique, quão difíceis as coisas pareçam, não desistam.

Nola de repente se sentiu muito próxima de Roger.

— Que bom que você compartilhou isso com a gente, Roger. Saber pelo que você passou me dá mais confiança de que vai arrumar um jeito de nos unir. Chega de tentativas de suicídio. Prometo que vou cooperar.

Ele se recostou na cadeira, esticando as longas pernas à frente.

— Acho que é importante a Sally se lembrar do que aconteceu na ocasião em que cada uma de vocês passou de amiga imaginária a personalidade real.

— Acho uma boa — respondi —, mas eu não lembro.

— Eu também não — disse Bella.

Nola negou com a cabeça.

— Posso ajudar vocês a lembrar sob hipnose — propôs Roger. — É uma técnica chamada regressão de idade.

— Tem que ser com a Nola — opinei.

— Por que eu?

Pensei no assunto, então a ideia surgiu na minha mente, quase como se uma voz suave e desconhecida ecoasse da névoa para responder.

— Porque você foi a última a ser criada.

— O que isso tem a ver?

— A Derry tem razão — disse Roger. — O lógico é

começar pelo ponto mais próximo do presente, e então ir regressando.

Bella assentiu.

— Assim, a gente só vai precisar lidar com a Jinx no final, se e quando ela aparecer.

— Vamos lá, Nola — disse Roger. — Eu me abri com vocês. É a sua vez. Você disse que ia cooperar.

— Está bem — cedeu ela, cruzando os braços. — Pode me regredir.

— Nola... *ele sabe o que há no escuro...*

Ela assentiu e fechou os olhos. Roger se inclinou, descruzou os braços dela e lhe segurou as mãos.

— Você está adormecida, Nola, mas vai continuar ouvindo minha voz e seguindo minhas instruções. Se está me ouvindo e me entendendo, faça que sim.

Ela assentiu, sentindo a própria respiração pesada e ritmada, as mãos quentes dele segurando as dela com firmeza.

— Sally, você também tem que escutar. E todas vocês. Nola vai voltar ao momento em que nasceu. Vai lembrar nitidamente, Nola, e nos contar tudo. Por favor, nos diga quando foi.

— Tinha 12 anos... Duas semanas antes do Dia de Ação de Graças.

— Onde você estava?

— Na Thomas Jefferson High School, na aula de matemática.

— Muito bem. Agora você está na sala de aula, naquela época. Descreva com as suas palavras.

Nola falava com os olhos fechados, mas não estava mais ali com a gente. Estava em seus pensamentos, muito longe, muito tempo atrás...

— Me sinto *estranha*. Estou sentada na minha carteira, na sala de aula, e todo mundo está me encarando. Mas não sou eu. É a Sally. O professor fez uma pergunta, e todo mundo está esperando ela responder, mas ela não chegou a aprender a fórmula, porque é péssima em matemática e tem medo de geometria. Os ângulos e arcos a confundem, e ela nunca entendeu o motivo para estudar essas coisas. Em geral, ela passa as aulas de matemática sonhando acordada ou lendo histórias em quadrinhos escondidas no caderno. A professora de sempre sabe disso e *nunca* pergunta nada pra Sally, mas nesse dia é um professor substituto dando a aula, e ele a chamou para resolver a equação. Todo mundo está sorrindo, porque sabe que ela é péssima em geometria e como o exercício é difícil.

"'E então, Sally? Estou esperando.'

"'D-desculpa, professor, eu não fiz essa questão.'

"'Como assim, não fez? Sua professora passou essa tarefa de dever de casa, não foi?'

"'Passou, mas...'

"'Mas nada. Você fez as outras?'

"'Não. Eu sinto muito.'

"'Sente muito? Isso não resolve o problema. Por favor, vá à lousa, pegue um pedaço de giz e nos mostre que você consegue resolver a questão.'

"A Sally odiava ir à lousa com todos os olhares em cima dela, as crianças dando risadinhas porque ela não era boa nos exercícios. Queria muito fazer amizade, ganhar o afeto delas, mas agora iam rir da cara dela, e estaria tudo arruinado. *A burra da Sally passou vergonha na lousa.*

"Enquanto ia até a lousa e pegava o giz, ouvindo as risadinhas atrás dela e sentindo o rosto esquentar, a Sally de repente sentiu um calafrio e uma dor de cabeça lancinante.

Foi a única vez que eu soube o que se passava na cabeça dela. Então eu apareci, e ela sumiu. Eu estava com o giz na mão. Olhei para a lousa vazia e tudo ficou muito claro. Falei:

"'Não me incomodei de fazer o dever de casa porque é uma questão bem bobinha.'

"Desenhei rapidamente o diagrama e escrevi a fórmula, depois sublinhei a questão com uma linha grossa de giz, acrescentei as letras Q.E.D. e falei em voz alta:

"'*Quod erat demonstrandum!*'

"Me virei e olhei com raiva para o professor e para a turma. Estavam todos me encarando, alguns de boca aberta. Mantive o queixo erguido, olhei com superioridade para aqueles pobres idiotas e voltei em triunfo para a minha carteira. Então o sinal tocou, encerrando o momento, e todo mundo me rodeou, querendo saber como eu conseguira fazer aquilo.

"Depois disso, fiquei mais forte, aparecia com mais frequência. Era eu que ia para as aulas de matemática, tirava as notas dez. Então comecei a fazer as aulas de francês, de estudos sociais e de literatura, e amava cada momento da minha existência. Não sabia das outras personalidades naquela época, mas percebi que nunca ia para as aulas de educação física, teatro, economia doméstica ou dança, e também para nenhum dos eventos sociais. De início, pensei que fosse assim com todo mundo, que a vida fosse apenas períodos de tempo em que você de repente se descobria em uma situação e tinha o prazer de entendê-la e lidar com ela, juntando as peças que faltavam, usando lógica e dedução. Mas então descobri, por coisas que outras pessoas falavam, que não era assim, que eu existia apenas durante períodos muito especiais e limitados, em que meu conhecimento era necessário.

"Uma vez, quando um estudante me parou no corredor e me disse que eu tinha feito um bolo de coco incrível na aula de economia doméstica, eu soube que tinha alguma coisa errada, porque nunca tinha feito um bolo na vida. E outra vez, quando um menino comentou que eu era uma ótima líder de torcida, comecei a ligar os pontos, usando análise lógica.

"Bolei um plano. Vi pôsteres anunciando o baile depois do jogo de futebol do Dia de Ação de Graças, então decidi concentrar todas as minhas energias em aparecer para o grande jogo. Toda vez que notava minha mente se dispersando, distraída ou desvanecendo, eu me concentrava em alguma coisa, começava a contar ou focava a respiração. Consegui me segurar por um dia inteiro. Foi quando conheci outros colegas de turma. Vários deles me olharam estranho quando não os reconheci ou não soube do que estavam falando. Mas eu fiquei no controle e fui ao jogo.

"Nunca tinha ido a um jogo de futebol, e aquele era um grande evento, contra o time de Tilden, nossos maiores rivais. Quando a mãe de Sally passou o uniforme de líder de torcida e lavou o suéter branco com uma letra "J" grandona, eu soube que ia dar problema. Não fazia ideia do que uma líder de torcida fazia. Revirei a escrivaninha de Sally procurando alguma apostila que ensinasse as danças, mas não tinha nada. Então me vesti e peguei o ônibus para o campo de futebol.

"Foi aí que a dor de cabeça começou. Foi como a do dia da lousa, mas aquela dor fora sentida por Sally. Daquela vez, era eu quem estava sentindo, como se o topo do meu crânio estivesse sendo arrancado. Mas eu resisti. Teria aquela experiência ou morreria tentando. Entrei na fila das meninas, que ficaram me olhando estranho. Fiquei parada ali e falei:

"'Estou com uma dor de cabeça horrível.'

"Então ouvi a voz de Derry pela primeira vez.

"'Vamos lá, Nola, não estrague as coisas para todas nós.'

"'Onde você está?'

"'Na sua cabeça, Nola. Pare de enrolar. Está todo mundo esperando.'

"'Quem é você?'

"'Meu nome é Derry. Não temos tempo para apresentações agora. Só acredita em mim, a Bella é quem deveria liderar a coreografia principal e o número de dança, e você está prestes a estragar tudo.'

"'Quero ficar aqui e assistir', respondi.

"'Mas não pode. Se não der licença, vou garantir que você não apareça de novo por um ano. Agora sai da frente.'

"Fui teimosa, me segurei, tropeçando pela coreografia, olhando o que as outras estavam fazendo, mas sentia a dor lancinante nos olhos, e a voz de Derry disse:

"'Estou avisando. Pare com isso, senão vou te deixar tão cega que você não vai conseguir ler mais nenhum daqueles livrinhos de CDF.'

"Então cedi o lugar e não vi nada do grande jogo. Me contaram que perdemos de 21 a 7. Foi a partir daí que tomei conhecimento das outras e soube que Derry era a única ciente do que se passava na cabeça de todo mundo. Depois, fui conhecendo as outras indiretamente por ela."

Nola se calou.

— Acho que avançamos bastante por hoje — disse Roger. — Vocês todas aprenderam um pouco sobre sua história. Declaro a nossa primeira sessão em grupo um sucesso.

— Acha que seria bom a gente praticar sozinhas? — perguntei.

— Com certeza não! — respondeu ele em um tom rápido e brusco. — Seria perigoso. A condição da Sally ainda é delicada. Não apressem as coisas e, acima de tudo, tentem evitar situações estressantes. Gostaria que todas vocês prometessem que vão cooperar, que vão fazer o que puderem para manter as coisas equilibradas.

Nós prometemos.

— Quando eu contar até cinco, a Sally vai acordar, e as outras de vocês vão voltar para a escuridão. A Sally vai se lembrar de tudo que aconteceu aqui, com total clareza. Você vai se sentir bem... e relaxada.

Ele contou. Quando Sally despertou, sentia-se tonta e o pegou observando-a atentamente.

— Oi... — disse ela, a voz fraca.

— Como se sente?

Ela girou o dedo.

— Se lembra do que aconteceu?

Sally assentiu e respondeu:

— Como se tivesse sido um sonho. Três das minhas amigas imaginárias vieram para a sessão, mas não são mais imaginárias. Ganharam vida. E nós temos que cooperar.

— Muito bem, Sally. Você fez um ótimo trabalho hoje.

— Dr. Ash, o senhor falou pra gente evitar situações estressantes. Tenho medo da Duffy e não gosto daqui. Posso ter alta e voltar pro meu apartamento?

Ele pensou no assunto.

— Você está aqui por internação voluntária, Sally. Se acha que vai funcionar melhor lá fora, creio que não há motivo para continuar hospitalizada. Você conheceu as outras, parece estar lidando bem com isso. Espere mais um dia, para ter certeza de que está sob controle, e então pode voltar para casa.

Ela sorriu.

— O senhor é uma pessoa complacente, dr. Ash. É a única que se importa de verdade comigo.

— Tem mais gente, Sally. Você é uma pessoa maravilhosa e importante, e tenho certeza de que vai ter uma vida completa e notável se conseguirmos resolver sua questão.

De volta à ala, ela se lembrou de que quisera perguntar sobre a quinta cadeira com espelho e sobre quem não tinha aparecido para a terapia em grupo.

9

Sally acordou cedo na quarta-feira, arrumou a mala e esperou, impaciente. Pelas janelas, viu que estava chovendo. Quando a enfermeira Fenton disse que ela podia partir, Sally se despediu com um abraço e se apressou — quase correu — hospital afora.

Por todo o caminho até em casa, no ônibus, Sally se perguntou se o apartamento lhe pareceria diferente agora que tinha conhecido as outras. Teria que ter mais cuidado com as posses delas, disse a si mesma. Eram indivíduos, e ela precisava tratar suas coisas com respeito.

Acenou para o corcunda e grisalho sr. Greenberg ao descer do ônibus na frente da loja, e ele acenou em resposta. Provavelmente nem sabia que ela tinha passado uma semana no hospital. Como saberia? O pobre homem tinha os próprios problemas. Todos aqueles roubos. Aquela área do West Side era perigosa. Viu Murphy em um canto, de costas para ela. Sabia que era bobeira, mas, nas poucas ocasiões em que chegava em casa depois do anoitecer, achava reconfortante ver o uniforme policial através da porta de vidro.

De repente, pensou: e se o apartamento tivesse sido assaltado enquanto esteve fora? O coração acelerou à medida que subia os degraus de dois em dois. Lá em cima, conferiu com cuidado a maçaneta em busca de sinais de arrombamento. Tinha alguns arranhões e amassados com aparência antiga na fechadura, mas não dava para ter certeza. Abriu a porta ruidosamente, gritando:

— Oi! Tem alguém aí?

Esperava que o aviso fizesse qualquer invasor pular a janela e descer pela escada de incêndio.

Tudo parecia em ordem, no devido lugar. Ninguém tinha invadido, graças a Deus.

Preparou ovos mexidos para o almoço. Queria fazer batata frita, mas lembrou a promessa de ajudar a manter o peso sob controle.

Enquanto lavava a louça, olhou de relance para a porta escura do forno, para *seu* reflexo. Hesitou, as mãos cheias de sabão. O doutor dissera para não entrar em contato com as outras a menos que ele estivesse por perto. Por quê? O que poderia dar errado? Talvez ele soubesse que não seria possível fazer isso sem a sua presença. Talvez a enfermeira Duffy tivesse razão ao dizer que o psiquiatra inventara as personalidades. Era provável que não conseguisse contatar as outras, mesmo que tentasse. O dr. Ash as fizera aparecer na terapia por meio de hipnose. Talvez fosse tudo uma fantasia hipnótica que não funcionaria sem ele. Mas também podia ser que funcionasse. Depois de aspirar o tapete, ela ligou a televisão, passou direto pelos programas e novelas favoritos e acabou em uma conversa entre três economistas analisando a recessão e suas causas. Nenhum deles tinha previsões otimistas. Um pensamento lhe ocorreu: *ciência sombria*. O que a fizera pensar isso? Não sabia do que eles estavam falando, e era deprimente, mas se obrigou a assistir por causa de Nola. Quando acabou, suspirou de alívio e desligou a televisão.

Que mal poderia fazer ter uma conversinha rápida com as outras? Todas tinham parecido tão frívolas quando conversaram no hospital. Nenhuma levara a coisa a sério. Era preciso avisá-las que era questão de vida ou morte.

Sally foi para o quarto ver se conseguia distinguir o que pertencia a cada uma. Os livros difíceis com certeza eram de Nola. Pegou *Finnegans Wake*, tentou ler um pouco, mas logo o fechou, frustrada.

— Nola, sei que está por aí. Preciso falar com você. Preciso saber se tudo isso é verdade, se consigo te ver e te ouvir sem o dr. Ash me hipnotizar.

Mais tarde, procurou atrás dos livros até achar o massageador. Como seria Bella de verdade? O que ela fazia? Enquanto virava o massageador na mão, reparou de repente no formato e se lembrou de uma coisa. A janela da sex shop na Times Square exibia massageadores como aquele. E outros que pareciam...

— Ai, meu Deus, que nojo — exclamou, jogando o objeto de volta na caixa. — Que tipo de pervertidas elas são?

Então se controlou.

— Não devo julgar elas. Cada uma é um indivíduo. Não devo rejeitá-las. Tente entendê-las.

Voltou ao closet e pegou o vestido azul.

— Derry, deduzi que você comprou esse vestido no dia em que conseguiu o emprego. Preciso falar com você, Derry. Preciso saber a verdade. Derry? Derry?

O dr. Ash ter dito para ela não contatar o grupo sem ele foi como pedir para não coçar uma coceira. Sally não suportava mais a tensão. E ele não lhe dissera para evitar estresse? Precisava descobrir se conseguia atravessar as barreiras por conta própria. Tinha certeza de que só seria necessário algum esforço extra. Todo mundo sempre dizia que ela não tinha força de vontade. Bem, veriam só.

Primeiro, tirou o telefone do gancho e conferiu a tranca dupla da porta. Então, metodicamente, arrumou o apartamento, como se estivesse esperando visita.

Tomou um banho quente e relaxante, penteou o cabelo e botou um velho vestido florido que não usava havia tempos. Arrumou quatro cadeiras em círculo. Revirando o apartamento, encontrou três espelhos e os posicionou nos assentos, apoiados no encosto das três cadeiras vazias.

Em frente a um dos espelhos, pôs *Finnegans Wake*.

— Eu nunca li esse livro, Nola, mas prometo que vou ler qualquer dia desses. Decidi ler mais e desenvolver o intelecto. Gostaria de falar com você, porque você pode me guiar e me mostrar o que fazer.

Então Sally pegou o vestido azul e o colocou dobrado com cuidado na segunda cadeira.

— Derry, juro que vou tentar me divertir e rir mais, como você quer que eu faça. Se vier me ajudar, vou ter mais fé, e então poderemos mostrar ao dr. Ash que estamos cooperando. Poderemos nos divertir juntas, como boas amigas.

Ela pôs o vibrador na terceira cadeira, segurando-o com cautela entre o polegar e o indicador, tentando não demonstrar nojo.

— Sei que não deveria ter tanto medo de sexo, Bella. Venha conversar comigo. Me ensine a relaxar, sem o pânico que sempre sinto perto dos homens.

Sally esperou em silêncio, sem saber como trazer à tona as pessoas que tinha visto e ouvido na sua cabeça.

— Não sou maluca. Acredito no dr. Ash. Então vocês todas estão aí. E precisam aparecer e se mostrar para mim, para que nós quatro melhoremos juntas.

O cômodo estava silencioso, a não ser pela chuva na janela. Sally se levantou e abriu todas as janelas, então voltou, se sentou e esperou. Nada.

— Já sei — disse, levantando-se de um pulo. — Vamos tomar chá, como a gente fazia quando vocês eram minhas bonecas.

Ela foi à cozinha e voltou com o jogo de xícaras mais bonito e as peças de prata que tinham sido presentes de casamento que conseguira manter. Pôs quatro lugares em uma mesa portátil no centro da sala e, enquanto a água fervia, abriu uma caixa de biscoitos de amêndoa e os colocou arrumadinhos em um prato. Nunca comprava biscoitos de amêndoa, mas de vez em quando achava aquelas caixas no armário da cozinha. Uma das personalidades devia gostar deles.

O berro agudo vindo da cozinha a assustou, e ela prendeu a respiração até se dar conta de que era a chaleira apitando. Pulou de pé de novo, fez um bule de chá e o pousou ao lado dos biscoitos.

— Por favor, apareçam — implorou, olhando de um espelho para o outro. — Sei que não deveria chamar por vocês sozinha, mas não aguento mais. Se uma de vocês não falar comigo, vou pular daquela janela.

Eu sabia que ela estava blefando. Sally jamais quebraria sua promessa a Roger. Mas eu também tinha prometido a ele que a protegeria. Provavelmente conseguiria apenas apagá-la e tomar o controle, mas estava tão de saco cheio daquela criancice que decidi ter uma conversa com ela.

— Isso é idiotice — falei. — Você sabe o que o Roger te disse. O que pensa que está fazendo?

Sally me viu no espelho da esquerda e me reconheceu de imediato.

— Ai, Derry, me desculpa. Eu não aguentava mais. Minha cabeça estava a ponto de explodir, e eu precisava saber se era mesmo verdade, se eu conseguia fazer isso sozinha.

O pânico em sua voz era genuíno.

— Se acalma — falei. — O que você quer?

— Só quero conhecer todas vocês, conversar de novo. Saber que vamos ficar amigas e trabalhar juntas.

— Olha, sei não.

— Por favor, Derry, não me rejeite. — Ela olhou ao redor, agitada. — Quer uma xícara de chá?

— Quero. Nossa, faz tempo. Da última vez que você nos chamou para o chá, as xícaras e os pires eram de brinquedo. O chá era água e os biscoitos eram imaginários.

— É chá de verdade — garantiu Sally. — E os biscoitos são amanteigados, de amêndoa.

— Eu sei, são meus favoritos.

— Então é você quem compra eles. Está vendo? Eu não sabia. É importante que eu aprenda essas coisas.

— Por quê?

— Para me sentir mais próxima de vocês e me preparar melhor para a integração.

— Se a integração acontecer.

Ela estava me olhando atentamente no espelho, pensando que tinha que tomar cuidado, porque sabia, pelo que Roger lhe dissera, que eu era a única coconsciente com ela e com as outras e que, sem mim, não haveria como melhorar. Ela precisava me conquistar.

— Você esquece que eu sei o que está pensando, Sally.

Ela ficou chocada.

— Verdade, esqueci mesmo. Desculpa. Não queria...

— Você não tem como me manipular ou me enganar, Sally. Seu tratamento pode te dar uma vantagem, porque agora você nos aceitou emocionalmente e pode se comunicar com as outras, mas eu sei o que você está pensando e sou a única que conhece *todas* as outras e capaz de fazer contato com elas. Então vamos chegar a um acordo.

Sentindo que eu a observava, Sally fez questão de manter a cabeça concentrada em beber o chá. Não queria me ofender. Não naquele momento.

— Você está tentando esvaziar a cabeça para me manter de fora — falei. — Isso também não vai funcionar. Você tem que me deixar ver e ouvir tudo. Se quiser minha ajuda, precisa me transformar em uma companheira completa.

Sally me olhou nos olhos.

— Como assim, companheira completa?

Eu não tinha planejado falar nada daquilo, apenas escapou, e decidi, como diria Bella, improvisar.

— O negócio é o seguinte: vou te ajudar a se livrar das outras. E a gente fica como uma dupla. Vamos acertar o passo neste chá e juntar nossos trapinhos.

— Mas aí teríamos uma dupla personalidade. Como o médico e o monstro.

— Não exatamente. Seria mais como a Cinderela depois que a fada madrinha agita a varinha e de repente ela está de vestido, pronta para aproveitar o baile com o príncipe. Vamos dividir nosso tempo: você até meia-noite e eu depois. E vamos ser livres e felizes feito passarinhos, voando para onde a gente quiser. Podemos viajar o mundo... conhecer Londres, Roma, Paris. A gente ia se divertir tanto.

— Mas o dr. Ash disse...

— Ele disse que a gente era especial. Sinceramente, se não fosse por mim, ele nem teria prestado atenção em você. Você teria sido deixada para apodrecer em algum hospital qualquer. Então tenho todo direito à minha parcela de felicidade. Quero viver e ser uma pessoa de verdade também.

Sally estava pensando que eu tinha razão, mas admitir isso a perturbava. Se eu insistisse em uma parceria permanente, pensou ela, jamais haveria uma vida normal, e então seria melhor se matar de uma vez.

— Espera aí! — falei. — Nossa! Calma. Olha, não falei que tinha que ser para sempre, falei?

Sally me lançou um olhar penetrante, percebendo que eu respondia aos pensamentos suicidas dela.

— Como assim?

— Não espero viver para sempre. Só quero mais tempo para ter alguns anos de romances, viagens a lugares distantes e um pouco de aventura antes que o relógio bata meia-noite e eu volte a ser uma abóbora.

Ela se deu conta de que tinha certo controle sobre mim, porque o pensamento suicida me abalara.

— É — respondi. — Me abala mesmo. Não sei bem como vai funcionar, mas, se você se matar, eu posso levar a culpa e acabar indo para o inferno. Não quero arriscar. Não pode me culpar por tentar.

Sally sentiu uma dor de cabeça surgindo; da base do pescoço, ela se espalhava para cima, transformando o crânio em uma redoma de dor.

— Relaxe. Não resista, Sally. Resistir piora a dor.

— Eu não entendo.

— Você queria que as outras viessem se juntar a nós para o chá, mas, quando fica resistindo assim, a tensão no pescoço te dá dor de cabeça.

— Quem é que está vindo?

— Não sou nenhuma vidente. Não vou saber até ouvir.

Sally aguardou, tentando não resistir. Naquele dia, ao contrário de muitas vezes antes, ela sentia que continuaria ali em vez de sair correndo.

Então viu o rosto no espelho central, com os cílios falsos, a maquiagem pesada e os lábios sensuais.

— O que está acontecendo aqui?

— Está tudo bem, Bella — garanti. — Ela decidiu fazer uma sessão espírita. Quatro das cinco fundadoras do Amigas Ocultas foram chamadas de volta do além.

O nome do clube deixou Sally confusa por um momento. O número cinco ricocheteou em sua cabeça.

— Ah, que merda! Um clube da Luluzinha. Quando senti que ia aparecer, achei que fosse para me divertir. Não quero outra sessão boba em grupo.

— Por favor, fique, Bella — pediu Sally. — Preciso falar com todas vocês. Chegamos a um ponto crucial do tratamento, que envolve todas nós.

Bella a encarou diretamente, com uma expressão de desdém.

— Para que foi que você pegou o vibrador? A gente vai se masturbar?

Sally ficou chocada, mas tentou não demonstrar.

— Não, só pensei que, se tivesse uma coisa que cada uma tocou, isso ajudaria vocês a aparecerem.

— O vibrador me ajuda muito, é verdade.

— Não estava falando d...

— Ela viu filmes de terror demais — comentei. — Pelo amor de Deus, Sally, não é um ritual de magia das trevas nem invocação de gente morta.

— Eu não sabia.

— Você nunca sabe de nada — retrucou Bella. — É por isso que estamos nessa confusão. — Ela olhou para o espelho vazio. — Quem mais vai vir?

— Só a gente e a Nola — respondi.

— E você-sabe-quem?

— A Sally ainda não sabe dela. Não se conheceram.

— Quem eu não conheci? — perguntou Sally.

— Esquece — falei. — Vamos ter tempo.

— Ela vai ficar puta da vida quando descobrir que não foi convidada para o chá — comentou Bella.

— Ela que se dane.

— Se me diz respeito, tenho o direito de saber — afirmou Sally.

— Quem disse? — questionei.

Não queria ser chata, mas estava me irritando com a insistência dela.

— Por favor, Derry. Você prometeu ao dr. Ash que ia cooperar.

— E você prometeu a ele que não ia entrar em contato com a gente sozinha.

Sally baixou os olhos, envergonhada.

— Desculpa. Tem razão. Não vou perguntar.

— Ai, caramba! — respondi, meu coração amolecendo de novo. — A Bella está falando da Jinx.

— Que Jinx?

— Uma de nós.

— Outra? Pensei que fôssemos só nós quatro.

— Lembra do clube? Tinha cinco participantes.

Sally balançou a cabeça, como se quisesse cleará-la.

— Jinx? Já ouvi esse nome, mas sempre pensei que as pessoas estivessem só me confundindo.

— Você já é confusa por conta própria — respondeu Bella.

— Por que você não quer que a Jinx apareça? — perguntou Sally para mim.

— Ela é violenta. Não dá para prever o que ela vai fazer se ficar com raiva.

— De que ela ia ficar com raiva?

— Ela nasceu com raiva. É uma pessoa má, perversa, e quanto menos a gente se meter com ela, melhor.

— Concordo com a Derry — disse o espelho à direita. Sally se virou e viu Nola com o longo cabelo preto caindo nos ombros. — Deixar a Jinx sair agora seria como abrir a caixa de Pandora. Os problemas vão escapar, e você vai ter dificuldade de enfiar ela de volta lá dentro.

— Isso me assusta — disse Sally, a voz embargada. — Se todas vocês acham isso, deve ser verdade. E, se a Jinx é parte de mim, então eu devo ser perversa e má. Ai, meu Deus... o que eu sou?

— Você é uma chata — disse Bella. — Vou meter o pé.

— Acho que não deveria ir embora — interveio Nola.

— Que palhaçada. Eu saio a merda da hora que eu quiser.

— Pra fazer programa?

Bella riu.

— O que você sabe desse assunto, espertinha? Nunca nem trepou. Por isso que o Larry nos largou. A culpa foi quase toda sua.

— Não é verdade — disse Nola.

— Claro que é. Você nunca saía para beber com ele, ficava reclamando dos amigos do Larry.

— E você não reclamava de nada e ia pra cama de *qualquer um*, feito uma puta barata.

— Olha pra você antes de me xingar, sua escrota!

— Chega — interrompi. — Não viemos aqui para brigar. Sally, você começou com isso, você é a anfitriã. Assuma o controle da situação.

— Tudo bem — respondeu Sally, obviamente inquieta pelos xingamentos. — Eu reuni vocês. Preparei esse chá. Precisamos conversar sobre o futuro. Temos que cooperar com o dr. Ash... Quer dizer... — Ela hesitou, sem saber o que falar, e olhou para os dedos entrelaçados.

O calafrio foi rapidamente acompanhado por uma tensão na nuca, que virou uma dor, e ela me olhou com desespero. Sabia o que a aura e a dor de cabeça significavam. Todas nós sabíamos. Sally tentou se segurar, mas a dor era forte demais, rachando seu crânio, cortando-a ao meio. No espelho da parede, ela viu um rosto, selvagem, com cabelos feito serpentes.

— Derry... — sussurrou ela. — Me ajuda... Acho que é...

— Tudo bem — falei. — Relaxe e me deixe entrar. A Jinx não consegue me expulsar.

Sally olhou depressa para o relógio. Eram 20h43...

Eu me enganei.

Jinx apareceu berrando.

— Que porra está acontecendo aqui?

Ela viu os rostos nos espelhos e os quebrou um a um. Arrancou a cortina e destruiu a mobília. Meu Deus, fiquei feliz de não ter que passar a noite ali. Desenhou as letras J-I-N-X no espelho da parede com o batom de Bella, depois o quebrou também. Somando todos os espelhos quebrados, daria uns 28 anos de azar. Jesus! Tentei tomar o controle, de verdade, mas ela se tornara forte demais para mim.

— Isso é só o começo! — gritou Jinx. — Suas imbecis de merda!

Então saiu correndo do apartamento.

Jinx foi até o porão, chutando caixas, quadros e brinquedos, até sair para o quintal. Estava furiosa com todas nós, principalmente comigo. Sabia que eu não gostava que se vestisse com roupas masculinas, então resolveu fazer isso só para me irritar. Pulando a cerca para o quintal vizinho, ela percebeu que fazia tempo que não invadia a alfaiataria do sr. Greenberg. Forçou a porta dos fundos e viu que tinham trocado a fechadura. Bem, só levaria alguns segundos para entortar a moldura da porta e fazê-la se soltar. Retornou ao porão e procurou uma barra de metal, depois voltou a trabalhar no arrombamento da porta até conseguir livrá-la da tranca. A porta se abriu, e ela se esgueirou para a salinha dos fundos.

Repassou os ternos masculinos — recém-passados, ainda cheirando a amaciante —, descartando um após o outro porque eram grandes demais. No entanto, quando afastou a cortina para adentrar a frente da loja, recuou, chocada.

Um maldito policial! Parado bem junto à porta, de costas para ela. Devia tê-la ouvido arrombando. Jinx se escondeu atrás do balcão e observou o reflexo do policial no espelho: cassetete na mão, como se estivesse pronto para usá-lo. Não se movia. Nem sequer um mínimo trocar de pé de apoio.

— Filho da puta! — sussurrou ela. — É um maldito manequim!

Então, por algum motivo, o nome Murphy surgiu em sua mente.

Arrastou o manequim para os fundos da loja, arrancou a jaqueta dele e a experimentou. Um pouco apertada no peito. Pegou uma faixa de cetim numa gaveta e a usou para enfaixar os seios, então experimentou a jaqueta de novo, por cima do vestido. Ficou perfeita. Jinx tirou as calças do manequim e bufou:

— Está rindo de quê? Você também não tem nada aí.

Vestiu as calças e o quepe, colocou a bainha do cassetete na cintura e se olhou no espelho. Ótimo. Pensariam que um policial tinha matado Larry. Isso os despistaria.

Saiu de novo pela porta dos fundos e pulou a cerca, depois cavucou a terra perto do poste telefônico até encontrar a sacola plástica em que embrulhara o revólver. Limpou a lama e puxou o revólver .38 de cano curto que tomara daquele filho da puta bexiguento na Horton's.

Primeiro, mataria Larry, depois o maldito psiquiatra que estava planejando acabar com ela. Este seria uma questão de legítima defesa.

Enfiou a arma no cinto e, refazendo os passos pelo porão, saiu para a rua girando o cassetete. Embora fossem apenas 21h30, a Décima Avenida estava deserta, mas ela avançava com confiança. Ninguém tentaria assaltar ou estuprar um policial. Tinha um cassetete e uma arma para se proteger.

Andou para o norte, testando a porta de alguns carros, sem sucesso. Então, na Riverside Drive, viu um homem calvo, de meia-idade, com óculos de armação grossa, entrando em um Mercedes novinho. Alcançando-o, deu uma batidinha com o cassetete na janela do carona.

Ele apertou o botão para baixar o vidro.

— Pois não, senhor?

Ela mostrou a arma.

— Não vou te machucar se você não entrar em pânico. — Jinx abriu a porta e entrou no carro. — Vamos dar o fora daqui.

Ele arregalou os olhos e tentou protestar.

— Não atire. Não me machuque. Aqui, pegue o carro. Só me deixe...

— Dirija, desgraçado!

Ela pressionou a arma contra as costelas dele. O homem girou a chave na ignição e apertou o acelerador. O carro saiu cantando pneu. Ele ultrapassou um sinal vermelho e desviou quando uma picape quase o acertou. Algumas quadras depois, Jinx mandou que ele entrasse em uma rua deserta.

— Pare aqui.

— O que você vai fazer?

— Desce do carro!

— Não atira em mim! — implorou ele, saindo aos tropeços.

Jinx deu uma coronhada na cabeça calva, fazendo os óculos caírem, e o homem cambaleou para trás.

— Eu não gastaria uma bala com você — disse ela, passando para o banco do motorista. — Odeio homem no volante.

Saiu em disparada, rumando para o norte na Riverside Drive até a Henry Hudson Parkway. Pegou a ponte George Washington e, em Nova Jersey, começou a costurar pelo tráfego da rodovia, deixando motoristas boquiabertos para trás. Alguns a xingavam ao levarem fechadas, enquanto outros sacudiam os punhos quando Jinx tirava um fino de seus para-choques. Dirigir carros velozes era seu maior prazer. Ela adoraria colocar aquele carro numa corrida de demolição para ver a cara daquele velho careca quando o devolvesse. De qualquer jeito, o desgraçado provavelmente tinha um ótimo seguro.

De repente, ela se deu conta de como era idiota chamar atenção e correr o risco de ser parada. Só faltava ela ser pega se passando por policial e portando uma arma carregada. Saiu da rodovia e percorreu devagar as ruas rumo a Englewood, Nova Jersey, procurando o devido endereço.

Estacionou do outro lado da rua, em frente à casa de Larry, feia, grande, vermelha e amarela, com suas pilastras romanas e um poste que imitava as lâmpadas a gás do século 19 no gramado. Ao descer do carro e atravessar até a calçada oposta, viu uma mulher passando para lá e para cá em frente à janela da sala. Imaginou que fosse Anna. Jinx se perguntou se Larry mentia para a nova esposa também. O desgraçado pagaria pela dor e pelo sofrimento que causava às mulheres. Ah, como pagaria. Pagaria por ter fingido, de início, que era Jinx que ele amava, que suportava Sally só para ficar com ela. Naquela noite em que Jinx apareceu e descobriu que ele andara trepando com Bella, tentou matá-lo, mas ele era forte demais, e fora capaz de tirar a faca de sua mão. E depois teve a troca de esposas. Aquilo fora humilhante. E ele pagaria por todo aquele sofrimento.

Viu a silhueta de um homem passar pela janela. Droga! Se tivesse chegado um minuto antes, poderia ter acabado com ele ali mesmo. Era noite de lua cheia, então ela se escondeu atrás do teixo nos limites do quintal, onde não podia ser avistada da rua. Observou a janela e viu Anna de novo, depois mais gente. Larry voltou a aparecer, mas tinha outra pessoa na frente dele. Jinx ergueu a arma, apoiando-a com a mão esquerda. Se ele ficasse à vista mais uma vez...

Mas as luzes se apagaram.

Ela xingou em voz baixa. Segundos depois, viu as luzes do andar de cima se acenderem. Enfiando a arma de volta no cinto, ela pesou a situação.

Esperaria todas as luzes se apagarem, depois mais meia hora, então se esgueiraria por uma das janelas do andar de baixo. Subiria as escadas com cuidado e colocaria alguma coisa na frente da porta de Penny, para que ela não pudesse sair e interferir. Não queria machucar Penny. Em seguida, entraria na suíte principal, mataria Larry e, claro, teria que atirar em Anna. A essa altura, o barulho terá acordado Pat, e ela teria que atirar nele também. Depois, desceria e fugiria antes que Penny conseguisse escapar e vê-la. Se Penny a visse de relance pela janela, só poderia relatar ter visto um policial partindo em um carro preto. Então Penny teria que ir morar com Sally, e todos os pesadelos e sofrimentos teriam fim.

As luzes se apagaram. A casa inteira ficou às escuras, exceto pela imitação de lâmpada a gás no gramado. Jinx esperou mais uma hora, então tentou a porta da frente. Trancada. Deu a volta na casa cautelosamente e tentou a porta lateral, depois a dos fundos. Todas trancadas. Tentou as três janelas, incapaz de arrombar as telas de alumínio que as reforçavam. Por fim, no último lado da casa, reparou na janela do porão. Chutou-a com força com o calcanhar, e a tranca cedeu. Mantendo a janela aberta com uma mão, adentrou o porão e logo escutou um barulho vindo de cima. Depois outro.

Passos. Será que alguém a ouvira? Foi até as escadas, decidida a matar qualquer pessoa que encontrasse no corredor. Ao abrir a porta e sair para o vestíbulo, ouviu a porta lateral, que dava para a garagem. Alguém chegando? Não ouvira carro nenhum. Então se deu conta de que Larry devia estar saindo.

Espiou pela janela e, ao luar, viu a silhueta de um homem cruzar o gramado e entrar em um carro na frente da garagem. Aonde aquele filho da puta estava indo àquela hora? Provavelmente atrás de mulher. Ela podia pegá-lo no flagra. Saiu às pressas pela porta dos fundos e contornou a casa a tempo de vê-lo se afastar. Jinx pulou no Mercedes e o seguiu por alguns quarteirões, os faróis apagados. Quando ele virou uma esquina na direção da ponte George Washington, ela acendeu os faróis e foi atrás.

Quarenta e cinco minutos depois, ele adentrou um estacionamento subterrâneo no East Side, perto da Terceira Avenida, com Jinx no encalço. Ele já devia estar desconfiado, mas eram a hora e o lugar de resolver a situação: enquanto ele estava a caminho de se encontrar com alguém. Provavelmente outra troca de esposas. Nossa, seria tão bom ver a cara do Larry logo antes de ela dar cabo dele.

Encontrou uma vaga e esperou. Viu o ex-marido trancar o carro e rumar para o elevador. Quando estava passando perto do Mercedes, Jinx abriu a porta e puxou a arma do cinto.

Ele estacou e, ao ver a arma, ergueu as mãos.

— Eu moro aqui, senhor. Estou com a minha identidade. Eu...

Não era Larry. Era um homem de rosto estreito, cabelo curto e bigode grisalhos. Puta merda, ela perseguira o cara errado.

— Quem é você? O que estava fazendo na casa do Larry?

— Uma mulher? Uma policial mulher? Por que está me seguindo?

Ela encostou o cano da arma na têmpora dele.

— Seu escroto filho da puta. É melhor me contar tudo rapidinho, senão vou espalhar seus miolos pela parede toda.

— Você não é policial! Olha aqui, moça, eu... Está bem, não atire. Eu... só fui visitar. Sou o gerente de vendas do Larry. Ele sabia que eu estava lá. Houve algum engano. Pode conferir com...

— Seus filhos da puta, vocês continuam com essa merda.

Jinx pensou em atirar nele, mas era Larry quem ela queria, e os tiros poderiam atrair algum funcionário, ou mesmo um guarda, e ela acabaria sendo presa sem ter a chance de fazer o que precisava fazer.

— Olha, se você quer dinheiro, eu tenho uns cem dólares na carteira. Pode pegar. Só não faça nada...

Ela golpeou com o revólver em um arco, cortando o rosto dele, depois de novo na direção contrária.

— Meu Deus! — gritou ele, segurando o rosto ensanguentado logo antes de desmaiar.

Jinx voltou para o Mercedes e saiu rápido da garagem, dirigindo para a rodovia, resmungando sem parar:

— Merda! Merda! Merda!

Quando alcançou a FDR Drive e rumou para o sul, estava tão frustrada e com tanta raiva de si mesma que andava a quase 150 quilômetros por hora. Logo, escutou uma sirene atrás de si e viu as luzes piscando. Que droga. Era só o que faltava. Pegou a saída da rua 42 com o carro da patrulha em seu encalço e passou cantando pneu de uma rua para outra, tirando um fino de para-lamas, virando esquinas bruscamente, pegando a contramão em uma rua rumo ao Central Park e voltando para o centro da cidade, despistando o carro da polícia antes de voltar para nosso apartamento. Estacionou do outro lado da rua e saltou para fora.

Tinha acabado de entrar no prédio, com a porta se fechando atrás de si, quando escutou a sirene e viu as luzes pela janela, então avistou a polícia parando ao lado do Mercedes amassado. Rindo, desceu correndo ao porão, saiu para o quintal e enterrou a arma no mesmo lugar. Retornou à alfaiataria de Greenberg, tirou o uniforme, vestiu Murphy e o botou de novo atrás da porta de vidro. Foi aí que percebeu que tinha perdido o cassetete dele. Por um momento, não soube o que fazer com as mãos vazias do manequim, então virou uma para cima e, pelo modo como o dedo médio se destacava, parecia que ele estava mostrando o dedo do meio para o mundo.

Ao voltar para o apartamento e encontrar a bagunça que fizera antes de partir naquela aventura inútil, ela disse:

— Merda, pode assumir de novo, Derry.

— Eu, não — respondi. — Não arrumo suas bagunças.

Não falei que eu estava assustada e completamente exausta. Gostava de aventuras, mas aquilo era demais. Fiquei feliz que ela tivesse se livrado da arma, embora estivesse inclinada a desenterrá-la e jogá-la fora. Mas sabia que não faria isso. Armas me assustam. De todo modo, achei que era responsabilidade da Sally lidar com a bagunça. Era tudo culpa dela. Se não tivesse sido tão idiota desde o início, Jinx não teria invadido o chá.

10

Na sexta-feira, deixei Nola ir à terapia e contar para Roger sobre o chá e sobre o aparecimento de Jinx. Ela não falou da arma nem da tentativa de matar Larry, porque não sabia de nada disso. Por isso me mantive afastada. Eu estava com medo de Roger nos mandar de volta para o hospital caso soubesse do ocorrido.

Quando Nola relatou sobre Jinx ter destruído o apartamento, ele se levantou e começou a andar pelo consultório, batendo o punho na palma da mão. Ela nunca o vira tão agitado.

— Isso é péssimo. Eu te falei. Avisei para não fazer isso sozinha.

— Eu não fiz nada! — respondeu Nola. — Não sou a Sally. Minha nossa, não precisa gritar comigo.

— Foi mal, Nola. — Ele se jogou de volta na cadeira. — Mas um erro desses poderia ter custado a sua vida. A vida de todas vocês. Eu nunca me perdoaria se algo acontecesse a vocês.

Ela sentiu uma enorme culpa, mas ficou satisfeita que ele se importasse tanto. Naquele momento, Roger não lhe parecia o médico esgotado de que ouvira falar. Estava diferente. Se estava apenas fingindo se importar, então estava fazendo um trabalho digno do Oscar.

— Logo antes da Jinx assumir o controle, a Derry disse pra Sally que Jinx não era capaz de expulsá-la — comentou

Nola. — Mas ela estava enganada. Ou a Derry está enfraquecendo, ou a Jinx está ficando mais forte.

Roger assentiu, segurando o queixo com a ponta dos dedos.

— Nós chegamos a um ponto delicado. Acho que está na hora do próximo passo.

Ela sabia do que ele estava falando, e sentiu um arrepio.

— Eu não devia ter te contado do chá.

— Nola — disse Roger, inclinando-se sobre a mesa. — Isso aqui não é um joguinho intelectual. O perigo é real. Não podemos mais protelar. Tem que começar com você.

— Você está falando da integração, não é?

— Estou.

— Espera aí *um* minutinho. Eu nunca concordei com isso.

— É o que estou pedindo que faça agora.

— Mas nem sempre funciona, certo?

Ele brincou com a caneta dourada sobre a mesa, depois balançou a cabeça.

— E, quando funciona, não há garantia de que vá durar — disse ela.

— É verdade. A maioria dos outros casos de personalidade múltipla pareceu se integrar com sucesso, mas os pacientes se dividiram de novo quando passaram por momentos de estresse extremo. Em algumas situações, novas personalidades emergiram. Nola, não existe garantia. Tudo o que podemos fazer é tentar.

— Não sou um ratinho de laboratório.

— O método foi bem-sucedido em alguns casos, Nola. É tudo o que temos. Vamos ser sinceros: meu maior propósito aqui é mantê-las vivas. Estamos em uma crise que coloca todas vocês em risco. Minha opinião profissional é de que esse é o melhor caminho a seguir.

— Mas por que eu?

— A melhor estratégia é ir voltando no tempo. Como a última a se formar, você deve ser a primeira a se integrar. Além disso, sua erudição, autocontrole e orgulho, combinados ao jeito tranquilo e humilde da Sally, vão fortalecer a habilidade dela de lidar com as outras integrações.

— Eu teria... Se eu concordasse, eu teria consciência do que está acontecendo depois da integração?

— Não posso garantir, mas minha teoria é que, como parte da nova personalidade, você terá uma consciência geral.

— E a Jinx?

— Tenho esperança de que a combinação de vocês duas crie uma barreira intelectual contra os exageros dela, de início. Depois, quando forem somadas as características sensuais de Bella e as emocionais de Derry, vocês terão válvulas de escape suficientes para reprimir a raiva e a agressividade da Jinx.

— Então foi isso que você quis dizer quando mencionou, da outra vez, que pretendia usar as *duas* técnicas: integração *e* extirpação. Vai integrar quatro e extirpar uma.

— Não necessariamente extirpar. A repressão é uma parte normal de todos os estados mentais dos seres humanos. — Ele se recostou na cadeira giratória e olhou nos olhos dela. — Preciso da sua permissão, Nola.

— Você não tem o direito de destruir um indivíduo. Eu sou uma realidade mental. *Cogito ergo sum.*

Ele bateu as mãos nos braços da cadeira, ficou de pé e começou a andar de um lado para outro.

— Não nego sua existência, Nola, mas todas vocês teriam o mesmo direito a uma vida independente. Se a multiplicidade fosse física, como gêmeos siameses, poderíamos tentar separá-las e dar a cada uma a própria existência, mas não há como separar suas mentes em corpos individuais. Tentativas de dar fim a personalidades alternativas não parecem ter funcionado. Vocês são como espíritos desencarnados. Então precisamos tentar outra coisa: a integração. O que vamos fazer não vai te destruir, apenas...

— Me transformar.

— Isso é inevitável.

— Mas não quero mudar. Estou satisfeita com como eu sou.

— Entendo, mas, só porque você é instruída e orgulhosa, não significa que seja completa.

— Assim você me ofende.

Ele ergueu as mãos, as palmas para cima, implorando que ela compreendesse.

— Um ser humano completo tem emoções, sexualidade e empatia pelos outros, fora algum grau de humildade. Não vou destruir você, Nola, vou te ajudar a alcançar um nível de humanidade além dos livros, dos filmes, da música clássica e da pintura. Para ser totalmente sincero, você precisa se integrar às outras tanto quanto elas precisam se integrar a você.

— Tenho que pensar.

— Claro. Pense nisso durante o final de semana. Pode consultar as outras, se quiser, ou decidir sozinha. Se concordar, faremos nossa primeira sessão de integração na segunda-feira.

Ele a deixou ir embora do consultório sem botar Sally de volta no controle.

Todas nós meio que concordamos implicitamente em deixar Nola ficar pelo fim de semana. Ela precisava tomar uma decisão, e eu argumentei com as outras que talvez aqueles fossem os últimos dias dela. Era justo.

Ela resolveu aproveitar do jeito dela. Nossa! Passou a noite de sexta inteira tocando seus discos. Beethoven e Bach. Achei que fosse enlouquecer, mas entendi que ela precisava das músicas de que gostava para repassar a situação, então aguentei firme.

No sábado, ela foi ao Museu de Arte Moderna e ao Metropolitan, depois, de tarde, foi assistir a uma peça off--off-Broadway muito chata e terminou a noite jantando sozinha em um restaurantezinho francês. Quando pediu escargot, fiquei curiosa, mas quase vomitei quando vi o que era. Levei um tempão para me acostumar com ela comendo ostras e mariscos, mas lesmas era demais. Eca! Mas, para falar a verdade, admito que não foi tão ruim.

Domingo foi o auge. Bagels e salmão defumado no café da manhã, e o dia todo lendo o *New York Times*, de cabo a rabo, da primeira até a última página. Como se fosse a última vez que ela o leria. Para mim, foi um fim de semana infernal.

Porém, mesmo então, ela ainda não tinha se decidido. No domingo à noite, ficou bem deprimida, sentada, se lamentando, e voltou a pensar em se matar.

Isso me preocupou bastante. Nunca tinha visto Nola tão para baixo. Ela estava se imaginando indo até o terraço e pulando de lá, depois cogitou cortar os pulsos. Então se lembrou de um poema de alguém chamada Dorothy Perker, ou Parker, e começou a rir. Estava mesmo na dúvida entre perder a vida na integração ou perdê-la pelas próprias mãos. Foi até o armário de remédios, procurando o ansiolítico, mas por sorte eu tinha jogado tudo fora na semana anterior. Ela se sentou à mesa, puxou uma folha do maço bege de papel de cartas dela e começou a escrever.

Não posso, em sã consciência, aceitar essa integração. Já me fiz a pergunta de Hamlet muitas vezes, mas o dilema dele era simples se comparado ao meu. Não é apenas uma questão de *ser* ou *não ser*. É uma questão de *ser alguém diferente de quem sou* ou *não ser*, e, sinceramente, prefiro a segunda opção. Sei que é egoísta. O problema fica mais complicado pela consciência de que, ao tirar minha própria vida, tirarei a vida de outras também. Pois os sonhos que vierem neste sono de morte... No país ignoto de onde nenhum viajante retornou. E assim a consciência faz de nós covardes...

Enquanto escrevia, teve sentimentos ambíguos — de depressão e, ao mesmo tempo, de olhar para si mesma e perceber que estava sendo muito sentimental e piegas. A ambiguidade se intensificou, tanto que por um momento ela saiu de si mesma e se viu sentada ali, como se parte dela estivesse pairando acima, de longe, observando-a escrever. Nola se virou e viu uma figura. O rosto estava embaçado, e ela não conseguiu definir se era um homem ou uma mulher — cabelo na altura dos ombros, um cocar na cabeça e uma túnica branca e larga, como um lençol.

"Quem é você?", perguntou ela.

"Seu ajudante."

"Não me lembro de você."

"Faz pouco tempo que existo."

"Por que apareceu agora?"

"Para impedir que você se machuque."

"Eu tenho o direito de tirar minha própria vida."

"Mas a vida não é sua. Você sabe disso. Estava pensando na responsabilidade que tem para com as outras."

"O que eu deveria fazer?"

"Escute o dr. Ash. Ele é uma pessoa boa e sábia."

"Ele quer me rebaixar, me integrando àquelas outras criaturas alienadas que chama de minhas personalidades."

"Confie quando ele diz que você não será rebaixada. Sua vida mental às vezes atinge altos patamares, mas ainda é vazia, uma vida incompleta. A única esperança é você entregar sua individualidade à necessidade maior."

"Me ajude a fazer isso."

"A capacidade reside dentro de você. Só posso guiá-la."

"Então me mostre o caminho. Estou com medo."

A figura se aproximou, e Nola a viu brilhar e então adentrá-la, como uma imagem duplicada entrando em foco. A partir daí, deixou de ver a silhueta do ajudante como alguém distinto dela, e sim como parte de si.

"Não doeu nadinha, doeu, pequena?"

"Não. E ainda me sinto eu mesma. Vai ser assim?"

"Vai ser assim."

Nola ficou ali, sentada, pensando no que estava acontecendo com ela, então se lembrou de ter lido um artigo de um psiquiatra na Califórnia que descrevera como coisas daquele tipo aconteciam na maioria dos casos de personalidade múltipla.

"Você é meu ajudante interno?"

"Estou aqui para te ajudar quando for necessário."

" Você é uma das nossas personalidades?"

"Não. Não sou um indivíduo distinto, como vocês. Só estou aqui para ajudar e proteger. Habito em vocês, mas também no universo. Eu me manifesto apenas quando precisam de mim."

"Eu preciso de você. Me diga o que fazer."

"O dr. Ash diz que a decisão deve ser sua e voluntária. Só posso te ajudar a ser forte o bastante para fazer a melhor escolha."

"Você é minha fada madrinha!"

"Já me chamaram assim. E também de guru, guia, ajudante interno, professor. Dá no mesmo."

"Estou feliz por nós termos um ajudante interno. Facilita as coisas."

"Está na hora de tomar uma decisão, pequena."

Nola ficou sentada por um longo tempo, sentindo a calidez dominar seu corpo, então pegou a caneta e acrescentou, no pé da carta que tinha escrito:

"EU ACEITO A INTEGRAÇÃO"...

Então, de repente, sentiu uma leveza, e o ajudante partiu. Ela ficou sozinha no cômodo, se sentindo bem.

Não consegui me conter. Fiquei tão feliz e animada que tomei o controle, peguei o telefone na mesma hora, antes que ela mudasse de ideia, e contei para Roger.

Na segunda-feira de manhã, no consultório de Roger, ela começou a dar para trás.

— Estou com medo de perder o que tenho... as coisas que amo. Sempre considerei que viver só uma parte de uma boa vida, uma vida significativa, era melhor do que sete dias por semana de mediocridade.

Roger de repente pareceu muito cansado.

— E ainda assim você não para de tentar se matar.

— Fico deprimida.

— Nola, não há motivos para crer que vocês vão cair em um denominador comum. Sua mente não vai ser esmagada até fazer purê. Considere mais como uma sopa *bouillabaisse* mental, onde cada uma acrescenta ingredientes ao todo, mas, ao mesmo tempo, mantém suas características individuais.

Ela balançou a cabeça, em negação.

— Você é bom com as palavras, Roger, mas esquece que *abaisse* deriva do latim *abassare*, que significa rebaixar ou humilhar.

— Foi um mau exemplo.

— Acho que foi apropriado. A humilhação faz parte do histórico da maioria das pessoas com personalidade múltipla, não faz? Descobrir que era indesejado, humilhado e abusado na infância e na adolescência?

— É verdade, mas não há motivo para você se sentir humilhada pela integração. Você não está sendo cortada, mas unida.

Ela o encarou com raiva.

— Você diz isso, mas ainda me sinto indesejada. E com vergonha. E degradada.

— Todos nós gostamos de você, Nola. Você é necessária. E, ao ajudar a curar a Sally, fará mais do que contribuir para a cura de uma só pessoa. O que aprendermos com esse procedimento pode ajudar a aliviar o sofrimento de milhares de outras pessoas recém-descobertas com personalidade múltipla, que vivem secretamente no caos porque têm medo ou vergonha de se expor.

— E eu tenho que me sacrificar por múltiplos que estão no armário?

— Não é se sacrificar. Pense nisso como mudar de um eu parcial para um eu completo. Você quis acabar com a própria vida em muitas ocasiões. Em vez de jogá-la fora, vai fazer valer sua existência. Pelo amor de Deus, Nola, entregue-se ao todo. Você é necessária.

Ela ficou quieta por um tempo, sem desviar os olhos dele. Por fim, perguntou:

— Podemos usar o nome Nola Bryant em vez de Sally Porter?

— Isso não seria prático. A certidão de nascimento está no nome de Sally, assim como o seguro social, o seguro de vida, os fundos de garantia dos empregos que ela já teve. Sem falar nos serviços públicos, histórico médico, imposto de renda, cartões de crédito e contas bancárias. Você não teria acesso a dinheiro sem o nome dela.

Nola sentiu uma comichão e então, quase a contragosto, contou sobre o ajudante.

Roger ouviu com atenção, depois uniu as mãos e assentiu.

— Para falar a verdade, andei me perguntando quando algo como o ajudante interno iria se manifestar. De início, pensei que fosse a Derry, mas, como apontou um psiquiatra que já lidou com vários casos de personalidade múltipla, o ajudante interno é diferente de uma personalidade comum, não é desenvolvido por completo, é mais uma personificação da consciência. O que os freudianos chamariam de superego.

— Acho que tem uma faceta mais religiosa — comentou Nola. — Embora eu tenha sido ateia quase a vida toda, tive o exato sentimento do conceito hindu de atmã, a parte do espírito ou da alma que vive dentro de cada um de nós, e de me fundir ao brâman, a mente ou a alma universal. Surgiu num momento de silêncio desesperado, e agora me pergunto se a integração será o que os sábios da Índia chamam de nirvana: o sopro da chama da vida que nos permite extinguir nossa existência individual e nos fundirmos com o espírito supremo.

— Só há uma maneira de descobrir, Nola...

Ela se sentiu cedendo e cerrou os punhos.

— Ah, vamos lá — disse Roger, com calma. — Que diferença faz um nome? Uma rosa com qualquer outro nome teria o mesmo perfume.

Ela ergueu os olhos e riu.

— Aquele que me espolia de meu nome me espolia de tudo... — Porém, depois de um longo silêncio, ela abriu os punhos, olhou para os dedos e assentiu. — Seja rápido.

— Muito bem. — Ele ergueu a caneta dourada. — Sally, *venha para a luz*. Nola, fique aqui também. Vocês duas já sabem que, para resolver essa questão, precisam unir forças e se tornar uma pessoa só. Isso só pode acontecer se suas mentes se integrarem, uma permeando a outra e se integrando em uma só, com características e qualidades de ambas, como era antes da Nola se separar. Pensem em si mesmas como dois lagos. Você, Nola, é um lago cheio de educação, cultura e orgulho. Você, Sally, é outro lago, privado dessas coisas que foram desviadas para o lago chamado Nola, mas também cheio de instinto maternal, senso de justiça e humildade. Agora, vou cavar um fosso entre os dois lagos. Vocês conseguem visualizá-lo pelos olhos da mente. Vou começar pelo lago da Sally. É um trabalho duro, mas estou cavando até chegar mais e mais perto do lago da Nola. Em um instante, vou alcançar a Nola, e vocês sabem o que vai acontecer quando os dois lagos estiverem conectados pelo fosso. Me diga o que vai acontecer, Sally.

— As... águas... vão... se misturar...

— E me diga, Nola, o que vai acontecer quando as águas se misturarem.

— As características vão se mesclar.

— E você concorda com essa mistura, Sally?

Sally assentiu.

— E você concorda com essa mistura, Nola?

Nola hesitou.

— Nola, você tem que se comprometer agora, sem reservas. Uma vez que as águas estiverem misturadas, não haverá como separá-las. Você e a Sally serão uma só mente, um só corpo. Você concorda, Nola?

— Concordo.

— Muito bem. Agora estou cavando com o auxílio do seu ajudante. Pronto. Atravessamos. As águas estão fluindo dos dois lagos para o centro do fosso. A consciência da Sally está fluindo para a Nola, e a consciência da Nola está fluindo para a Sally. Vocês podem ver a correnteza ondulante conforme as águas se misturam e espalham suas características por um único corpo d'água. De agora em diante, não existe mais Nola nem Sally, apenas uma segunda Sally: uma só pessoa, educada, orgulhosa e segura de que consegue lidar com o emprego, a vida e as pessoas que mexem com ela, mas também humilde e empática com os outros. Quando eu contar até quatro, ela vai abrir os olhos. Sally, você vai se lembrar desta sessão tanto quanto precisar. Pode se lembrar de partes das vidas separadas, mas apenas como passado. No presente, e pelo futuro, vocês se integraram em uma única mente, um único corpo, diferente da mente de qualquer uma das duas. Você é uma nova mulher, a Sally Dois. E deixou todos nós, e o seu ajudante, muito felizes. Um... dois... três... quatro...

As pálpebras dela tremularam. Ela piscou algumas vezes, então arregalou os olhos.

— Como se sente? — perguntou Roger.

— Tonta. Como se tivesse estado num redemoinho, girando e girando, antes de cair por uma catarata.

— Relaxe e me diga o que você lembra.

Ela respirou fundo para se acalmar.

— Não me lembro de muita coisa.

— Qual é o seu nome?

— Sally Porter — disse ela com um longo suspiro.

— Qual é a última coisa de que se lembra?

— De convidar as outras para um chá. E então *tudo* escureceu.

— Como você se sente sobre o que aconteceu?
— Foi um grande erro. Foi burrice minha me envolver.
— Pode me explicar isso?
— Eu sempre fui solitária. Por favor, me desculpa, Roger, não quero soar arrogante, mas sempre gostei mais e obtive mais sucesso nas coisas que fiz sozinha. Sei que ainda tenho problemas, mas tenho uma forte impressão de que se eu puder ficar *sozinha* e pensar, vou achar uma solução.
— Entendo.
— Claro, não estou me referindo a você. Não me entenda mal. Seria bem melhor se nós dois pudéssemos lidar com todas as decisões importantes sem precisar trazer as outras para a terapia em grupo.
— Obrigado por explicar. Pensei que estivesse querendo que eu te deixasse em paz por um tempo.

Ela encarou Roger bem nos olhos.
— Nada disso. Acho que você é o homem mais inteligente que já conheci. Considero sua companhia estimulante.
— Obrigado.
— Eu... não sei por que disse isso. Me sinto estranha.
— Estranha como?
— Insegura do que estou falando e de por que estou falando assim. Tenho a sensação peculiar de que estou soando diferente de como sempre soei... dizendo coisas que nunca disse.
— Isso é normal depois da integração. Gostaria que você fizesse uma coisa por mim. — Ele lhe entregou um bloco e um lápis. — Por favor, escreva o seu nome.

Sem hesitação, ela escreveu "Sally N. Porter".
— Não sabia que você tinha um nome do meio — comentou Roger. — O "N" é de quê?
— Não sei por que escrevi isso. Nunca botei a inicial do meu nome do meio.

— E qual é o nome?

— Acho que é Nola.

— Isso é muito gentil. Você tomou a decisão consciente de adotar esse nome?

Ela balançou a cabeça.

— Só saiu assim, mas me *parece* certo. Acha que tudo bem eu usar?

— Não vejo por que não, por enquanto. Acha que a Nola se importaria?

Ela pensou a respeito por um longo momento.

— Tenho uma sensação muito estranha. Só uma impressão, não sei por que, de que a Nola se foi, que sumiu da minha vida. Isso me deixa um pouco triste, como se tivesse perdido uma velha amiga com quem acabei de retomar contato. Isso significa que a integração foi bem-sucedida, que estou melhorando?

— Tomara que sim. Acredito que seja um bom sinal, mas vamos ter que aguardar para ver.

— Espero que não se importe com o comentário, mas existem poucos homens com a sua compreensão para com as mulheres.

Ele riu.

— Aprendi muito com você.

Ela se levantou de repente.

— O que houve?

— Uma frase esquisita fica me voltando à mente. Não paro de pensar: *a Sally Dois*. Não é peculiar? O que será que significa?

— Pode significar que você chegou ao segundo estágio do seu desenvolvimento... ou da sua reintegração.

— Estou com um impulso maluco de ir a um restaurante francês para provar alguns pratos gourmets. Gostaria de sair para jantar comigo?

Roger sorriu.

— Acho que vai ser bom ficar de olho em você por um tempo.

— Não era disso que eu estava falando.

— Eu sei, mas me permita o luxo de uma desculpa profissional para fazer algo que eu quero fazer.

Ela riu e balançou a cabeça. Sabia que ele estava falando com ela de modo diferente — sem condescendência. E gostava de ter sua inteligência respeitada.

— Um homem que acabou de brincar de Deus não deveria precisar racionalizar o desejo de levar sua criação para jantar. — Ela se arrependeu assim que disse isso. Não fora sua intenção feri-lo, mas sentira a necessidade de provocá-lo. Roger franziu o cenho, deixando claro que tinha dado certo. — Desculpa. Eu não devia ter dito isso.

Roger a observou com cautela.

— Era de se esperar. Um cientista maluco brinca de ser Deus... Talvez eu devesse apenas te levar pra casa e deixar o jantar para outra ocasião.

— Podemos remarcar, mas consigo ir pra casa sozinha.

Ele assentiu.

— Como quiser.

Ao sair, o passo dela estava mais firme, a cabeça estava mais erguida. A postura encolhida de Sally desaparecera.

Vou te falar que achei a coisa toda bem bizarra. Tentei entrar em contato com a antiga Nola, mas Sally tinha razão: Nola tinha sumido. Como se tivesse sido sequestrada, assassinada ou algo do tipo. Me lembrei de um dos livros que ela amava tanto e não consegui parar de pensar que ela tinha se afogado, no fim das contas, e que seu corpo estava no fundo do lago Walden. Assustador. E outra coisa me incomodava. Deu para ver nos olhos do Roger que ele achava a Sally Dois uma mulher muito atraente.

———

Quando Sally saiu do consultório, tudo parecia fora do eixo — como se enxergasse as coisas através de novas lentes. No passado, encarar os botões do elevador a deixava em pânico. Nunca sabia qual apertar, em qual andar descer. Naquele momento, apertou com segurança o botão para o saguão e apreciou a descida.

Do lado de fora, observou a multidão fluindo nas duas direções. As pessoas a olhavam, como se estivessem confusas com aquela mulher parada no meio da cidade, absorvendo tudo em vez de partir correndo para outro lugar. Então, aos poucos, respirando fundo como um nadador prestes a mergulhar em águas geladas, ela deixou a entrada do prédio e pulou no fluxo da cidade.

Percebeu que seus sentidos estavam aguçados pela proximidade anônima da multidão. Não precisar se comunicar com ninguém lhe dava uma sensação de isolamento — algo que parte dela sempre apreciara —, de estar e não estar ali. Estar *com* a multidão, não *à parte* dela. Não parava de pensar em lagoas e em seguir boiando. Isso a deixou agitada, e ela riu. Que bom que Roger não a levaria para jantar. Seria mais empolgante passar a noite sozinha. Uma andarilha pela cidade! Amava a visão dupla de estar na multidão e se observar ali no meio. Seguiria o próprio ritmo.

Flutuando na direção da Times Square. Sempre evitara a feiura dos filmes de apelo sexual e das lojas pornográficas. Sempre desdenhara dos vigaristas e das prostitutas. Porém, naquele momento, pela primeira vez, os via como pessoas, individual e separadamente. Não era mais superior a eles, não os julgava mais com tanta pressa. Percebeu de repente que estivera sendo uma esnobe.

Virou leste na rua 42, na direção da biblioteca. Alguns bêbados na frente do parque Bryant tentaram tocá-la, mas

Sally os evitou. No passado, homens como aqueles a deixavam com tanto medo que ela entrava em pânico e tinha um apagão. Naquele momento, sentia-se no controle, e cada vez mais forte. Sabia que poderia se livrar de qualquer problema na conversa, caso eles a perturbassem.

Em vez entrar pelos portões da rua 42, deu a volta até a Quinta Avenida para olhar os leões. De súbito, sentiu que era importante ver os guardiões flanqueando os degraus enquanto passava entre eles. Os leões a protegeriam. Lembrou-se da primeira excursão escolar para aquela biblioteca, quando pensara que, caso se dedicasse de verdade, leria todos os livros do mundo e saberia de tudo. Sorriu diante da ingenuidade. Foi até a área comum e correu os olhos pelos livros. Encontrou um de seus favoritos, virou as páginas e logo se viu perdida na esplêndida prosa e na cadência fluida de *You Can't Go Home Again*, de Thomas Wolfe. Pegou-se mergulhando no ritmo latejante e nas belas imagens da cidade, então fechou o livro, guardou-o e saiu. Concordava que não havia como voltar.

Mas era melhor retornar ao apartamento, tomar um banho e se vestir para ir ao Yellow Brick Road. Ao descer do táxi, não entendia por que estava tão triste. Então subitamente compreendeu que o que estava sentindo era apenas temporário. Logo haveria outra integração, e outra... uma Sally Três e depois uma Sally Quatro. E ela veria o mundo de um modo novo e estranho depois de cada integração. Toda vez seria uma pessoa nova andando pela cidade, sonhando e imaginando o futuro.

Viu o manequim da alfaiataria em seu uniforme policial e ficou encarando ao passar. Parecia que ele estava mostrando o dedo do meio. O que Todd dissera mesmo? "Lei de Murphy. Tudo que pode dar errado vai dar." Era uma bobagem supersticiosa. Nada daria errado. Ela estava mais forte do que nunca. No controle.

De volta ao apartamento, tirou o coelho e o panda de pelúcia da cama, embrulhou-os em uma das capas de plástico do sr. Greenberg e os enfiou no fundo do armário. Escolheu um vestido branco e amarelo chamativo para aquela noite, depois foi ao banheiro e se encarou no espelho por vários segundos.

— Você sabe quem é — disse em voz alta. — Está mais forte agora. Acabaram os apagões. Acabaram as trocas. Você vai manter o *controle* e mostrar pro Roger que não há necessidade de integrar as outras.

A ideia a encantou. Quanto mais pensava nisso, mais sentia que era a solução. Podia estabilizar sua vida por conta própria e *impedir* os apagões e as conversões, e não haveria necessidade de outras integrações. Era isso! Perfeito!

Entrou no chuveiro. A água atingiu suas costas, quente e deliciosa, e ela se deixou envolver. E enquanto apreciava o momento, percebi que eu, Bella e Jinx estávamos encrencadas, porque não teríamos que encarar apenas aquela nova Sally. Ela agora tinha o ajudante interno do seu lado.

PARTE TRÊS

11

As coisas correram bem por algumas semanas. Sally Dois era diferente de antes. Muito mais inteligente. Hum, não sei bem... talvez eu devesse dizer muito mais culta. Ela também não parava de pensar que ia manter o controle e governar a própria vida, que nunca mais teria um apagão.

O que me intrigava era o tempo que ela passava vendo filmes estrangeiros (meu Deus, odeio ter que ficar lendo as legendas no pé da tela e perder a expressão dos atores!) e indo a museus de arte, e lendo... lendo... lendo... A televisão estava pifada, e ela nem se incomodou de mandar consertar, então eu não conseguia ver os programas da madrugada. Não era o acordo que eu fizera, isso eu garanto.

Até que um dia ela resolveu fazer a grande tentativa de lidar sozinha com o serviço do Yellow Brick Road na hora de maior movimento. Fiz menção de aparecer, como sempre, mas paft! Dei de cara com uma parede.

Está bem, pensei, *você provavelmente consegue lidar com as comandas, agora que está mais espertinha, mas o que vai fazer a respeito da apresentação da Bella?* A nova Sally já estava pensando nisso, dizendo a si mesma que manteria o controle até o momento em que as luzes ficassem mais escuras, afrouxaria só um pouco a coleira de Bella e então retomaria o controle assim que acabasse. Ela só não sabia que Bella havia decidido que, ao aparecer, permaneceria no comando e nos levaria para se divertir bastante.

Todd se aproximou da mesa dela, onde Sally estava passando o tempo depois de trocar o uniforme, e a observou com seriedade.

— Você está diferente. Mais tranquila e confiante. É a Nola?

Ela balançou a cabeça.

— Sou a Sally.

Ele arqueou as sobrancelhas.

— O tempo no hospital deve ter te feito bem.

— Fez, sim.

Ela avistou Eliot do outro lado do bar observando os dois com nervosismo.

— Sally, desde aquela noite que você se viu no noticiário, não consigo parar de pensar em você.

— Todd, eu não quero mesmo...

— Me escuta. Você é uma pessoa maravilhosa... gentil e atenciosa. Te acho fascinante, estou apaixonado por você.

— Você está arrumando encrenca, Todd.

— Deixa que eu decido sobre isso.

— Você não me conhece de verdade. Tenho fraquezas.

— Olha, agora que superei meu problema com apostas, estou forte o bastante por nós dois. Vou aprender tudo sobre você e o seu problema, e vou te ajudar. Você não tem que passar por isso sozinha. Precisa de alguém para conversar, para te ajudar a catar os cacos quando desmoronar.

Sally baixou os olhos para a mesa.

— Por favor, Todd, me dê um tempo para me resolver.

Ele a olhou atentamente, então assentiu.

— Todo o tempo que precisar.

Quando ele se afastou, Sally repassou a ideia. Não o amava, mas talvez isso viesse depois. Ou talvez amor nem fosse necessário. Duas pessoas podiam ter um bom relacionamento em outros sentidos. Quando Todd se foi, ela viu Eliot rumar para a pista de dança para anunciar o show das nove. As roupas dele pareciam apertadas. Seguia engordando. Sally se levantou e partiu para o centro da pista de dança, pensando que talvez conseguisse lidar com o show por conta própria, mas então, ao sentir o estômago revirar, o calafrio e a dor de cabeça, teve a memória de tentar ficar no controle na época em que Bella era líder de torcida. No último segundo, ela cedeu.

Bella pulou para a pista de dança. As luzes diminuíram e, conforme o holofote a envolvia, ela ergueu os braços acima da cabeça e gargalhou.

— Pessoal, hoje vocês vão ver um show inédito.

Ela pegou a guitarra e começou a dançar e se balançar, querendo compensar todas as vezes em que Sally não a deixara aparecer. A plateia se animou, batendo os pés, batendo palmas. Bella aumentou o ritmo para uma batida feroz, até se sentir confinada, presa. De repente, arrancou a camisa de lantejoulas verde-esmeralda, se desfez do sutiã e começou a dançar seminua.

Viu Todd, chocado, indo na direção da pista de dança, mas Eliot o detve. Os dois pararam perto da caixa registradora e observaram. Ela sabia que tinha um belo corpo, sabia como usá-lo, rebolando e se contorcendo para fazer a saia curta lhe escorregar até os pés. Por fim, estava dançando só de calcinha. Sentia-se selvagem e livre de novo. Tinha direito à empolgação, ao palco, aos aplausos.

Qual era o problema de exibir o corpo? Era o equipamento de um artista. Desde que podia se lembrar, os momentos mais felizes de sua vida tinham sido diante de plateias, se sentindo refletida nos olhos das pessoas, recebendo a aprovação, ouvindo as palmas. *Espelho, espelho meu, existe alguém mais bela do que eu?*

Absorta na batida. Nas alturas. Braços, pernas, cabeça e seios latejando. Meu Deus, como estava feliz! Era assim que se abria e se compartilhava com os estranhos que a apreciavam.

Eu não esperava que Bella fizesse um striptease e pensei em aparecer e interromper a cena, mas Jinx foi mais rápida. Ela expulsou Bella dos holofotes, então parou subitamente. Ficou imóvel, olhos duros, o suor escorrendo por entre os seios. A multidão, chocada, fez silêncio.

— Querem ver uma mulher pelada? — gritou Jinx. — Querem ver uma mulher exibindo o corpo para vocês baterem uma debaixo das mesas? Então vamos ver um verdadeiro show de humilhação feminina!

Ela foi até uma das mesas e roubou um cigarro da boca de um cliente.

— Olha só esse corpo — desdenhou — e como é possível marcar ele igual gado.

Jinx pressionou a ponta acesa do cigarro uns dois centímetros acima do mamilo, e a plateia arfou. Não sabiam que ela não sentia a dor. A dor era de Sally, mas ela só sentiria a queimadura quando retomasse o controle.

— E outra aqui! — Ela pressionou o cigarro acima do outro mamilo, levantando um leve cheiro de pele queimada.

— Ai, meu Deus! Ela se queimou! — berrou uma mulher em uma mesa dobrável, pondo-se de pé para partir.

— É tudo parte do show! — gritou um homem ali perto, batendo palmas.

Outros ao redor também aplaudiram, e por fim toda a plateia estava dando vivas.

— Vocês ainda não viram nada! — exclamou Jinx. — A porra do show está só começando.

Todd e Eliot finalmente partiram em sua direção, mas Jinx jogou fora a bituca do cigarro e pegou uma taça de vinho de uma das mesas. Jogou o conteúdo na cara do cliente, depois quebrou a taça na quina da mesa, segurou o caco da haste contra o próprio pescoço e gritou:

— Não se aproximem, senão o fim vai ser rápido.

Os dois pararam, e ela foi até o centro da pista de dança.

— Agora vocês vão ver a primeira apresentação de um suicídio ao vivo no palco. Dedico este show a Nola, que não está mais entre nós.

Ela se empertigou, ergueu o braço esquerdo acima da cabeça e passou o caco de vidro pelo pulso. O sangue lhe escorreu pelo braço erguido e pelo corpo.

— Pelo amor de Deus, alguém segura ela! — gritou uma pessoa.

— É sangue falso! — respondeu outra. — Já vi shows assim antes.

Jinx cortou o outro pulso, jogou o caco na direção da plateia e desfilou para lá e para cá, as mãos erguidas, tentando rebolar como Bella. Mas ela sabia que não tinha ritmo e não sabia usar os quadris como Bella, e isso a deixou furiosa.

— Mais! Mais! — berrou alguém.

— Fiquem olhando, seus desgraçados! — rugiu Jinx. — Todos vocês estão sangrando até a morte. São todos invenções da minha imaginação, e quando eu morrer o mundo todo vai ser destruído em uma grande explosão. É isso o que estou fazendo, não estão vendo? Não estou me matando. Estou destruindo vocês. Quando meu sangue acabar e minha mente se esvaziar, nenhum de vocês vai existir mais.

A plateia gargalhou e aplaudiu.

Mas, conforme ela dançava perto das mesas dobráveis, uma das mulheres se inclinou e tocou nas gotas vermelhas com o guardanapo, depois olhou mais de perto.

— É de verdade! — gritou. — É sangue! Ela está se matando mesmo.

Mais aplausos. Mas então, quando Jinx deu uma volta, os aplausos morreram, e toda a multidão ficou observando em um silêncio de fascínio. Deram-se conta de que não estavam assistindo a uma apresentação sádica de punk rock. As garçonetes pararam. Os assistentes congelaram. Todo mundo olhando uma sangrenta dança da morte.

Vagabunda imbecil! Ela estava mesmo tentando matar todas nós. Forcei e lutei para tomar o controle, sem sucesso, até que ela escorregou no próprio sangue e se distraiu. Então uma coisa me deu um empurrão, sussurrando: "Sua vez".

Por um momento, fiquei congelada sob o holofote. Plateias me assustavam. Então ri e gritei:

— O show de mágica acabou por hoje, senhoras e senhores. Não tem sangue. Não tem vinho. Não tem nem corpo nenhum. Eu não existo. Sou um rastro de ilusão. É tudo um truque da mente.

Fiz uma reverência, me virei e balancei o bumbum na direção deles, então todos aplaudiram de pé. Fora do palco, passei um maço de guardanapos para Todd.

— Enfaixe os meus braços antes que a bagunça piore. Acho que todo mundo acreditou que foi atuação.

Mas Todd e Eliot sabiam que as queimaduras, os cortes e o sangue eram de verdade. Já estavam com o kit de primeiros socorros em mãos, e Todd passou o antisséptico e fez os curativos.

— Sua maluca — disse Eliot. — Pra que você foi fazer uma coisa daquelas?

— Quem dera eu soubesse.

— Vou te levar ao hospital — falou Todd ao terminar de enfaixar meus braços.

— Não precisa. Já está tudo sob controle. Só me leva pra casa.

Ele tentou argumentar, mas chamou um táxi e insistiu em ir comigo. No apartamento, Todd não queria me deixar sozinha.

— Talvez seja melhor chamar uma enfermeira para ficar com você — sugeriu.

— Vou ficar bem, Todd, de verdade.

— Sally... Nola... Derry... quem quer que seja. Se alguma coisa acontecer com você, não sei o que farei.

— Não vai acontecer nada.

— Quase aconteceu. Não suporto a ideia de te ver em perigo. Casa comigo, me deixa tomar conta de você.

— Impossível, Todd. Não sirvo pra você.

— Não serve? Você é a melhor coisa que já me aconteceu. Nunca conheci outra mulher como você. Gente boa, inteligente, cheia de vi...

— E os meus humores violentos? Você viu o que aconteceu hoje.

Ele balançou a cabeça e começou a andar de um lado para o outro.

— Quando você melhorar, vai conseguir lidar com isso. Só precisa de autocontrole. Você mudou hoje à noite e impediu sei lá o quê que tinha te possuído. Isso mostra que o lado bom é mais forte do que o lado destrutivo.

— Não tenho mais tanta certeza disso.

Ele segurou a minha mão.

— Casa comigo.

— Não me pressione, Todd. Não estou no meu estado normal.

— Tudo bem. Mas não ligo para quem você seja. Você me fez voltar à vida, e isso é tudo que importa para mim.

Quando ele foi embora, tentei dormir, mas só fiquei me revirando na cama, com medo de quem poderia aparecer se eu pegasse no sono.

Desci as escadas e fui conversar sobre isso com o Murphy.

— Vou te falar, Murphy, estou surpresa por não estar uma pilha de nervos a esta altura.

Mas era difícil me abrir com o Murphy desde que a Jinx virara a mão dele e fizera parecer que ele estava mostrando o dedo do meio para todo mundo. Alguém precisava avisar ao sr. Greenberg para consertar aquilo. Não era nada legal.

12

Bella olhou em volta, pronta para fazer sua reverência, esperando ver uma plateia satisfeita. Quando se descobriu na cama — sozinha —, com a luz do sol atravessando as janelas, gritou:

— Ah, merda! De novo, não!

Então notou os curativos nos pulsos, se olhou no espelho e viu as queimaduras nos seios. *Meu Deus, alguém se meteu com um sádico de verdade*, pensou.

Ela pulou da cama e olhou em volta, furiosa, pondo as mãos na cintura. Aquilo era demais, porra. Sabia que já deveria estar acostumada, mas ficava muito mexida por não conseguir terminar uma apresentação. Estava de saco cheio de lhe roubarem o palco o tempo todo, toda vez, fosse sob os holofotes ou na cama. E aquela palhaçada sobre cooperarem? A pessoa que tomara o controle deveria respeitar as coisas que eram importantes para ela. Que se danasse, ela ia se vingar, custasse o que custasse.

Deu uma olhada no calendário sobre a escrivaninha e viu o recado: "10h. Terapia. Consultório do Roger".

Já eram nove da manhã. Só uma hora para ficar no controle? Não era justo. Então, pensando em Roger, teve uma ideia. Ficaria no controle, iria ao consultório dele e — fingindo ser a nova Sally — o pegaria completamente desprevenido. Fazia pouco tempo que a nova Sally surgira, mas eu já tinha contado a seu respeito, e Bella entrava rápido nos papéis. Sabia que era capaz. E mesmo que errasse algumas falas, Roger não perceberia — ainda não conhecia a nova Sally muito bem.

Ela foi botar um dos vestidos de Sally, rindo e imaginando uma grande cena de sedução. Faria o papel da nova Sally de corpo e alma, e deixaria Roger todo agitado. Ela se imaginou deitada no sofá de couro preto dele, chorando, apelando para sua compaixão, e, quando ele se aproximasse para confortá-la, Bella lhe mostraria os seios queimados, o tomaria nos braços e faria amor com ele. Seria uma bela atuação. Enquanto esperava por um táxi, se imaginou segurando um buquê de flores e fazendo uma reverência para uma plateia entusiasmada.

Logo antes de Bella entrar no consultório de Roger, tentei assumir o controle, mas ela estava tão obstinada que não consegui expulsá-la. A rastreadora estava definitivamente enfraquecendo. Me incomodava que Bella fosse dar em cima de Roger. Eu lhe contara que gostava dele, e ela prometera não se meter. Mas quem podia confiar em Bella quando o assunto era homem?

Ela entrou no consultório às dez em ponto, como se estivesse subindo ao palco, com a cabeça erguida, a postura arrogante de Nola suavizada pelo olhar frágil de Sally. Tenho que admitir que Bella sabia atuar. Foi uma ótima imitação da nova Sally.

O melhor ao meu alcance foi fazê-la esbarrar na mesa de Maggie.

— Desculpa, Maggie. Estava tão distraída pensando num livro que estou lendo sobre o movimento de libertação das mulheres que nem vi que trocaram a mesa de lugar.

— Não trocamos a mesa de lugar — respondeu Maggie.

— Hã, bem — improvisou Bella, arqueando a sobrancelha do jeito que Nola fazia —, deveriam trocar.

Vi de cara que Maggie reparou nos curativos nos pulsos dela e tentou não demonstrar reação, mas quando Roger falou com Bella foi de um jeito diferente do habitual. É como ouvir alguém que você conhece muito bem conversando com outra pessoa ao telefone; dá para saber pela forma como fala, pelo tom de voz, com quem a pessoa está conversando. Roger falava com a antiga Sally em um tom lento e cuidadoso, observando o rosto dela com atenção para ver se estava entendendo. Agora, soava como ele falava com Nola.

— Quer me contar o que aconteceu? — perguntou.

— O quê?

— Isto aí. — Ele apontou para os pulsos machucados.

— Tive um apagão completo. Não me lembro de nada. Devo ter me cortado. Acho que alguém tentou me matar.

Então, lembrando-se de quem deveria ser, ela deu de ombros, da forma como a Sally Dois faria.

— Às vezes ainda acho que a vida não vale a pena.

— Você prometeu que não falaria assim. O suicídio não é uma solução aceitável. Sabe o que acho desse tipo de conversa.

— É, por causa da sua esposa, né?

Roger ergueu os olhos, o cenho franzido como se pressentisse que havia algo de errado nas respostas dela.

— Não estava tentando me matar — argumentou Bella. — Eu sei que mudei. Me sinto diferente, mais consciente das coisas que acontecem ao meu redor, mas acho que não tenho tanto controle quanto pensava.

— Você precisa ir devagar — respondeu Roger. — Está ficando mais forte, mas as outras estão lutando para sobreviver.

— Eu não as culpo, mas também tenho meus direitos. Quero meus gêmeos. Uma mãe sofre muito pensando nos filhos. Preciso ficar bem e mostrar pro juiz que sou capaz.

— Tenho fé em você, Sally, e sei que a Derry vai te ajudar a passar por isso. Não apenas a Derry, mas a Bella também está cooperando. Sei que é difícil pensar nela como uma ajuda, já que ela te mete em encrenca com tanta frequência, mas, assim como a Nola se fixava na morte, a Bella quer muito viver.

— Nunca pensei por esse lado. Claro, agora vejo que provavelmente é verdade. — Ela cruzou as pernas e alisou o vestido. — Mas acho que a Derry está com medo do que você vai fazer. Sabe, a cura. Ingressar todas nós. É essa a palavra, não é? Ingressão. Ou é integração?

Ele a observou com cautela. Então, de repente, pegou um bloquinho amarelo e um lápis, entregando-os a ela.

— Pode anotar uma coisa para mim? Quero que você escreva uma mensagem, para o caso de ter outro apagão. Escreva aí: "No caso de uma emergência, ligue para o dr. Roger Ash. Hospital Midtown". Agora me deixe ver, por favor.

Bella lhe entregou o papel e, ao ver a caligrafia, ele disse:

— Não gosto desse comportamento.

— Como assim?

— Muito bem, Bella, cadê a Sally?

Ela ficou chocada que ele tivesse percebido. Baixou os olhos.

— Está por aí.

— Posso falar com ela?

— Agora, não.

— Preciso falar com a Sally. *Ele sabe o que há no escuro...*

Os olhos dela se fecharam, a cabeça pendeu suavemente, as mãos relaxaram no colo.

— Preciso falar com a Sally. É muito importante. Sally, *venha para a luz.*

Ela abriu os olhos e umedeceu os lábios.

— Ainda sou eu.

— Por que a Sally não apareceu?
— Ela está bem chateada e não quer conversar agora.
— Quando ela vai querer?
Bella se espreguiçou de modo sensual.
— Ah, quando estiver pronta. A Sally está toda confusa e envergonhada pelas coisas que andou fazendo. Ela quer organizar as ideias. Disse que você pode conversar comigo mesmo, como conversava com a Derry. Só que a Derry não está mais tão forte.
Roger pensou por um momento.
— Muito bem, Bella, faz tempo que planejo aprofundar o tratamento com você. Já que está aqui, vamos aproveitar e começar.
— Era exatamente o que eu queria. Me aprofundar na terapia. Estou precisando.
— O que você acha desses apagões, Bella?
— É como quando eu era adolescente. Mesmo não tendo grana, eu sempre ia ver apresentações na Broadway. Ficava na frente dos teatros e, quando o pessoal saía para fumar durante o intervalo, me esgueirava para dentro com o público. Quase sempre arrumava um assento. É o que chamam de "*second-acting*", entrar no meio do espetáculo para ver sem pagar. Eu sabia o meio e o final de todas as peças e musicais na Broadway, mas nunca como começavam. Precisava usar a imaginação. Também é assim com a minha vida. Sempre entro no meio... normalmente, em uma pista de dança ou na cama com um desconhecido. Mas o pior é que na maioria das vezes eu também não consigo ficar para o clímax ou até as cortinas se fecharem.
— E você não gosta muito disso...
— Você ia gostar de nunca saber no que as coisas deram? Vamos ser sinceros, Roger: eu também mereço aplausos de vez em quando.

— E se eu pudesse te ajudar a encontrar outro papel, Bella? Um ótimo papel. Talvez você não seja a estrela, mas estaria em um espetáculo pelo resto de uma vida longa e feliz.

Ela deu risada.

— Olha só, Roger! Bem que pensei que você fizesse uns testes do sofá por aqui.

— Estou falando sério, Bella. Como artista, você sabe que às vezes é preciso mergulhar na personagem, se tornar outra pessoa para o bem da apresentação como um todo.

Ela esfregou as bandagens nos pulsos, pensativa.

— Claro... É como dizem: é importante trabalhar em equipe.

— Acho que está na hora de você também ser a protagonista.

— A protagonista? Quer dizer que vou receber o papel principal?

— Não exatamente. Você vai ser a protagonista, mas tem que abrir mão do seu papel. Como quando entrou aqui fingindo ser a Sally. Você vai estar integrada à personagem, imersa em um papel que, por enquanto, vamos chamar de "Sally Três".

Ela não sabia bem aonde ele queria chegar, mas, de alguma forma, confiava em Roger.

— Esse papel envolve dança?

— Pode envolver.

— E homens bonitos?

— Não vejo por que não.

— E você vai fazer parte?

— Vou dirigir, mas não tenho papel.

— Você daria um bom protagonista, Roger. Aposto que atuaria muito bem. Eu adoraria atuar do seu lado.

Ele sorriu e balançou a cabeça.

— Obrigado, Bella, mas garanto que sou um péssimo ator.
— E como é que a gente coloca isso aí em produção?
— Vamos usar o método Stanislavski. Primeiro, vamos voltar às suas lembranças de quando começou a atuar sozinha, separada da Sally. Acho que é importante que você reviva essa época. Depois, vou te ajudar a entrar no papel da Sally Três. Usando hipnose, vou colocar você no lugar dela, te fazer ver as coisas do ponto de vista dela, e, por fim, como com qualquer boa atriz, você vai mergulhar sua própria identidade na personagem que está representando.
— Ei. — Ela deu uma risadinha. — Parece um ótimo papel. Eu aceito, contanto que tenha música, dança e sexo, e uma boa comida italiana de vez em quando.
— Vamos colocar essas cláusulas no nosso contrato.
— Muito bem, maestro. O show tem que continuar.
Ele usou a caneta dourada para induzir a hipnose e lhe disse para voltar ao momento em que se separou pela primeira vez. Bella tinha esquecido, mas, quando o auditório da escola naquela noite de inverno surgiu em sua cabeça, ela lembrou como tinha acontecido.
— Me diga onde você está e o que está acontecendo — pediu Roger.

Bella se sentiu recuando por uma rápida correnteza, mas então, como uma atriz seguindo a deixa, personificou-se em Sally aos 11 anos, no sexto ano. Sally estava se preparando para subir ao palco para a peça de Natal, uma versão musical de *Branca de Neve e os sete anões*. Ela interpretaria Bella, a rainha-bruxa e a nova esposa de tal rei. Sally estava tremendo e tinha certeza de que esqueceria as falas, de que a voz desafinaria nas notas mais agudas, de que teria um apagão, de que esqueceria tudo que acontecera e seria punida por ter feito alguma coisa ruim. Jinx já existia havia uns quatro anos e sempre arrumava problemas, embora nem perto do que fazia atualmente.

Sua mãe e Fred estavam na plateia. Sally não queria participar da peça, mas a mãe insistira que ela se tornaria uma atriz um dia.

A dor de cabeça começou na base da nuca e foi subindo aos poucos. Ela se recostou à parede. Não conseguia avançar. Não daria conta de jeito nenhum. Mas o menino que interpretava Atchim a empurrou, e de repente ela estava no palco, encarando o brilho do holofote, a professora nos bastidores, o borrão da plateia diante de si. Sally congelou e apagou.

Antes que desabasse, Bella se recompôs.

Bella cantou, dançou e arrancou as maiores risadas, e, quando as cortinas se fecharam, todo mundo aplaudiu de pé, e ela foi cumprimentar o público quatro vezes. Todos comentaram como Sally era uma atriz talentosa, porque, no instante em que subiu ao palco no papel da rainha Bella, deixou de ser aquela garotinha tímida para se transformar em uma estrela. A professora falou que era a melhor atriz que já tinham tido, e a plateia deixou o teatro fervilhando. Até mesmo Fred se aproximou para dizer que ela ficara muito bonita em cima do palco. Ele pôs a mão na cintura dela e comentou que parecia que teriam uma atriz de verdade na família.

O toque e o olhar dele despertaram alguma coisa nela, e ela sorriu de volta. Fred lhe deu uma piscadela e um aperto, mas a mãe apareceu de repente e a guiou para longe, dizendo:

— Vai lá tirar o figurino. Temos que ir para casa.

E isso era tudo o que Bella lembrava daquela noite...

Roger a trouxe de volta ao presente, ainda sob hipnose, e perguntou como ela se sentia a respeito daquela lembrança.

— Foi a primeira vez que apareci — respondeu Bella. — Nunca esqueci a sensação de ser o centro das atenções. Depois disso, estava sempre fazendo peças, até terminar o ensino médio. E só no palco que eu ganhava vida de verdade, que era eu mesma, na frente de uma plateia me admirando, ouvindo cada palavra que eu dizia, ficando surpresa, rindo, aplaudindo. Queria aquilo para sempre. Que a cortina nunca se fechasse, não queria descer do palco. Sem cantar, dançar e atuar, eu não sou nada. Mais tarde, me tornei líder de torcida... mas nem isso era a mesma coisa. — Pensou no que havia acabado de dizer. — Eu não sou nada. Se me integrar à Sally Dois, serei alguma coisa?

— Essa é uma forma de encarar a situação — respondeu Roger. — Mas você precisa tomar a decisão. Pense a respeito. Me conte na segunda-feira se concorda em seguir em frente com isso.

— Vai doer?

Ele negou com a cabeça.

— Tenho certeza de que você não vai nem notar o que aconteceu.

— Vai ser permanente? A Derry me disse que você explicou à Nola que pode não ser permanente, que um dia a gente pode voltar a se descolar uma da outra.

— Há uma chance, mas aprendemos muito com outros casos. Acredito que minha combinação de hipnose intensiva e modificação do comportamento vá além do que outros profissionais já realizaram nesse campo.

— Eu quero viver, Roger.

— Eu sei, e acho que essa é a melhor chance que temos de te manter viva.

Durante o fim de semana, ela ficou repassando a ideia e me perguntando sem parar o que eu achava. Disse para ela se decidir sozinha. Falei que respeitava Roger. Tinha certeza de que estava dando o melhor dele, mas não queria tomar a responsabilidade por uma decisão daquele tipo. Não fico pensando muito sobre problemas complicados.

Ela queria que eu pedisse conselhos para Nola, para ter uma ideia de como era, mas expliquei que, desde que se tornara a Sally Dois, eu não conseguia mais me comunicar com ela.

— É como se ela tivesse morrido? — questionou Bella.

— E como é que eu vou saber como é ter morrido?

Falei que a Nola tinha apenas desaparecido, sumido, puf! Num minuto estava ali e no outro tinha partido. Falei sobre os dois lagos e das águas se misturando, e Bella ficou nervosa porque não sabia nadar.

Contei que era só imaginação, só dentro da cabeça, e ela se acalmou. Mas eu disse que o importante era que a Sally parecia ter assumido parte do modo de pensar da Nola.

— Se vocês se misturarem, você provavelmente vai fazer elas mudarem bastante de atitude em relação a sexo e dança.

— E teatro — acrescentou ela.

— Também.

— Estou dividida. Nunca tive que tomar uma decisão dessas.

Ela passou a noite de sexta-feira ouvindo seus velhos discos de rock-and-roll. Na tarde de sábado, foi a uma matinê chamada Dancing Feet, e à noite foi a uma boate. Saiu sozinha e dançou com vários rapazes, mas algo tinha mudado. Não estava tão empolgada assim. Ficou tentando afastar a sensação de medo enquanto dançava conforme a batida da música, mas as luzes piscantes a deixaram tonta.

Bella bebeu demais, e quando um jovem bonito, de cabelo preso num rabo de cavalo, começou a dançar muito perto, beijou seu pescoço e disse que queria ficar com ela, Bella pensou: *Por que não?* Talvez aquela fosse sua última apresentação como ela mesma.

— Me leva pra casa — sussurrou no ouvido dele.

O rapaz — não devia ter mais que 19 ou 20 anos — tinha um Dodge caindo aos pedaços e dirigiu com uma mão no volante e outra entre as coxas dela. Bella chegou mais perto, abriu o zíper das calças e brincou com o pau dele.

No apartamento, ele a beijou, e ela o puxou para perto.

— Ah, meu bem, isso... — gemeu ela. Passou as mãos pelo pescoço dele, segurou o rabo de cavalo e afundou o rosto do rapaz em seus seios. — Com força! — Queria senti-lo dentro dela... a fricção... a chegada do clímax... Mas, quando ele começou a penetrá-la, Bella o sentiu tremer. — Não! Ainda não! Espera!

Mas ele já tinha gozado, e se encolheu e rolou para o lado, desviando o rosto.

— Desculpa. Nossa, me desculpa.

Bella ficou deitada, enojada. O show tinha acabado sem clímax algum, um final sem graça como sempre.

— Tá tudo bem, garoto. Eu também gozei rápido, junto com você.

— Sério?

— É. Olha, eu te queria tanto quanto você me queria. Você foi ótimo. Foi sua primeira vez?

Ele assentiu, ruborizando, e vestiu a cueca e as calças.

— Ei, aonde você vai? Pensei que fosse passar a noite.

— Não posso — disse ele, olhando para o relógio. — Já está tarde. Meus pais vão me matar. — Ele a beijou mais uma vez. — Você é linda. Obrigado por tudo.

Bella abriu a porta e a trancou depois que ele saiu.

— Obrigada por nada... — resmungou quando ele não poderia mais ouvir.

Então se jogou na cama e ficou ali, caída, olhando os seios subindo e descendo. Tocou os mamilos, circulando, sentindo-os duros. Estava com vontade. De alguém, de qualquer pessoa. Ela se masturbou, tentando retomar a sensação, mas já tinha passado, então se levantou e revirou a cômoda em busca do vibrador que tinha comprado alguns meses antes. A burra da Sally pensava que fosse um massageador facial. Onde será que o escondera?

Bella atirou coisas das gavetas, procurando desesperadamente. Nunca conseguia encontrar o maldito. Sempre mudando tudo de lugar, sempre arrumando. Se pelo menos elas deixassem em paz as coisas que não lhes pertenciam...

Usou os dedos, se tocando devagar a princípio, depois freneticamente. Quando alcançou o ápice da excitação, a dor de cabeça voltou.

— Que merda! Me deixem em paz. Ainda não acabei. Preciso gozar...

— *Me deixa ajudar.*

— Quem foi que disse isso? — perguntou Bella, se sentando.

Falei que era a Jinx.

— Olha, não é uma má ideia — respondeu Bella.

Eu disse que ia ficar de fora. Se Bella queria fazer esse tipo de brincadeira mútua, era problema dela, mas eu não aprovava nada daquilo. Bella estava ponderando que nunca ficara com uma mulher, e a ideia a interessava. Falei que não queria nem saber daquela história.

— Mas você é o elo entre a gente. Eu só conheço a Jinx através de você.

— Eu não quero ter nada a ver com isso. A Jinx curte um sadismo.

— Deixa de ser egoísta. Só porque você é frígida, não quer deixar mais ninguém se divertir.

— Eu não sou frígida, sou normal.

— Uma virgem... normal?

— Só não acredito em sexo fora do casamento.

— Está esperando o príncipe encantado aparecer e te dar um beijo grego?

— Me deixa de fora dessa. Não me interesso por orgias.

— Orgias? Que orgias?

— Do que mais você chama quando tem três pessoas envolvidas?

— Ah, pelo amor de Deus, isso é só um detalhe.

— Esquece. É nojento, e não quero participar.

— *A gente não precisa dela* — interveio Jinx, e eu percebi que era a segunda vez que ela se comunicava diretamente com Bella. — Agora que a gente consegue falar direto com a Sally, não precisamos mais da Derry.

Bella pareceu impressionada com a ideia.

— Mas a Sally não iria...

— São duas contra uma — disse Jinx. — Nem sempre vamos ter essa vantagem. Por que a gente tem que fazer sempre o que ela quer?

— Tem razão — respondeu Bella. — Tem muitas coisas que ainda não experimentei, e agora estou começando a achar que talvez não tenha muito mais tempo.

— Vocês não podem fazer isso — protestei. — O Roger falou pra Sally que a integração ainda está frágil. Uma coisa dessas pode perturbar ela.

A risada de Jinx me causou calafrios.

— Que se fodam ela e essa maldita integração. Vai ser melhor pra gente sair dessa. A gente estava melhor antes do Roger começar com essa merda.

Foi então que entendi o motivo de ela estar encorajando Bella. Jinx sabia que a integração estava frágil e queria sabotar o processo.

— Como a gente faz isso? — perguntou Bella.

— Pega o vibrador — disse Jinx. — A Sally escondeu na última gaveta da cômoda, debaixo do cobertor elétrico.

Bella o pegou e o testou.

— Está funcionando. E agora?

— Agora a gente traz a Sally para a luz.

— Você consegue fazer isso?

— A Sally trouxe vocês para a festinha dela, então por que não?

Ela se sentou na frente da penteadeira com três espelhos. O corpo nu de Bella apareceu no reflexo da esquerda.

Aos poucos, a expressão dura de Jinx, de cenho franzido e lábios comprimidos, entrou em foco no espelho da direita. O cabelo preto me lembrava serpentes. Então, no espelho central, vi Sally olhando o entorno, atordoada e confusa, como se tivesse acabado de acordar de um sono profundo. Ela olhou do espelho da esquerda para o da direita, surpresa de se ver nua, exceto pelas bandagens nos pulsos.

— Qual é o problema? O que aconteceu?

— Dessa vez, sou eu que estou dando a festa — disse Jinx. — E você foi convidada.

Sally reconheceu Bella, mas o rosto e a voz de Jinx não eram familiares.

— O que você quer?

— A gente só quer se divertir um pouco — respondeu Bella.

— Você está mais forte agora — comentou Jinx. — Não precisa mais ter medo.

— Eu quero ir pra cama — disse Sally.

— Nós também — concordou Bella. — Vamos passar a noite juntas, nós três. Como na época das festas do pijama.

— Olha, eu não sei o que vocês duas querem, nem quero saber — respondeu Sally. — Então podem voltar para onde vieram e me deixar em paz.

— Ela quer que a gente deixe ela em paz — zombou Jinx.

— Esse tom arrogante parece mais a Nola do que...

— Eu sou a Sally — disparou ela. — E não quero saber de vocês duas. Então vão embora.

— Não é tão simples assim — disse Jinx.

— Isso mesmo — concordou Bella. — Não é tão simples assim.

Jinx pegou o vibrador e apertou o botão. Sally ouviu o zumbido e lançou um olhar severo.

— O que você está fazendo?

— Nós deveríamos ficar juntas — afirmou Jinx. — Somos parte uma da outra. Juntas, mas separadas. Não precisamos de mais ninguém para satisfazer nossas necessidades e desejos.

Ela acariciou a perna de Sally, a mão subindo por entre as coxas.

— Para com isso! — ladrou Sally. Ela queria afastar aquela mão com um tapa, mas Bella estava segurando o braço esquerdo, e ela sentiu a carícia dos dedos de Jinx em círculos suaves. — Não. Não quero que você faça isso. Eu não uso esse negócio.

— Eu uso — respondeu Bella. — Sempre que posso. Mas é mais legal com as três juntas do que sozinha.

Bella acariciou os seios de Sally, esfregando os mamilos gentilmente com dedos úmidos de saliva. Sally relutou um pouco mais, mas sua respiração foi ficando cada vez mais pesada. As pálpebras tremeram, os olhos ficaram vidrados. Eu me assustei e tentei tomar o controle, mas não consegui. Elas estavam concentradas demais.

Jinx então pegou o vibrador e enfiou para dentro. As vibrações fizeram Sally estremecer, se contorcer e se contrair, depois seu corpo inteiro formigou com uma eletricidade suave. As negações foram ficando mais baixas e fracas conforme seus lábios tremiam. Bella correu a língua por eles. Jinx aumentou o ritmo, metendo o vibrador com mais força, dando estocadas, sussurrando obscenidades no ouvido de Sally.

— Goza, sua vagabunda desgraçada. É disso que você precisa. Ser estuprada. Todos esses anos você pôs na conta da Bella ou deixou as escapadas violentas pra mim. Agora você pode se juntar à gente em uma trepada maravilhosa.

Sally gozou violentamente, as costas arqueadas, e então desmaiou.

Jinx gargalhou e desapareceu. Bella ficou ali, pensando que deveria estar se sentindo melhor — relaxada e tranquila. Em vez disso, sentia-se culpada. Pegou uma garrafa de Johnny Walker no armário e começou a beber para valer.

— Que merda, não importa o que eu faça, nada parece certo.

"É porque esse não é caminho."

"Quem está falando?"

"Você está se sentindo mal porque sabe que fez a coisa errada."

"Não fui eu. Foi ideia da Jinx."

"Já está na hora de parar de culpar as outras."

Bella ficou incomodada por não conseguir definir se a voz era de um homem ou de uma mulher. Via um rosto, mas estava turvo.

"As outras merecem levar a culpa."

"Não deveria estar bebendo tanto. Precisa estar de cabeça limpa para tomar a decisão."

"Quem é você?"

"Você sabe."

"É o tal do ajudante de que a Derry falou?"

"Isso, sou seu ajudante interno. E você tem que deixar o dr. Ash te ajudar na integração, para o que aconteceu hoje não voltar mais a acontecer."

"Talvez agora a Sally não vá querer a integração. Talvez a gente tenha fragmentado ela de vez."

"Não, ela vai ficar bem. Eu a ajudei a apagar o ocorrido da cabeça. Está bem enterrado no inconsciente."

Bella passou boa parte da noite conversando com o ajudante, mas foi dormir sem chegar a uma decisão. No domingo de manhã, com a pior ressaca da vida, decidiu que nunca mais queria ver o mundo através de olhos injetados daquele jeito. Passou a maior parte do dia com uma bolsa de gelo na cabeça, sem se importar com mais nada.

— Está bem, ajudante — disse em voz alta, embora o ajudante não estivesse por perto naquele momento. — Vou fazer a integração, mas, se eu ficar louca, a culpa é sua.

Na segunda-feira, Sally foi para a consulta toda perturbada e alarmada, sem saber bem o motivo. Roger então explicou que Bella se juntaria a eles.

— Não *sei* — disse Sally. — Acho que estou lidando bem com a situação.

— E aquela sua apresentação no palco? O jeito como você se cortou?

— Mais um motivo para não deixar a Bella ter mais influência do que já tem.

— Não é assim que funciona, Sally. Quando incorporar a Bella a si mesma, você será capaz de controlar vocês duas, e talvez até resistir à Jinx. Preciso salientar que o que está fazendo agora é um mecanismo de defesa previsível em casos desse tipo. Primeiro, negação. Depois, resistência. Mas precisamos seguir em frente.

— Por que tão rápido? Faz menos de um mês que tenho essa nova percepção de exuberância intelectual. Por que não podemos esperar?

— Eu tinha planejado te dar mais um mês antes de avançarmos. Tinha esperança de que, conforme desvendássemos o passado, pudéssemos arriscar uma evolução mais lenta quando suas tendências suicidas estivessem sob controle. Mas a parte de você que é cheia de raiva agora está mais proeminente. Você precisa de mais poder do seu lado para controlá-la, e acho que é melhor acelerarmos as coisas.

Ela permaneceu em silêncio.

— Você concorda em se integrar à Bella? — perguntou ele.

Sally assentiu.

— Diga em voz alta. Tem que ser de coração, sem reservas. Não por mim, mas por você mesma.

— Eu *concordo* em me integrar.

Roger chamou Bella e perguntou se ela tinha pensado no assunto e se ainda estava disposta a seguir em frente. Ela disse que tinha conversado comigo e com o ajudante interno e que decidira aceitar o papel.

Ele usou a caneta dourada.

— Muito bem, Bella. As luzes do teatro estão diminuindo. As cortinas estão se abrindo. Quando os holofotes se acenderem, você vai ser ofuscada por um segundo, mas saberá que a audiência está ali. Vai ser uma das maiores artistas do mundo, mas seu nome artístico será Sally Porter, e nunca mais vai reconhecer uma existência à parte. Sua mente vai voltar para o caminho em que estava antes daquela noite em que atuou na peça de Natal, e tudo que foi a Bella individual agora será integrado à história da maravilhosa personagem que é a Sally.

Ela concordou, sentindo a empolgação da estreia, a tensão e o frio na barriga conforme a plateia se calava, seu ajudante sorrindo das coxias... esperando... esperando...

— Quando eu contar até três, você vai abrir os olhos. Não vai se lembrar de nada disso, mas saberá que é Sally Porter. Até quanto falei que vou contar?

— Três...

— Muito bem. Um... dois... três...

Ela abriu os olhos, piscando, e olhou ao redor. Por algum motivo, parte de si esperava se encontrar em um palco, sob as luzes fortes que tanto amava. Mas estava sozinha ali com Roger, encarando-a, nervoso.

— Como está? — perguntou ele.

— Bem. Animada.

Ela se deu conta de que "animada" era um eufemismo. Sentia-se em êxtase, como se pudesse levantar voo.

— Animada como?

Ela riu e umedeceu os lábios.

— Estou com vontade de dançar, o que é engraçado, porque eu *nunca* danço. Nem sei dançar. Sou muito desajeitada.

— Você vai descobrir que sabe dançar muito bem, Sally. Não se surpreenda e não resista a esse fato.

— Nunca nem pensei em dançar antes. Mas... — Ela se levantou, ouvindo uma melodia na cabeça, e começou a se mexer e se balançar pela sala. — Quer me levar para dançar, Roger?

— Acho que não é uma boa ideia, Sally. Com tantas mudanças acontecendo na sua vida, é melhor mantermos nossa relação limitada ao consultório.

— Você não gosta de mim.

Ela fez um biquinho. Sentia desejo por Roger e sabia que podia conquistá-lo se insistisse.

— Isso não é verdade.

— Ouvi dizer que alguns psiquiatras passam tempo com os pacientes fora das sessões. Não estou dando em cima de você e não pretendo seduzi-lo, se é com isso que está preocupado. Só acho que, com esses novos sentimentos, você deveria tomar conta de mim nas primeiras vezes que eu for sair.

— Tomar conta?

— Pra garantir que eu não me meta em problemas. Podemos jantar, ver uma peça, depois ir dançar, e então você me deixa em casa. Juro que não vou te chamar pra dentro.

— Não é uma boa ideia.

Ela levou a mão à cabeça.

— O que houve? — perguntou ele.

— Estou sentindo uma daquelas enxaquecas.

Era mentira. Não sentia dor de cabeça nenhuma, mas já sabia como conseguir a compaixão de Roger. Tive vontade de aparecer para avisá-lo, mas decidi não fazer isso. Afinal, a Sally Três era criação e responsabilidade dele. Seria divertido vê-la enrolando Roger direitinho. E juro que não fiquei com ciúme. Se achasse que ela partiria mesmo para cima dele, talvez tivesse interferido, mas ela só queria brincar. E, por mim, tudo bem. Agora que entendia que o ajudante interno estava auxiliando Sally, eu estava feliz por ela e contente de me livrar de parte da responsabilidade. Sally estava radiante, pronta para ir a qualquer lugar e fazer qualquer coisa. Amava a vida.

Também me sentia um tanto aliviada. Sem Bella, as chances de Sally se meter em encrencas com homens eram menores. A Sally Três seria capaz de controlar esses instintos. Mas era triste saber que não existiria mais uma Bella separada. Mesmo com todos os seus defeitos, ela era divertida. As maluquices em que nos enfiava eram empolgantes, então era como se faltasse algo. Falei para mim mesma que o espírito dela ainda vivia em Sally, e isso era tipo um pós-vida, não era? Mesmo assim, só para garantir, eu procurei e procurei. Mas era verdade. Não tinha mais Bella nenhuma. E, com a partida de Nola e de Bella, Sally estava mais esperta e sensual do que jamais fora. Quando chegou em casa, não entendeu por que o vibrador estava na cama. Rindo e corando, jogou-o no lixo. Não precisaria mais daquilo.

Chamei pelo ajudante, para ver se ele apareceria, mas não tive resposta. Cheguei à conclusão de que ele ou ela ainda não estava pronto para começar a me ajudar.

PARTE QUATRO

13

Duas semanas depois, no começo de setembro, Sally ligou para Roger e implorou:

— Sei que minha sessão é só amanhã, mas saia comigo hoje à noite, por favor. Preciso estar com alguém em quem confio. Estou me comportando, controlando meus impulsos, mas preciso sair um pouquinho.

Ele ponderou por um longo momento, então apertou o botão para falar com a secretária.

— Maggie, eu não tenho nenhum paciente marcado para hoje à noite, não é? Cancele meus outros compromissos. Vou sair.

— Vou te esperar às seis — disse Sally.

Sei que vou parecer intrometida, mas eu não ia deixar Sally sozinha com Roger, de jeito nenhum. Sem chance. Decidi ficar de olho. Sally não sabia se queria ir a uma delicatessen judaica ou a um restaurante francês para jantar antes da peça. Roger sugeriu um lugarzinho italiano que conhecia, com toalhas de mesa de xadrez vermelho. Acho que em homenagem a Bella. Era bem romântico, com velas derretendo em garrafas de vinho.

Sally não achou romântico — achou brega.

Nossa, isso me fez querer dar um soco na cara dela. Sempre botando tudo pra baixo. Fiquei com vontade de causar uma dor de cabeça daquelas. Se continuasse de palhaçada, eu ia pedir a ajuda de Jinx para dar um pé na bunda dela.

— Como está se sentindo? — perguntou Roger.

— Incrível — respondeu ela. — Mas meio inquieta. Como se devesse estar indo a algum lugar, fazendo alguma coisa.

— Nós estamos fazendo alguma coisa.

Ela sorriu.

— Não é disso que estou falando. Quis dizer fazendo alguma coisa mais empolgante com a minha vida.

Durante todo o tempo em que conversava com ele, Sally ficava olhando ao redor para ver se havia outros homens atraentes no restaurante, quase como se Roger nem estivesse ali. Estava me deixando pê da vida. Ela estava mais dissimulada agora.

A peça foi ótima — um musical com final triste. Se fosse eu no controle, teria ficado com os olhos cheios d'água. Mas Sally não. Ela ficou analisando a história e criticando as vozes e coreografias do elenco. Eu gostei, mas pelo visto não tenho muito bom gosto.

Quando Roger a levou para casa, Sally sussurrou no ouvido dele:

— Você não tem que me deixar na porta, Roger. Pode passar a noite.

— Temos um combinado, Sally.

Fiquei feliz por ele dizer isso. Se tivesse caído naquela cantada forçada, eu teria mesmo soltado a Jinx para cima dos dois. Respeitei Roger ainda mais ao saber que ele não caía no papo de uma mulher só porque ela era bonita, inteligente e sexy. Ele sabia que Sally não gostava de verdade dele. Ela não era capaz de amar nem de odiar, então, mesmo com toda a inteligência e a beleza do mundo, ainda era uma pessoa incompleta... e talvez lhe faltasse a melhor parte.

Mas Sally era sagaz. Enquanto ele a levava para o apartamento, não parou de insistir que, se Roger não entrasse para uma saideira e lhe fizesse companhia, ela ficaria tentada a sair de novo e encontrar outro companheiro.

— Só por alguns minutos — cedeu ele.

Quando Sally tirou a echarpe e pôs uma música lenta para tocar, esperava que Roger a tomasse nos braços, mas, em vez disso, ele pegou algo parecido com uma carteira de charutos.

— Tive o pressentimento de que você teria dificuldade para dormir esta noite — comentou ele —, então trouxe uma coisinha para te relaxar.

Isso a surpreendeu. Estivera certa de que o havia fisgado.

— Não quero relaxar, Roger. Não desse jeito.

— Vai ser o único jeito esta noite, Sally.

— Tenho o direito de sair e encontrar outro homem, se eu quiser.

— Tem, mas, como seu médico, prescrevo que você descanse... sozinha.

Sally sentiu a irritação aumentando.

— Você não me quer, mas também não quer me deixar ficar com mais ninguém.

— Não é isso, só estou tentando impedir você de se machucar enquanto está nesse estado delicado de transição.

— Transição para o quê? Estou satisfeita com como eu sou.

— Mas você não vai ficar desse jeito. Ainda está instável. Tem mais trabalho a ser feito, e precisamos ter cuidado para que não se fragmente com comportamentos impulsivos.

— O que Roger Ash uniu nenhum homem separa? É isso? Você acha que é Deus, Roger?

Ele retirou a seringa da carteira e enfiou a agulha em um frasco contendo um líquido transparente.

— Eu não quero isso! — gritou ela, derrubando a seringa das mãos dele. Os dois olharam para o objeto no chão. — Você não tem o direito de tomar decisões morais por mim agora.

Ele pegou a caneta dourada e disse, com voz seca:

— *Ele sabe o que...*

— Não! — berrou Sally, cobrindo os ouvidos com as mãos. — Você não deveria fazer isso para me controlar. Não sou criança, e você mesmo disse que não sou maluca. Sabe que isso não é ético.

Roger a encarou.

— Você está fazendo isso só para me dominar, então qual é a diferença entre você e um hipnotista mau-caráter? Sou só uma marionete nas suas mãos, é isso? Era assim que você dominava a sua esposa... até ela se matar?

Roger ficou vermelho e guardou lentamente a caneta dourada no bolso da camisa.

— Me desculpe. Realmente, não é meu papel controlar seu comportamento, contanto que não seja autodestrutivo.

— Eu não queria te magoar — afirmou Sally. — Mas, se não tenho liberdade para tomar minhas próprias decisões, para ir e vir como quiser, então sou sua prisioneira. E não é isso o que queremos, certo?

— Tem razão — respondeu ele, baixinho.

Sally tocou no braço dele.

— Ainda preferiria que você ficasse aqui comigo.

Roger pegou o paletó e seguiu rumo à porta, depois olhou para trás.

— Só me prometa que não vai se machucar.

— Prometo. O que eu quero agora é o oposto da morte. Quero viver tudo, ser livre, tomar minhas próprias decisões.

— Muito bem, Sally, boa noite. Nos vemos amanhã de manhã na sessão, às nove.

Quando ele se foi, ela ficou parada, sem saber o que fazer com a liberdade recém-adquirida. Algo dentro dela sugeriu que fizesse pipoca e assistisse a algum programa de entrevistas na televisão, ou então que terminasse de ler *Moby Dick*, mas ela afastou as duas ideias, murmurando:

— Não era isso que eu tinha em mente.

Sabia que era melhor ficar em casa, mas não parava de andar para lá e para cá, agitada. Queria sair e queria ficar. Sabia que não havia nada para ela na rua. Vagar pelas esquinas só a deixaria mais solitária e deprimida. Por outro lado, talvez conhecesse alguém interessante. Costumava ser tão simples tomar uma decisão... mas agora era difícil. Pegou o telefone e começou a discar o número de Eliot, mas parou no meio do caminho. Em vez disso, ligou para Todd. Quando a chamada foi atendida, ela olhou para o telefone e desligou às pressas.

— Merda! — disse, por fim, então pegou a bolsa e o casaco e desceu correndo as escadas até a rua.

Começara a chover. Ela se enfiou debaixo da marquise da alfaiataria do sr. Greenberg, procurou na bolsa uma capa de chuva e a vestiu, usando a vitrine como espelho. Murphy ainda estava lá, mas seu cassetete sumira. Estranho. A mão vazia fora virada, de modo que parecia estar fazendo um gesto obsceno. *Que ideia imbecil*, pensou. *Como se um ladrão fosse se assustar com um manequim vestido de policial.*

Esperou um táxi na esquina, mas o ônibus para o centro passou primeiro, e ela o pegou. Não fazia sentido desperdiçar dinheiro. Desceu na Terceira Avenida e começou a caminhar, sentindo a adrenalina de estar na rua com os notívagos. Estava admirada consigo mesma, com a impressão de que o que estava fazendo era arriscado, mas querendo fazer mesmo assim. Antes do fim da noite, talvez vivesse uma grande aventura, conhecesse alguém que pudesse mudar sua vida. Um acidente, um encontro casual, e tudo poderia tomar outro rumo. Era errado. Era idiotice. Mas quem ligava para isso? Ela ia se divertir. Também era notívaga.

Ouviu música ecoando do Shandygaff e se perguntou se *"shandy"* era mesmo derivado de *"shanty"*, "barraco". Teria que olhar a etimologia uma hora dessas. Estava cheio lá dentro, e ela viu olhares vorazes se voltando em sua direção. De início, ficou contente, e se dirigiu até o bar para pedir um uísque, mas, quando alguém se esfregou na bunda dela, Sally sentiu um calafrio e passou os braços ao redor de si numa postura defensiva.

— Você está sozinha? Posso te pagar uma bebida?

Ele era bonito. Tinha o cabelo arrumado e vestia um suéter de gola rulê.

Sally fez menção de aceitar, mas se pegou balançando a cabeça, incapaz de pronunciar o sim. Ele se afastou. Qual era o problema dela? Não sabia o que queria. Revirou a bolsa à procura de um cigarro e descobriu que não tinha nenhum. Queria fumar, mas, ao mesmo tempo, sentia-se mal com a fumaça no ar. Nunca se incomodara com isso, mas agora o cheiro era enjoativo. Isso significava que tinha parado de fumar? Virou o uísque rapidamente, pagou e abriu caminho pelos clientes. Lá fora, parou e se recostou no prédio, tentando inspirar o ar fresco.

Afinal, ela fumava ou não fumava? Era confuso demais. Ela balançou a cabeça, tentando compreender enquanto caminhava. Pela vitrine iluminada da Bargain Books, espiou as pessoas revirando as mesas de livros em liquidação. Entrou e olhou a estante de livros a um dólar. *Receitas fáceis para conservas*. Ela o pegou, folheou e depois o devolveu. A ideia de cozinhar e assar já não lhe era convidativa. *Restaurantes bons e baratos em Nova York* pareceu mais interessante. Sally cogitou pegá-lo, mas então uma capa vermelha chamou sua atenção. *Consciência sexual da mulher livre*. Ela estendeu a mão e congelou. Queria pegá-lo, mas seu braço parecia paralisado. Uma pilha de *A história do cinema de vanguarda* estava bem ao lado, e ela conseguiu pegar um exemplar para cobrir o *Consciência sexual*. Ergueu os dois livros com as mãos trêmulas. Enquanto folheava pelas fotografias do manual sexual, sentiu-se corar. Ao ver os corpos nus entrelaçados, lembrou-se de Larry lhe mostrando fotos pornográficas, sugerindo que fizesse algumas posições e ações como aquelas. Lembrou-se de gritar, chorar e vomitar na cama depois. Era pervertido e nojento. Mas agora, ao ver imagens assim, sentiu os seios formigando e correu a língua pelos lábios secos. Estava ao mesmo tempo enojada e fascinada. Teria que ser com um estranho, decidiu. Poderia fazer todas as coisas proibidas que quisesse, e depois ir embora sem sentir que ele a encarava com nojo. Mas será que precisaria contar aquelas coisas quando se confessasse? Sentiu alguém às suas costas e se virou para encontrar um senhor mais velho sorrindo.

— Parece interessante — comentou ele. O homem pegou um exemplar do mesmo livro e folheou pelas imagens, olhando de soslaio para ela de vez em quando, como se buscasse imaginá-la naquelas posições. — Eu pagaria bastante por uma mulher livre com consciência sexual. — Ele sequer tentou esconder o volume nas calças. Encarou-a e passou a mão pela barriga. — Uma mulher com disposição para agradar um velho poderia dar o preço que quisesse. Eu tenho dinheiro.

Ela riu.

— Seu coração não ia dar conta, vovô.

— Seria uma bela maneira de morrer — disse o homem, assentindo.

— Para você, não para mim.

Sally jogou os livros de volta na mesa e saiu da livraria rindo, mas também corada e irritada, tudo ao mesmo tempo. Deixou a chuva fina molhar seu rosto e aguardou, como se esperasse que alguma coisa acontecesse. Nenhum sinal de dor de cabeça. Constrangimento sexual lhe causava enxaqueca, mas não daquela vez. Devia ser um bom sinal, concluiu. Estava melhorando. Teria que se lembrar de contar aquilo para Roger na sessão do dia seguinte.

Queria que algo acontecesse, mas sabia que deveria pegar um táxi e voltar ao apartamento antes que alguma coisa de fato acontecesse. De repente, voltou a ficar deprimida. De que adiantava passar por aquilo tudo só para ficar paralisada pela indecisão a cada movimento? Era melhor morrer do que viver naquele tormento. Podia se atirar no meio da rua e deixar uma caminhonete tomar aquela última decisão por ela. Definitiva. Fácil. Derradeira. Opa, opa! Ela se empertigou. Tinha assinado um contrato de não suicídio, não tinha? Não. Havia sido outra pessoa, em outro país, e aquela vagabunda estava morta, de qualquer forma.

Ah, para o inferno com aquela autocomiseração e autoanálise. Tinha saído para se divertir. Transar. E depois se matar, se lhe desse na telha. O corpo era dela, a mente e a vida eram dela, e faria o que bem entendesse com aquilo tudo ou com qualquer parte.

Parada em frente a uma loja de bebidas, vislumbrou as garrafas de vinho e se lembrou de uma coisa. Olhou para o relógio no pulso: eram 23h55. Perguntou para uma idosa que dia era aquele.

— Sexta-feira — respondeu a senhora, lançando-lhe um olhar desconfiado.

E sexta-feira era o dia das festas na casa do prof. Kirk Silverman. Era disso que ela precisava: uma das festinhas malucas do Kirk, onde ouvira dizer que havia bebida, maconha e conversas estimulantes. Talvez isso a ajudasse a se recompor. Lembrou-se do preço da entrada e adentrou a loja para comprar uma garrafa de Chablis. Em seguida, ao ver um táxi com o luminoso aceso, correu para a rua e estendeu a mão a fim de que ele parasse.

— Nossa, moça! — gritou o motorista. — Quase que você se mata.

— É para isso que serve a vida. — Ela gargalhou. — Vamos para a Segunda Avenida, cruzamento com a rua Bleeker.

Ela se recostou no banco, contente de ter encontrado algo melhor para fazer do que se matar naquela noite.

A subida de escada até o quinto andar era parcamente iluminada, e ela estava ofegante quando enfim chegou ao apartamento. A porta estava arranhada e amassada no ponto onde fora várias vezes arrombada, junto à fechadura. Uma placa de aço fora fixada no lugar, além de uma tranca cintilante que parecia nova em folha. Sally tocou a campainha. Momentos depois, ouviu o clique do olho mágico e o som da corrente sendo solta. A porta se abriu, e o prof. Kirk Silverman a encarou através das lentes grossas.

— Nola, minha querida — cumprimentou. — Que maravilha. Você finalmente decidiu vir a uma das minhas festas.

Ele estava usando um jeans apertado com boca de sino e um suéter de tricô branco de gola alta.

— Me senti sozinha, então lembrei que era sexta-feira e pensei que era um bom momento para cumprir a promessa.

— "Mas tenho promessas a cumprir e milhas a andar antes de dormir..."

Ele passou o braço pela cintura dela e a manteve perto enquanto percorriam o longo e estreito corredor. O som de conversa encobria a batida dos bongôs.

— Temos um pessoal bem diverso hoje, Nola, querida. Você vai achar alguns deles interessantes. Vou te apresentar a umas pessoas e deixar você à vontade.

— Sei que vai soar estranho, Kirk, mas não uso mais o nome Nola.

Ele a encarou, confuso.

— Ah, não? E que nome você usa agora?

— Nola era um apelido. A partir de agora, prefiro ser chamada de Sally. Estou rompendo com o passado.

— Sally? Nunca te vi como uma Sally. Nola é tão mais empolgante. Mas o nome é seu, meu bem... Sally, querida. Rompendo com o passado? Fascinante. Fascinante. Talvez haja lugar para um professor de economia baixinho e míope no seu futuro intocado.

— Por que não? — disse ela, rindo. — Você é um homem fascinante.

Ele a espiou, os olhos embaçados sob as lentes grossas.

— Você está diferente, de alguma forma. Sua voz. Sua postura. Sua risada está vibrante. Tem certo magnetismo.

— Aposto que diz isso a todos os vira-latas que convida para suas festinhas de sexta.

— Para todos, não. Só para aqueles com quem sinto uma conexão espiritual. Tem alguma coisa, Nola... Sally... que emana vibrações confusas. Há uma angústia por baixo dessa armadura. Eu conheço uma técnica de massagem para penetrar essa armadura, e você pode vivenciar um alívio do tipo que nunca experimentou.

Ela estava prestes a dizer que adoraria uma massagem, mas ele devia ter pressentido sua súbita repulsa, porque recuou e afastou a cortina de contas que separava a cozinha da sala de estar lotada.

— Não temos tempo para falar disso agora — escusou-se Kirk Silverman. — Divirta-se. Me deixe te apresentar à Eileen, aqui, que escreve belas poesias eróticas.

Eileen a avaliou dos pés à cabeça, e Sally sentiu uma hostilidade imediata. Conversaram por um tempinho, mas ela logo pediu licença para ir buscar uma taça de vinho. Havia casais nos sofás da sala, se beijando e se acariciando, enquanto outras pessoas por perto conversavam. No canto mais afastado, um jovem negro com o torso nu tocava bongôs suavemente enquanto um grupo de mulheres de meia-idade o rodeava, se balançando no ritmo.

Ela bebeu uma taça de vinho, depois outra e mais uma, e o cheiro de maconha e a batida insistente dos bongôs começaram a agitá-la. Teve o impulso de tirar a roupa e dançar com o musicista. Imaginou-se com ele na selva, dançando, mordendo, copulando, então se conteve. *Racista*, pensou.

Sob a luz fraca, viu uma pessoa familiar do outro lado da sala. Era Sarah Colombo, em um dos sofás, com a mão de um homem entre as coxas. Não entendeu por que isso a irritou, mas a expressão "troca de esposas" lhe ocorreu, e ela se lembrou de Larry dizendo que não havia problema nenhum em uma esposa ir para a cama com o chefe do departamento de vendas, desde que isso ajudasse o marido dela a avançar na carreira. Sally ficara horrorizada com a sugestão, cheia de repulsa. Lembrava-se de ter recusado. Os dois estavam em uma festa na casa do gerente de vendas naquele dia. Larry e a esposa do homem haviam desaparecido. Sally bebera demais, e o gerente a levara para o sofá, enfiando rapidamente uma mão entre suas pernas. Antes que pudesse afastá-lo, sentiu uma dor de cabeça e teve um apagão.

Só que ali, na festa de Kirk Silverman, era como se acendessem uma luz, e ela se lembrou do resto da noite. Foi como se o véu da amnésia tivesse sido afastado, igual à cortina de contas, e lá estava ela, correspondendo apaixonadamente, a língua se enroscando na dele, movendo os quadris. Não queria pensar naquilo, mas a lembrança estava ficando mais nítida, como a recordação de um sonho. Sentiu vergonha, mas também se identificou com Sarah Colombo naquele sofá, com a mão daquele homem entre as pernas, os dedos explorando o que havia ali.

O que tinha acontecido com ela? Será que estava se tornando uma pervertida vulgar? Nunca fizera aquelas coisas. Então como, de repente, se lembrava delas com tamanha clareza? *É passado*, repetiu para si mesma. *É o passado de outra pessoa.*

Tomou outra bebida e pensou em ficar até depois do fim da festa com Kirk Silverman. Fez menção de ir buscar outra taça de vinho, mas tropeçou.

Eu a amparei.

Pensei que seria um bom momento para aparecer e esticar as pernas um pouco enquanto ela estava bêbada. Senti Jinx tentando aparecer também, mas bati pé e falei que era a minha vez. *Você apareceu lá naquele palco e quase matou todas nós, e depois fez até sua orgia. Agora eu vou ficar e me divertir um pouco, se não se importa.* Usando todas as minhas forças, não desisti até que ela recuasse.

Fui à cozinha e peguei algo para comer (que se danassem as calorias — eu adoro cerveja e queijo). Tinha um cara atraente, de cabeça raspada e uma argola na orelha, olhando para mim, e pela primeira vez fiquei contente que Bella não estivesse mais na área para arrumar problema. Ela teria dado em cima dele. Ignorei com força, e por fim ele se afastou com uma mulher cujo cabelo ia até a bunda.

Não sou nenhuma alcoólatra, mas gosto de ficar altinha de vez em quando. Isso me anima e me deixa fazer minhas maluquices. Fui de grupo em grupo, conversando e ouvindo, e vi Kirk Silverman de olho em mim.

— Tudo bem, Sally?

Abri a boca para dizer que eu era a Derry, mas achei que não valia a pena confundir o pobrezinho.

— Estou bem, muito bem, como sempre. E você tem uma bela casa, e uma bela festa, com essas belas pessoas maluquinhas, e estou muito honrada de estar entre todos esses intelec... intelec... — Mas eu não parava de soluçar, sem conseguir completar a palavra.

— Vamos conversar no meu escritório, Sally, longe dessa multidão.

Eu sabia que ele não queria só conversar. Não sou idiota. Mas ele era tão baixinho e, com aqueles óculos grossos, seus olhos pareciam tão tristes que fiquei com pena, então o acompanhei. Havia um sofá naquele escritório cheio de livros, o que já era de se esperar. O que eu não esperava era a coisa no meio do cômodo, que parecia uma cabine telefônica coberta com folhas de chumbo.

— Cadê o telefone?

— Não é uma cabine telefônica. Você nunca viu uma dessas?

— O que é? Uma daquelas esculturas modernas?

— É uma caixa orgônica.

— É para tocar música? Onde estão as teclas? Você toca. Eu canto.

— Você já deve ter ouvido falar da obra de Wilhelm Reich, que descobriu o orgônio.

— Hein? Ah, é claro. Hoje um orgônio, amanhã um pandemônio.

Ele pareceu encabulado.

— Você muda de uma hora para outra, Sally, querida. Até sua voz está diferente.

— É a bebida. Cada pessoa reage de um jeito.

— Não, Sally, querida, não é só isso. Você tem uma aura de vivacidade. Um brilho, uma essência generosa.

— Ai, meu Deus, dá para perceber?

— Estou muito feliz que tenha vindo. Eu penso muito em você.

— Me conta dessa caixa *orgânica*. Como ela funciona?

— O incrível Reich nos mostrou que a energia da libido se concentra em cargas elétricas conhecidas como orgônios. Se você ficar dentro da caixa, a blindagem vai ajudar a concentrar o seu poder sexual.

— Você tá de sacanagem.

— Entre comigo, Sally. — Ele repetiu a frase, exagerando no sotaque francês, como Charles Boyer: — Entrrre com *moi* na caixa orrrgônica...

— Para um professor de economia, você sabe inventar umas histórias e baboseiras bem doidas.

Ele me olhou com uma expressão triste.

— Quando se é baixinho e míope, é preciso falar umas baboseiras para atrair belas mulheres. Mas garanto que tenho habilidades e talentos que não vão te deixar entediada... Estou muito atraído por você, Sally, querida. Apaixonada e profundamente. Quero te abraçar e...

— Você ia me contar como a caixa funciona.

— Ela concentra os orgônios e acumula a energia no corpo até que alcance um tipo de massa crítica. Fusão, como em uma bomba de hidrogênio. E aí acontece uma explosão sexual que vai além de qualquer coisa que você já experimentou, causando orgasmos como uma reação em cadeia.

— Me arrependi de ter perguntado.

— Me deixe te mostrar, Sally.

Ele me agarrou e me puxou para a caixa orgônica. Considerando sua pança, ficou bem apertado. Enlaçou uma perna na minha e começou a se esfregar em mim.

— Para com isso, Kirk.

— Os orgônios estão se acumulando.

Ele estava grudado em mim, se esfregando na minha perna feito um filhote de cachorro gorducho, e eu não conseguia afastá-lo. Não sabia o que fazer. Podia deixar ele continuar, acumulando os orgônios, mas fiquei preocupada com a tal explosão nuclear sexual. Achei melhor procurar abrigo.

E era só disso que Jinx precisava. Ela me tirou da frente e, quando me dei conta, tinha atirado Kirk para fora da caixa orgônica e virado o trambolho de lado.

Os olhos dele se encheram de lágrimas.

— Não precisava ter feito isso, Sally.

— Seu filho da puta pervertido do caralho. Tem sorte de eu não arrancar as suas bolas.

Ele abriu e fechou a boca várias vezes, mastigando o ar, e imaginei o que estaria pensando. Jinx saiu marchando, empurrando as pessoas no caminho e deixando um rastro de expressões chocadas e queixos caídos. A Sally querida não seria bem-vinda em outra festinha do Kirk tão cedo.

Jinx desceu os cinco andares pulando os degraus de dois em dois, quase caindo várias vezes, mas se apoiando na parede. Saiu para a rua, tentando se orientar. Quando percebeu que estava na rua Bleeker com a Segunda Avenida, pensou em pegar um táxi, mas desistiu e desceu a rua procurando algum carro destrancado. Encontrou um perto da Astor Place e levou só alguns momentos para fazer a ligação direta. Deixou o meio-fio com os pneus cantando.

Eu sabia o que ela ia fazer. Já tínhamos conversado várias vezes sobre aquela história de integração, e Jinx dissera que nunca ia permitir que acontecesse com ela.

— Antes eu mato aquele médico — ladrou. — Juro. E aí tudo vai voltar a ser como era antes de ele aparecer.

Quando ela jurava, eu levava a sério. Jinx era uma pessoa de palavra. Desenterraria a arma. Estava pensando em passar a noite toda no controle, até a hora da consulta, no dia seguinte. Então entraria no consultório de Roger com a arma na bolsa e cumpriria a promessa. Tentei sair de novo, mas, embora soubesse o que ela estava planejando, não consegui achar uma fresta pela qual me esgueirar.

Ela lembrava que a arma estava enterrada no quintal, perto do poste telefônico. Pensou nisso por todo o caminho e pisou fundo no freio ao quase ultrapassar um sinal vermelho. Não podia ser parada pela polícia nem flagrada em um carro roubado. Tinha um trabalho a terminar. Andava cada vez mais difícil assumir o comando, e ela precisava aproveitar cada chance. Dirigiu devagar, resistindo ao impulso de pisar fundo no acelerador.

Continuei tentando tomar o controle, mas ela bloqueava todas as aberturas, e eu não tinha como causar uma dor de cabeça. O único jeito seria esperar que se cansasse de expressar toda aquela raiva e maldade, que desapegasse das nossas rédeas. Mas Jinx estava determinada a não deixar isso acontecer até depois de ter matado Roger. Tentei falar com ela no caminho para o apartamento, perturbando nos limites de sua mente, mentalizando as palavras que nos permitiriam conversar. Talvez por estar cheia de raiva, ou por estar apreciando o tempo frio e chuvoso, Jinx resolveu me deixar falar.

— Vamos dar a noite por encerrada — propus.

— Não até o médico estar morto.

— Mas por quê?

— Porque ele é igual a todos os outros desgraçados. Está tentando acabar com você e comigo, como fez com a Nola e a Bella. E aí, sabe o que vai acontecer? Ele vai embrulhar todas nós num pacote de mulher perfeita para tirar proveito.

— Eu até que ia gostar — respondi.

— Não quero as mãos de um homem nenhum em mim.

— Ele não é um homem qualquer. Tem um bom coração. A Bella deu em cima dele, e a Sally Três se ofereceu de corpo e alma, mas ele resistiu. Isso não prova que ele é diferente?

— Só prova que ele está esperando você também se integrar à Sally. É você quem ele quer. Mas eu não tenho nenhuma intenção de deixar isso acontecer. Não vou abrir mão da minha liberdade por causa da Sally.

— Então isso vai dar a maior merda.

— Sempre dá.

— Olha, eu gosto do Roger.

— Problema seu.

— Problema seu também. Sem a minha ajuda, você fica à deriva. Não sabe de nada que a Sally pensa ou faz. Mesmo conseguindo falar um pouco com ela agora, você só se lembra de uma coisa ou outra quando aparece. Sabe o que vai acontecer com você se matar o Roger?

— Não tenho medo de morrer.

— Pois é, só que você não vai morrer. Vão te colocar numa camisa de força e te colocar num manicômio, vão tirar a liberdade de todo mundo. E aí você só vai poder usar seu ódio e rancor pra bater essa cabeça dura nas paredes acolchoadas de uma salinha minúscula.

Isso a abalou. Jinx imaginou a cena, mas então se irritou e me ignorou, afundando o pé no acelerador. Tive certeza de que ela fosse bater o carro, mas não bateu. Ela dirige bem pra cacete.

— Por que você odeia tanto os homens? — perguntei.

— Eles quebraram promessas.

— De quem você está falando?

Eu sabia a quem ela estava se referindo, mas achei que, se pudesse manter ela falando, talvez a fizesse baixar a guarda e conseguisse passar.

— Do Larry.
— Ele era marido da Sally, não seu.
— Talvez.
— Como assim?
— Ele implorava pra Sally chicotear ele, mas ela não tinha coragem.
— Ah, isso... Eu não prestava muita atenção. Não ligo muito para fetiches.
— Eu e ele nos dávamos bem. Foi o mais perto que já cheguei de amar um homem, e ele disse que nunca tinha gostado de mais ninguém. Foi para mim que ele deu aquele broche do peixe-voador.
— E aí?
— Eu descobri que ele estava comendo outras mulheres.
Jinx passou direto por um sinal vermelho.
— Pelo amor de Deus. Ele traiu a Sally, não você. Ele não tinha como saber de você. Só não entendia as mudanças de humor dela.
— Eu pensei que fôssemos amigos, parceiros. E aí descobri que a Bella vivia aparecendo e dormindo com ele, e que era dela que ele gostava, não de mim. Isso doeu. Doeu de verdade.
— Você não sente dor.
— Que coisa mais imbecil de dizer, Derry. Posso não sentir dor física, mas tenho mais dor no coração do que dez pessoas juntas. Sinto tanta dor que tudo o que eu quero fazer é machucar os outros de volta. Quando ele começou com a troca de esposas, isso me machucou mais do que você pode imaginar.

Ela tinha razão, é claro. Eu sabia como ela vivia angustiada. Não me lembrava de ter visto Jinx feliz uma única vez em todos os anos que nos conhecíamos. Não parecia justo que eu me divertisse tanto e tivesse tantas alegrias na vida, e ela fosse tão infeliz. Jinx parou no semáforo seguinte, um pé no freio e o outro no acelerador. Quando a luz ficou verde, o carro guinchou e disparou.

— Me sinto mal por isso, Jinx. Queria poder trocar de lugar com você às vezes, te dar um pouco da minha felicidade.

— Ah, cala a boca. Toda essa sua generosidade me dá no saco.

— Tudo bem, mas você não é tão ruim quanto dizem. Só faz essas coisas porque está sofrendo. Mas machucar o Roger não vai fazer esse sofrimento passar.

— Talvez faça. Se ele morrer, a Sally vai se dividir de novo, e a Nola e a Bella vão sair, e as coisas vão ser como antes.

— A Nola e a Bella não existem mais. Eu procurei por elas, e pode acreditar que elas se foram.

— Para onde elas podem ter ido?

— Gosto de pensar que foram para além do arco-íris — respondi.

— Hein?

— Nunca viu aquele filme com a Judy Garland, *O mágico de Oz*? Sempre quis ir para lá, para além do arco-íris, onde alguém pudesse ajudar todas nós e nos dar as coisas que faltam em cada uma. Nos meus sonhos, eu me vejo como ela, mas em vez de um cachorro, tenho meu gato e minhas pantufas, e nós cinco vamos para além do arco-íris.

— Meu Deus, você é muito sentimentaloide mesmo.

— Só gosto de sentir que um dia vou ser uma pessoa de verdade, com alguém para amar e cuidar. Ainda fico pensando... O que será que aconteceu com a Cinderela?

— Ela morreu, você sabe disso — retrucou Jinx.

— Gatos têm sete vidas.

— Ela está morta e enterrada.

— Ela ainda tem mais seis vidas. Um dia vou encontrá-la.

Seguimos em silêncio por um tempo. Jinx estava pensando na arma, e eu numa maneira de impedi-la de matar Roger.

— Espero que você não desenterre a arma usando esse vestido lindo e novinho da Sally — comentei. — Vou te pedir para tomar cuidado e não sujar ele de lama.

— Vai pro inferno!

Ela largou o carro a um quarteirão do apartamento e foi direto atrás da arma. Eram cinco da manhã.

A arma ainda estava lá. Ninguém a encontrara. Eu me xinguei por não ter desenterrado e jogado aquilo fora. Tinha que pensar numa solução.

— Não quero que você suje o vestido da Sally — implorei.

— Me deixa em paz! — gritou Jinx, esfregando as mãos sujas de lama na roupa. — Pronto. Agora o vestido dela está imundo. Se você falar mais um ai sobre isso, vou rasgar ele em pedacinhos.

Fiquei aliviada. Agora ela teria que subir para se trocar. Quando chegamos ao apartamento, sugeri uma bebida, mas Jinx recusou. Ficou sentada, olhando pela janela, esperando o dia amanhecer. Foi um belo nascer do sol. Às 7h30, ela foi se vestir. Eu tinha certeza de que Jinx colocaria seu terno preto favorito. Ela colocou. E o broche prateado do peixe-voador. Pelo menos Maggie e Roger saberiam que não era eu nem Sally.

A princípio, Jinx ia pegar o carro roubado, mas se deu conta de que a polícia podia estar procurando por ele, então pegou um táxi. Fiquei quieta, esperando que ela me esquecesse, e talvez eu conseguisse pegá-la desprevenida. Tentei me esgueirar várias vezes, mas Jinx preenchia tudo com raiva. Era impossível atravessar.

Eu poderia avisar Roger, se conseguisse acesso a um telefone, mas Jinx não permitiu que isso acontecesse.

Se ela matasse Roger, Sally ia se desintegrar, e Nola se mataria. Pensei em dizer isso para Jinx, mas esse fato não a impediria. Ela não se importava com viver ou morrer. Bem, se Roger morresse, eu também não me importaria com a vida. Seria o fim de nós cinco. Era tudo culpa minha. Se não tivesse assumido o controle na festa, Jinx nunca teria aparecido.

Ela pegou o elevador para o consultório dele e disse para Maggie que tinha chegado para a consulta das nove. Deu para ver, pela expressão alarmada de Maggie, que ela sabia que era Jinx. Ela e Roger sabiam que Jinx só usava preto, e também sabiam sobre o broche do peixe-voador. Eu esperava que percebessem que estavam em perigo, mas Maggie assentiu e apertou o botão do interfone para avisar Roger que Sally Porter chegara. Tentei gritar: *Não é a Sally. É a Jinx, e ela vai matar ele.* Mas nenhuma palavra saiu. Não conseguia controlar meus braços, minhas pernas nem minha voz. Tive que assistir, impotente, enquanto ela abria a porta e entrava.

Roger reagiu ao terno preto e ao broche do peixe-voador. Olhou-a nos olhos com uma expressão reprovadora. Então ele sabia. Mas não tinha como saber o que ela tinha na bolsa. Tentei mover o braço dela, para que a bolsa caísse no chão, mas não deu. Eu era uma mera testemunha.

— Venha se sentar — disse ele.

Jinx ignorou a cadeira que Roger apontou e se sentou na que ficava em frente à mesa dele. Não ia fazer nada de imediato, pensou. Ia brincar com ele primeiro. Queria ver a surpresa em seu rosto, depois o medo.

— Como você tem passado? — perguntou Roger.

Ela brincou com o fecho da bolsa.

— Que bom que você decidiu aparecer para conversar, Jinx. Tenho pensado muito em você.

Ela ficou irritada por ele ter descoberto tão rápido, então parou de fingir.

— Não acredito em você. Você não liga pra mim. Sei muito bem que merda está planejando.

— E se importaria de me contar?

— Ah, porra! Você não ia admitir, mesmo que eu contasse.

— Me dê uma chance — pediu ele. — Me diz o que você acha, e eu digo se tem razão.

— Tá bom. Você vai integrar a Derry e criar uma Sally Quatro. E eu vou ficar trancada pra sempre, como uma daquelas almas perdidas no... Como é que chama aquele lugar onde as almas perdidas das crianças que não foram batizadas ficam vagando?

— Limbo?

— Isso. Com todas as outras integradas e a Sally mais forte, eu vou ficar perdida no limbo pra sempre. Não tenho intenção alguma de deixar isso acontecer.

— E se eu disser que ainda não fiz planos definitivos a seu respeito, que decidi manter todas as possibilidades em aberto, incluindo a de integrar você por último?

— Eu não acredito. Você não quer nenhuma parte de mim. Eu sou o lado feio que todo mundo quer ignorar. Sou o esqueleto no armário, e você quer me trancar e jogar a chave fora. Já me machucaram tanto nessa vida que tudo que sobrou em mim foi ódio, e você não quer isso na sua nova e maravilhosa Sally.

— Isso não é verdade.

— Você tá mentindo. A Derry faz parte do plano, é claro. Você vai acrescentar toda a alegria e o carisma dela à máquina sexual fria e intelectual que já criou, e aí vai parar. Não vai me deixar estragar sua mulher perfeita.

— Não vou negar que já pensei nisso algumas vezes.

Ela ficou surpresa pela confissão.

— Mas — prosseguiu ele —, como psiquiatra, tive que rejeitar a ideia.

— Mentiroso.

Ela ficou de pé e se afastou dele. Roger argumentou:

— Me escuta. Qualquer psicólogo sabe que todos os seres humanos guardam raiva e rancor. Ignoramos o mal dentro de nós por nossa conta e risco. Já aprendemos que não conseguimos nos livrar de fato dos sentimentos agressivos ao escondê-los ou trancá-los no armário, como você diz... Chamamos isso de "repressão no inconsciente". Esses sentimentos sempre voltam para nos assombrar. Nosso trabalho é trazer esses sentimentos, nascidos da dor e da frustração, para a superfície. Para que não supurem e destruam tudo. Não considero você má. Acho que é uma pessoa que sofreu mais do que o suportável. Você passou toda a vida consciente recebendo a dor emocional e a amargura que as outras não conseguiam encarar. Agora chegou a hora de compartilhar isso com a Sally inteira. As coisas que você não é capaz de suportar sozinha podem ser suportadas se divididas entre as cinco.

— Nossa, você fala bonito, mas eu não acredito.

Ela abrira a bolsa e enfiara a mão lá dentro. Sentiu na palma o cabo metálico do revólver, o dedo indicador roçando o gatilho, puxando a arma, soltando a trava.

Roger olhou para o revólver.

Eu gritei com todas as forças, chamando o ajudante para me acudir a baixar o braço de Jinx. Gritei até achar que minha mente fosse explodir. Jinx sentiu alguma coisa. Ela hesitou e levou a mão livre à cabeça, espantada.

— Estou com dor de cabeça.

— Está? — perguntou Roger.

Continuei berrando com ela. Berrando... berrando... berrando... Senti Jinx enfraquecer um pouquinho. Ela estava tentando apertar o gatilho, mas a enxaqueca a deixou pasma e congelou sua mão. Devagar, eu a forcei a desviar a arma, deixando de apontar para Roger e mirando em mim. Jinx ficou assistindo, sem acreditar que a mão estava se movendo contra sua vontade.

— Não me impeça, Derry! — grunhiu. — Me deixa...! Me deixa...!

— Jinx! — gritou Roger. — *Ele sabe o que há no escuro...*

Mas era tarde demais. O dedo dela espasmou, e nós duas ouvimos a explosão. Senti a dor aguda, no clarão tudo ficou silencioso, e eu fui para além do arco-íris...

14

Quando Sally abriu os olhos, descobriu-se deitada no sofá, se sentindo péssima. Virou a cabeça e encontrou Roger e Maggie a encarando, nervosos.

Ela fez esforço para se sentar.

— Roger, o que aconteceu? Eu estava em uma festa e...

— Não tente se levantar — disse ele. — Você está ferida. Não é grave, mas perdeu um pouco de sangue.

Então ela reparou no terno preto.

— Ai, meu Deus... Foi a Jinx!

— Está tudo bem agora.

— O que ela fez?

Sally notou que o psiquiatra estava pálido.

— A Jinx não conseguiu fazer nada. Ela apontou a arma para mim, mas acho que, de alguma forma, a Derry interferiu e virou a arma para si mesma. O mais importante é que Jinx sentiu dor pela primeira vez.

Sally voltou a se deitar nas almofadas. O ombro esquerdo estava dormente.

— O que eu faço? Se a Jinx pode aparecer e fazer coisas desse tipo, nunca vou poder ter uma vida normal. Daria no mesmo ela ter me matado.

— Foi culpa minha, Sally, não sua. Se eu tivesse te colocado para dormir ontem à noite, se não tivesse deixado você me convencer do contrário, a Jinx jamais teria aparecido. Quase perdi você. Precisamos avançar mais rápido. Tenho certeza de que ela não passou por você. Ela surgiu através da Derry. Se fecharmos essa última válvula de escape ao integrar você à Derry, tenho certeza de que terá força suficiente para reprimir a Jinx.

— Mas e se não funcionar?

— Teremos tempo para tentar outras coisas. Acho que a Jinx vai ficar sumida por um tempo depois dessa descarga emocional.

— Com "outras coisas" você quer dizer integrar a Jinx também, não é?

— Como última opção... se necessário. Trazer à tona os impulsos violentos dela, com todos os seus outros sentimentos, pensamentos e emoções, pode tornar a raiva e a agressividade dela controláveis, mas seria uma última aposta desesperada. E *ela* teria que concordar com isso.

— Você quer que a maldade dela faça parte de mim?

— Não importa o que eu quero.

— Para mim, importa.

— Vamos decidir isso depois de darmos uma chance para que as emoções da Derry se tornem parte da sua nova personalidade. Quero que você vá pra casa e pense no assunto. Converse com a Derry. Pense e descanse um pouco. Se a resposta for sim, e vocês duas estiverem de acordo, faremos isso amanhã. Vou pedir pra Maggie marcar uma consulta extra.

Então Roger disse que queria conversar comigo e me chamou para a luz. Fiquei surpresa e contente, porque estava louca para contar o que tinha acontecido.

— Oi, Roger. Ainda bem que ela não acabou com meu médico favorito.

— Foi você quem conseguiu impedi-la, não foi?

— Eu não sabia se ia dar certo. A Jinx anda muito mais forte.

— Eu não sabia — comentou ele. — Isso muda as coisas.

Contei o que tinha acontecido depois que ele deixou Sally em casa, como ela foi à festa, como eu apareci para me divertir e o que aconteceu quando Jinx tomou o controle.

— Você sabe por que te chamei aqui desta vez, Derry?

— Porque finalmente percebeu que não consegue viver sem mim?

Ele deu risada e segurou minha mão, e eu apertei a dele de volta, para impedi-lo de me soltar.

— Você sabe o que eu disse à Sally.

— Ainda não estou pronta, Roger. Ainda sou jovem. Quero mais alguns anos como eu mesma.

— Não temos tempo, Derry. A Jinx é instável, e você mesma disse que ela está ficando mais forte. Temos que dar um jeito nas coisas, para que não haja mais chance de ela aprontar de novo o que aprontou hoje.

— Estou com medo, Roger.

— Não há nada a temer.

— Mas você precisa de mim. Você mesmo disse.

— Chegou a hora de abrir mão disso. Precisamos fortalecer a Sally e romper a conexão com a Jinx.

— Quer dizer que eu não vou mais ser a rastreadora nem saber o que se passa na cabeça delas?

— Não vai mais ser a cabeça *delas*. Será a *sua* cabeça. Você *será* a Sally em vez de uma parte separada dela. Será inteira, completa, como sempre quis ser.

— É que não consigo me imaginar culta. Sempre que falam comigo sobre assuntos sérios, o que está acontecendo no mundo, ou arte ou cultura, faço alguma palhaçada pra que ninguém perceba como sou burra.

— Você não é burra, e não vai mais precisar fazer isso, Derry. Você vai saber tudo o que a Nola, a Bella e a Sally já aprenderam. O conhecimento vai ser seu também.

— Sempre tive medo de sexo. Fico flertando só para disfarçar.

— O sexo vai se tornar uma parte natural da sua vida.

— Eu nunca chorei, Roger. Nunca fiquei triste de verdade como as outras pessoas. Via a Sally toda infeliz, chorando a vida toda, e pensava que devia ser o fim da picada. Não quero passar por isso.

— Mas é isso que significa ser uma pessoa por inteiro. Não é só risada e bons momentos. São emoções conflitantes, responsabilidades e sentimentos profundos, altos e baixos. Todo mundo perde coisas ou pessoas durante a vida, e isso nos deixa tristes. Preciso te ajudar a se tornar forte o suficiente para seguir vivendo e não ter vergonha de chorar. Seres humanos nascem chorando.

— Foi assim que eu nasci?

— Vamos descobrir como você nasceu.

— Estou com medo.

— Eu também, mas você não vai estar sozinha. Pronta?

— Estou, mas segure minha mão, Roger. Não solte.

Vi seus olhos marejarem. Ele apertou minha mão e disse, com a voz embargada:

— *Ele sabe o que há no escuro...*

Fiquei à deriva de mim. Ouvi-o ao longe na escuridão, dizendo:

— Vamos voltar ao momento em que a Derry passou a existir. Era uma vez uma época em que só existiam Sally e Jinx, e então alguma coisa aconteceu para dividir vocês em outra personalidade. Quando eu contar até três, você vai reviver esse dia, trazendo suas emoções à tona. E você, a Sally e eu vamos descobrir como você surgiu.

Eu saí da escuridão, passando por nuvens e névoa, sob chuva, percorrendo as ruas à procura da Cinderela. E lembrei que era domingo de Páscoa e Sally tinha 10 anos. Eu ainda não tinha nascido. Isso aconteceu três dias depois, mas, pelas memórias de Jinx, eu sabia como tinha acontecido, e contei para Roger.

Alguns meses antes, Sally encontrara uma gatinha aleijada e lhe dera o nome de Cinderela, porque lhe faltava uma patinha. Ela disse que a gata tinha perdido um dos sapatos no baile e estava esperando que o príncipe a encontrasse para devolvê-lo. Sally vivia encenando os contos de fadas que Oscar contava para niná-la, e a história de Cinderela era uma de suas favoritas. Mas era a primeira vez que ela tinha um bichinho de verdade para ajudar na fantasia, então convenceu a mãe a deixá-la ficar com a gata, mesmo que Fred se opusesse.

Ela dava leite e restos de comida para a gatinha, fazendo de conta que Fred era o padrasto mau que mantinha Cinderela escondida no porão sujo e não a deixava sair e se divertir.

Gostava de abraçar Cinderela apertado e senti-la ronronando contra o rosto, o pelo macio fazendo cócegas no nariz. E Cinderela corria até ela e se esfregava nos seus tornozelos.

Sally e Cinderela brincavam juntas sempre que a mãe e o padrasto a deixavam trancada sozinha em casa. Ela contava todos os seus problemas para Cinderela, e a gata a ouvia com atenção, ronronando para demonstrar que entendia o quanto as pessoas eram más com Sally.

Naquela época, Sally acreditava que era uma garotinha muito esquecida. Negava que tivesse feito malcriações, e era castigada pela mãe e pelo padrasto mau, que a chamavam de mentirosa e a trancavam no quarto ou em um armário. Então ela fingia que era uma princesa e que seu verdadeiro pai era um rei que viajava pelo reino disfarçado de carteiro, e ele a deixara temporariamente com uma criada chamada Vivian. Um dia, caso se comportasse direitinho, o rei Oscar voltaria para buscá-la. Porém, enquanto fizesse as tais malcriações que não se lembrava de fazer, ficaria presa ali no armário. Sally disse para Cinderela que era óbvio que uma bruxa má a enfeitiçara e a fizera esquecer coisas e perder períodos de tempo. Só precisava esperar que o rei Oscar voltasse e a levasse embora em sua bolsa de carteiro mágica, e então estaria livre para voltar a ser uma princesa. Mas tinha que parar de fazer arte. Claro, na época ela não sabia — ninguém sabia — que uma garotinha má chamada Jinx fizera todas aquelas coisas horríveis.

Não sei de onde Jinx veio. Ela nunca me contou. Mas falou depois que sempre que Sally ia levar uma surra, ela apagava, e era Jinx quem aguentava a coça. Ela não sabia por que era assim, mas Sally se transformava num instante, a surra não a machucava, e depois ela nem se lembrava de ter apanhado. Via as marcas das cintadas nos braços e nas pernas, a pele ardendo, e se perguntava de onde aquilo viera. Ela se perguntava se aquelas coisas mágicas aconteciam com todo mundo.

Segundo as informações que juntei das lembranças de Sally e de Jinx, Sally foi para a igreja sozinha com Fred naquele belo domingo de Páscoa, enquanto a mãe tinha ido visitar a avó no hospital.

Sally ficou tão fascinada pela história da Ressurreição que ficou ali sentada, de queixo caído, e Fred teve que a cutucar para que fechasse a boca. Quando o sermão acabou e eles saíram, Fred enfiou depressa a boina na cabeça — ele sempre a usava de lado para cobrir a cicatriz na cabeça calva.

— É verdade isso da Ressurreição? — perguntou Sally.

— Claro que é. Você acha que o padre Anderson ia pregar uma mentira? Está na Bíblia.

Durante todo o caminho para casa, no carro, ela se perguntou como uma pessoa podia morrer e voltar à vida. Parecia um conto de fadas.

— E é verdade que no Dia do Juízo todos os mortos vão ser trazidos de volta à vida? — indagou ela.

— Claro — respondeu Fred. — Nós acreditamos nisso, e você também, a menos que seja uma pagã.

Ela assentiu. Então havia *mesmo* magia no mundo.

Depois, naquela tarde, Sally estava conversando sobre isso com Cinderela quando Fred saiu da casa. Ele tinha vestido as roupas que usava para trabalhar no jardim, mas ainda portava a boina inclinada sobre o olho direito, e estava indo arar a terra e aplicar um pouco de fertilizante. Sally notou que, assim que começou a usar a pá, seu rosto ficou vermelho, então, quando ele sorriu para ela, os dentes ausentes fizeram-no parecer uma abóbora de Halloween no alto de um poste.

— Está falando com a sua gatinha sobre o sermão?

— Parece uma coisa bem incrível.

— É o milagre da Ressurreição. Você é uma católica fiel, como a sua mãe, não é?

Sally assentiu.

— E acredita em milagres, não acredita?

— Acho que sim.

— Como assim, acha? Ou acredita, ou não acredita, e, caso não acredite, vai direto pro inferno quando morrer e então não vai ser ressuscitada.

Isso assustou Sally, que emendou:

— Eu acredito, sim. Eu acredito.

E não era que confiasse em Fred, mas se a Bíblia dizia e o padre dizia, então devia ser verdade.

— Muito bem — disse ele. — Quer ver uma ressurreição acontecer bem na sua frente?

Ela o encarou, surpresa.

— É uma coisa que vive acontecendo com os gatos.

— Como assim?

— Nunca ouviu dizer que gatos têm sete vidas?

Ela assentiu. Fred estendeu as mãos.

— É isso que significa. É o jeito de o Senhor nos mostrar o milagre bem aqui na terra. Quer ver ou não quer?

Sally fez que sim.

— Traz a Cinderela aqui, e vamos fazer o milagre da Ressurreição bem na nossa frente. Quando ela renascer, a pata que falta vai estar novinha em folha. Você vai ver só.

Sally não sabia ao certo o que Fred ia fazer, mas abraçou Cinderela com força e esfregou o rosto no pelo dela.

— A gente vai ver, Cinderela. Milagres e magia existem de verdade, e a gente vai ver uma ressurreição.

— Mas não conta pra sua mãe. Deixa ela ficar surpresa quando vir a Cinderela com uma pata nova.

Fred cavou um buraco no quintal, perto da cerca, depois largou a pá e pegou uma pedra.

— Agora, a Cinderela vai ficar igual Jesus no Domingo de Páscoa.

— Como assim?

— Ela vai sacrificar uma das sete vidas por nós, assim como fez o Senhor. Ela vai morrer, nós vamos enterrar ela, e depois ela vai ressuscitar, novinha em folha.

Sally ficou assustada com a palavra "morrer", mas também curiosa. Nunca tinha visto a morte. Tentou imaginar como seria ser trazida de volta.

— Tem certeza de que ela vai ter uma pata nova?

— É claro. Acha que o Senhor iria ressuscitar alguém com partes faltando? A Bíblia diz que, no Dia do Juízo, nós seremos completos, e os enfermos vão ficar saudáveis e tudo o mais. Ela vai ficar bonitinha, correndo e brincando como uma gatinha normal. Você não vai negar a ela o direito de ser uma gatinha inteira e saudável, vai?

Sally concordou que seria muito egoísmo de sua parte. Fred lhe passou a pedra.

— Pronto. O Senhor disse para construir sua igreja com pedras.

— O que eu faço?

— Bate na cabeça dela algumas vezes, direito e com força. Ela vai dormir. Aí a gente enterra ela nesse buraco, e depois ela vai ressuscitar. Você vai ver tudinho, e aí vai entender do que o sermão estava falando. Ela não vai sentir nada.

Sally hesitou. Fred continuou:

— Vai ser como a Bela Adormecida daqueles contos de fadas que você vive contando pra gata antes de ir dormir. Lembra? Ela espeta o dedo e sai sangue, mas não dói, e aí depois ela acorda pra vida de novo. Vai logo e bate nela, senão eu vou bater.

Sally ergueu a pedra e disse:

— Tchau, Cinderela. Quando você ressuscitar, vai ter todas as quatro patinhas.

Ela baixou a pedra com toda a força contra a cabeça da Cinderela. Ouviu o guincho na mesma hora que viu o crânio partido e o sangue no pelo branco.

— Tá sangrando! — Ela arquejou.

— Mas é claro — disse Fred. — Eu avisei que ia sangrar. Você não viu as imagens do Nosso Senhor na cruz, com os pregos nas mãos e o sangue escorrendo? Tem que sangrar pra ter a ressurreição, pra ela ser lavada no sangue do cordeiro. O sangue faz a magia.

— Quando ela vai ressuscitar?

— Primeiro vamos enterrar ela.

Fred jogou Cinderela no buraco e a cobriu com terra, afofando bem. Então pegou uma pedra grande e colocou sobre a cova.

— Como ela vai sair daí?

— Do mesmo jeito que Jesus saiu.

— Quanto tempo vai levar?

Ele guardou a pá no galpão e voltou para dentro da casa, gritando por cima do ombro:

— Jesus levou três dias. Acho que é esse o tempo que leva, geralmente. Ou isso, ou até ela ganhar um beijo. Você vai ter que ficar de olho nessa cova, e não se esquece de me chamar quando a pedra começar a se mexer. Quero estar aqui quando você vir ela ressuscitando, toda perfeita. E quando sua mãe perguntar, não conta o que a gente fez. Quero fazer uma surpresa pra ela, com a patinha nova da Cinderela e tudo o mais. Só diz que a gata morreu e a gente enterrou ela. Só isso.

Sally ficou de olho na cova até bem tarde, quando a mãe a pôs para dentro.

— Não entendo o que aconteceu — comentou a mulher.

De trás do jornal, Fred respondeu:

— Eu fiquei surpreso, Vi. A Sally simplesmente pegou e matou a gatinha com uma pedra. Afundou a cabeça do bicho.

Sally abriu a boca para dizer que fora ele quem dera a ordem, mas Fred prosseguiu:

— Você sabe que essa garota faz umas coisas ruins, mente e finge que não lembra. Vi com meus próprios olhos e enterrei a gatinha no quintal.

Sally foi mandada para a cama, mas não conseguiu dormir, tentando compreender por que Fred contara a história daquele jeito. Talvez para a mãe ficar ainda mais surpresa quando Cinderela surgisse transformada na segunda vida, inteira e melhor. Ela ficaria comovida, não é?

No dia seguinte, na escola, ela não conseguia se concentrar, e a professora lhe deu um esporro por estar distraída. Depois das aulas, foi para o quintal, se sentou e ficou vigiando a cova, até que a mãe a chamou e lhe deu uma bronca por ser uma criança tão má e ter feito uma coisa tão horrível.

— Espera só até amanhã — disse Sally para a mãe. — Você vai se surpreender.

Vivian balançou a cabeça e falou que a filha estava cada dia mais maluca.

No dia seguinte, caiu uma chuva pesada. A professora de Sally deixou que ficassem desenhando, e ela desenhou Cinderela com as quatro patas, mas um dos colegas de turma disse que a imagem estava errada, porque a gatinha não tinha a pata esquerda da frente.

Sally explicou que a imagem era para mostrar como Cinderela seria quando ressuscitasse, porque ela só tinha usado uma das sete vidas e renasceria com todas as patas...

Uma das outras crianças respondeu que gatos não tinham sete vidas de verdade. Elas discutiram, e a professora enfim as interrompeu.

— Sally, devo concordar com a Nancy. Isso é de mentirinha, assim como o Papai Noel e a Fada do Dente. Você já tem idade para saber a verdade...

Sally a encarou.

— Mas e a Bíblia? E a Ressurreição de Cristo no Domingo de Páscoa? Isso também é de mentirinha?

— Está perguntando no que eu acredito?

Sally assentiu, os olhos se enchendo de lágrimas.

— Particularmente, eu não acredito na Ressurreição, Sally. Quem tem fé acredita, e quem não tem considera esse um belo conto de fadas para nos ajudar a aceitar a morte.

Os lábios de Sally tremeram. Ela olhou em volta, desesperada.

— É mentira. Vocês estão todos mentindo. A Cinderela vai voltar. Hoje vai ser a ressurreição dela. Vou pra casa e vou encontrar ela tentando sair da cova.

— Sally, espere!

Mas ela largou os livros e o suéter na mesa e, antes que a professora pudesse impedi-la, saiu correndo da sala e desceu a rua. Embora fosse mais de um quilômetro e meio, Sally correu desgovernada sob a chuva por todo o caminho até sua casa. Achou que seu peito fosse explodir, mas não podia parar. Precisava chegar lá. Tinha que ver por conta própria.

Quando chegou ao quintal, o cabelo molhado lhe caía nos olhos, e o corpo inteiro tremia. Encarou a pedra, mas ela não estava se movendo. Três dias tinham se passado. Estava na hora. Cinderela precisava sair.

Talvez a pedra fosse pesada demais, pensou. Afastou-a e procurou sinais de movimento na terra molhada. Em breve, Cinderela cavaria uma saída e pularia em seu colo com todas as patinhas, e o vestido de Sally ficaria todo sujo de lama, mas ela não se importaria.

Esperou. Torcia para que acontecesse antes que Fred ou a mãe saíssem. Queria ser a primeira a testemunhar o milagre.

Pensando que Fred talvez tivesse batido demais a terra com a pá, Sally revolveu a lama para facilitar a saída de Cinderela. Enfiou os dedos na terra, que se soltou com facilidade, e parou algumas vezes enquanto escavava, buscando sinais de movimento. Ela cavou... e cavou... e enfim sentiu o pelo molhado e o cheiro de decomposição. Limpou a lama das patinhas duras e da cabeça... e viu o buraco onde tinha esmagado o crânio da gatinha.

Talvez, se o beijasse, a ferida se curasse, o milagre acontecesse e Cinderela acordasse. Encostou os lábios no pelo molhado. Sentiu algo se mexer, algo vibrar... Ela estava viva! Então Sally se afastou e viu larvas rastejando pelo ferimento ensanguentado. Não conseguiu chorar. Não conseguiu respirar. Ela berrou...

E o berro dela se transformou na minha risada.

A mãe e o padrasto de Sally saíram correndo de casa ao som do berro e, quando me viram parada sobre a cova aberta, gargalhando, não entenderam o que se passara.

— Sally, o que você está fazendo? Está maluca?

Como eu podia explicar que não era a Sally? Que eu era a Cinderela. Que não só tinha sido ressuscitada como também transformada de gatinha em menininha por um beijo mágico, e aquele era o maior milagre de todos.

— Ela perdeu o juízo — comentou Fred. — Eu te falei. Olha só isso. Não tem sentimento. Não tem coração. Mata a pobre gatinha e ainda desenterra e dá risada. Essa garota deveria ir para um hospício.

A mãe pegou a pá e cobriu a gata de lama, então pegou minha mão suja e disse:

— Vá para o seu quarto e passe o dia lá. Sally, você é uma criança mal-criada.

Não entendi por que ela estava me chamando de Sally. Eu sabia que não era Sally, mas outra pessoa. Então pensei numa coisa. Eu era Derry, na verdade, por causa das sílabas do meio de "Cin-*de-re*-la", o coração do nome. Derry: essa sou eu. Então, quando a mãe dela me chamou de Sally, eu só dei risada e respondi:

— Vocês não sabem de nada... nenhum dos dois.

E fui aos pulos explorar o quarto de Sally e ver tudo o que ela tinha. E vivi feliz para sempre.

15

Roger me tirou da hipnose, me olhou com atenção e balançou a cabeça.

— É incrível que você tenha sobrevivido a essa infância.

Eu ri e disse:

— Está falando de mim ou da Sally? Eu me diverti muito naquela época, mas não lembrava que meu nome tinha vindo das sílabas do meio de Cinderela. O engraçado é que fui cavar naquele ponto uns dias depois, mas a gata tinha sumido. A Vivian ou o Fred devem ter tirado ela de lá e se livrado do corpo. Passei a vida inteira procurando a Cinderela, e agora descubro que a Sally a trouxe de volta à vida através de mim, com um beijo.

— Você sabe o que acontece à meia-noite — comentou Roger.

— Não quero que a história acabe, Roger. Quero viver feliz para sempre.

— E vai, Derry, mas no mundo real, integrada à Sally. Sua felicidade não vai morrer, mas se integrar ao coração e à mente da criança que perdeu a fé naquele dia chuvoso e criou você. Está na hora de abrir mão de outra das suas vidas para deixar a Sally completa de novo.

— Estou com medo...

— Não tem problema sentir medo, mas você sabe que vai precisar de mais do que magia e contos de fadas para se transformar em uma menina de verdade.

— Sempre quis ser uma pessoa de verdade.

— Mas quer o suficiente a ponto de vencer o medo? Isso só vai acontecer quando você concordar em se integrar à Sally.

— E aí vou estar morta.

— ... ou ressuscitada na Sally Quatro.

— E de quem vai ser a mente dela? Os sentimentos?

— Se minha teoria estiver correta, você ainda vai ter consciência.

— E se estiver errada?

— Aí não sei.

— Mas quer mesmo que eu faça isso?

— *Você* é quem tem que querer, Derry.

— Parte de mim quer, e outra parte não quer. Meu Deus, eu mesma já estou dividida em partes. Quem toma partido da parte um?

Ele riu, e ansiei que me tocasse, me abraçasse com carinho. Nada sexual ou coisa do tipo. De algum modo, sabia que, se ele me beijasse, eu me tornaria a pessoa de verdade, com todos os sentimentos, pensamentos e emoções.

— Você deve ter ouvido o que eu disse à Sally, à Nola e à Bella. Pense a respeito. Amanhã você me conta sua decisão.

— É pra gente decidir separadas, ou eu deveria conversar com ela?

— Você quem sabe. Pode ser bom vocês conversarem esta noite. E talvez seu ajudante possa dar uma força.

— Como uma festa de despedida, né?

— Ou uma festa de boas-vindas.

— Você é mesmo bom com as palavras.

— Amanhã vou trocar esse curativo no seu ombro.

Ele explicou que daria a Sally uma receita de analgésico, para o caso de a dor ficar muito intensa, mas nada muito forte ou narcótico. Ele não queria arriscar um apagão antes da sessão. Então, Roger trouxe Sally de volta e disse a ela a mesma coisa.

Sally ficou vagando cabisbaixa pelo apartamento naquela noite. Tocou todos os seis Concertos de Brandenburgo, o que quase me enlouqueceu. Já não gostava quando Nola fazia isso, mas se era aquilo que ela tinha planejado para o nosso futuro, eu não achava que aguentaria, nem mesmo por Roger.

Começamos a discutir na hora de decidir qual seria nosso último jantar como personalidades separadas. Ela queria ir comer no restaurante La Petite Maison, e eu queria ir ao Hoy's Place. Sally disse que estava enjoada de comida chinesa, e eu disse que estava enjoada de comida francesa. Então pensamos: será que a gente devia ceder e comer algo que nenhuma das duas queria? Dei uma ideia maluca de jantarmos duas vezes. De que adiantava contar as calorias na sua última refeição? Ela insistiu na comida francesa primeiro, porque não confiava que eu fosse manter a promessa. Fingi reclamar, mas ela tinha razão. Eu tinha mesmo essa mania de quebrar promessas. A verdade era que eu havia passado a vida toda precisando enrolar e roubar uns minutinhos de realidade para conseguir o que queria. Sabia que ela nunca faltaria com a palavra. Pelo amor de Deus, seria chato demais ter que cumprir as promessas e falar a verdade o tempo todo. Eu suspeitava que, se me integrasse a ela, ficaria limitada a uma ou outra mentirinha irrelevante de vez em quando. Mas não mencionei esse detalhe.

— Vamos comer comida chinesa primeiro, porque você sabe que uma hora depois vai estar com fome de novo — argumentei. — O contrário não vai funcionar.

Não havia como negar, então fomos ao Hoy's Place, e eu me entupi de *wonton* frito, costelinha de porco e camarão. Depois saímos para uma longa caminhada com a intenção de fazer a digestão e conversar.

As pessoas se viravam para olhar, mas eu disse para a Sally para não se importar com aquilo. O que elas sabiam? Provavelmente só achavam que ela fosse maluca.

Sally estava meio desanimada, então tentei provocá-la.

— Às vezes, acho que você gosta de ficar deprimida — comentei.

— Como assim?

— Você passa mais tempo carrancuda do que qualquer pessoa que já conheci. Então deve ter prazer nisso.

— Que idiotice.

— Nem vem me chamar de idiota. Se começar com isso, vou recusar a integração.

— E por que você acha que eu quero me integrar a você?

— Porque você tem mais a perder do que eu. — Como ela não respondeu, tive a impressão de que estava no caminho certo. — Eu não sou de verdade, então viver ou morrer não me importa. Já você...

— Você está mentindo, pra variar, Derry. Sempre quis ser de verdade, e essa é a sua chance. Fui eu que tentei me matar pelo menos cinco vezes, que eu me lembre, e você e a Bella me impediram. Então nem adianta fingir ser tão blasée.

— O que significa "blasée"?

— É uma palavra em francês que...

— Eu devia ter imaginado.

— Significa cansada e de saco cheio dos prazeres da vida.

— Está bem, tem razão. Eu nunca vou me cansar da vida.

— Eu me canso.

— Acho que é por isso também que o Roger acha que a

integração vai fazer bem pra gente. Eu vou te dar o amor à vida e meu jeito feliz e animado, e você vai me sossegar.

Um cara estava entregando panfletos de uma casa de massagem. Estendi a mão para pegar um — só de gracinha mesmo —, mas ela me afastou. Estraga-prazeres! Andamos em silêncio por um tempo até que ela disse:

— Enfim. O que você quer fazer hoje?

— Vamos escolher uns caras e sair num encontro duplo.

— Fala sério, Derry. Sem brincadeirinhas.

— Seria legal.

— Claro. E aí a gente ia se meter em problemas, e você-sabe-quem ia aparecer pra fazer você-sabe-o-quê.

Ela tinha razão, como sempre, mas eu odiava admitir.

— Espera aí. Já sei com quem a gente pode fazer um encontro duplo, e eles entenderiam e não buscariam sarna para se coçar.

Ela parou, porque teve a mesma ideia ao mesmo tempo que eu.

— Seria engraçado — disse Sally. — Eles iam surtar.

— Vamos lá. Você liga pro Todd, eu ligo pro Eliot, e aí a gente se encontra com os dois.

— Não vai dar certo.

— Ah, fala sério — respondi. — Um último casinho. Vai ser divertido.

— É loucura... mas tudo bem. É melhor eu ligar pro Todd, dizer que estou solitária e deprimida, que quero sair e que tenho uma acompanhante surpresa pro Eliot.

— Uau. Perfeito. Mas não vamos planejar o que fazer. Vamos só ver no que vai dar, ou... Como é que se diz? Imp... imp...

— Improvisar. Sou boa nisso.

— Vamos improvisar o resto da noite. Mas como você vai explicar o ombro machucado?

Ela tinha se esquecido disso.

— Vou contar a verdade, é claro.

— Esquece. Deixa que eu explico. Vou improvisar uma desculpa que vai te deixar de queixo caído. Você só combina com o Todd e o Eliot de encontrar a gente no La Petite Maison.

Ela ligou para o Yellow Brick Road e disse para Todd que estava sozinha, então perguntou se ele e Eliot gostariam de sair para um encontro duplo depois que o restaurante fechasse. Todd foi conferir.

— O Eliot quer saber como é essa garota.

— Igualzinha a mim — respondi, me intrometendo.

— Quis dizer de aparência — acrescentou Sally.

Meu Deus, ela insiste em falar a verdade a todo custo.

Todd disse que Eliot concordou e que eles nos encontrariam no La Petite Maison à uma da manhã.

Ainda eram dez da noite, então Sally sugeriu um filme para passar o tempo. Ela queria ver um clássico sobre a grande fome na Índia, do diretor de *A canção da estrada*. Já eu queria ver a reprise de *Uma noite na ópera*, dos Irmãos Marx. Tiramos no cara ou coroa, e ela ganhou. Fiquei desanimada vendo, de barriga cheia de comida chinesa, pessoas morrendo de fome na Índia, com aquele monte de mosca, ferida e gente pedindo esmola. Então fui dormir e deixei ela assistindo.

Uma vez que o filme acabou, também me senti culpada de ficar matando tempo quando tinha tão pouco de sobra. Em breve eu talvez fosse para o sono eterno.

Fomos para o La Petite Maison esperar por Eliot e Todd. Sally pediu um Harvey Wallbanger, e eu pedi um bourbon. O garçom nos encarou como se fôssemos malucas, e precisei conter a risada para que ele não nos considerasse bêbadas demais para servir mais drinques.

Quando os dois apareceram, viram que tinha duas bebidas na mesa e procuraram a segunda mulher.

— Ela foi ao banheiro — expliquei.

— Mas está aqui — acrescentou Sally.

Todd se sentou ao lado de Sally, e Eliot se sentou na minha frente. Eliot usava uma camisa de seda dourada, com os botões abertos para revelar o peito peludo, combinando com as calças também douradas. Ganhara mais peso, e a roupa toda lhe apertava. Todd vestia o jeans de sempre, mas naquela noite também usava uma jaqueta de denim.

— E como ela é? — perguntou Eliot.

— Eu já disse, igualzinha a mim — respondeu ela.

— Só existe uma Sally — rebateu o outro. Quando ela lhe lançou um olhar sério, Todd ruborizou. — Não estava fazendo piada. Só me expressei mal...

— Seu danado! — exclamei.

Os dois pareceram confusos com a mudança de voz. Não conseguiam identificar o que era, mas havia algo esquisito.

— Estou ensaiando um novo papel — falei, rindo.

Todd sorriu.

— Você parece estar de bom humor. Espero que sua amiga também esteja. Qual é o nome dela?

— Derry — revelou Sally. Acho que esqueceu que eles me conheciam.

Os dois se entreolharam, então se voltaram para Sally.

— Derry? — indagou Eliot.

Fiz menção de fazer uma piada, mas ela me chutou por debaixo da mesa.

— Me deem licença, um minutinho — pediu Sally. — Vou ao banheiro. Já volto.

Ela saiu da mesa e se afastou do alcance deles antes que pudessem fazer mais perguntas. Quando entramos no banheiro, não conseguiu segurar a risada. Eu também não. Senti um alívio por ver o quanto de Bella existia em Sally agora.

— Viu a cara do Todd? — Ela deu uma risadinha.
— Quando você disse "Derry".
— Eu não sabia que eles conheciam o seu nome.
— Pelo amor de Deus, né? Sou eu que trabalho pra eles, lembra?
— O que a gente faz agora?
— Vamos dançar e jantar de novo. Não era isso o que você queria?
— Não era só isso...
— Ei — censurei. — Não começa. Estou me guardando.
— Pro Roger?
— É.
— Você não vai ficar com ele — disse Sally. — Pra ele, eu e você somos um caso fascinante e só.
— Eu sou mais do que um caso pra ele.
— Confundir transferência com amor é um erro terrível na psicanálise, não...
— Não quero nem saber — rebati, cobrindo os ouvidos. O que foi idiota, porque ela não estava falando em voz alta. As palavras vinham da sua mente.
— ... e mesmo que ele gostasse de você, é certinho demais para ficar com uma paciente. Você vai quebrar a cara.
— A cara é minha.
— É minha também — insistiu ela.
— Já você está interessada no Todd.

Ela sorriu.

— Ele gosta de mim. É jovem, bem-sucedido e bonito. Tem algum pretendente melhor?
— O Eliot é mais divertido que o Todd. Apostadores levam a vida muito a sério, sempre medindo as probabilidades.

— O Eliot é um homem de meia-idade já bem acabado. Um Don Juan reciclado, e olha como engordou. Ele está em retrocesso.

— E daí? Ele é mais legal, mesmo assim. Sabe de nós, dos nossos problemas, e aceita.

— O Todd também.

— É essa a questão — falei. — Acho que o Todd vai ficar decepcionado quando descobrir que só restam duas de nós. Para ele, nós cinco éramos uma bela mão de pôquer... um full house.

— Ainda somos três rainhas, meu bem.

— Mas aí você está contando o coringa — argumentei.

Houve uma batida na porta do banheiro.

— Sally? Tudo bem? — Era a voz de Todd.

— Tudo. Já vou sair.

Ela penteou rapidamente o cabelo e, ao abrir a porta, encontrou Todd à espera.

— Tem certeza de que está bem?

Ela o tomou pela mão e o puxou de volta para a mesa.

— Desculpem, rapazes, minha amiga deu o fora — anunciei. — Vi ela lançando olhares para um cara bonitão. Aí, depois de pedir o drinque, ela fingiu que estava indo ao banheiro, mas uma pessoa me contou que viu ela saindo com ele. Sinto muito mesmo.

Não sei de onde tirei essa história, simplesmente surgiu na minha cabeça, e Sally ficou toda nervosinha. Eliot pareceu desapontado. Acho que estava planejando uma noitada, e naquele momento devia estar sentindo como se estivesse segurando vela.

— Olha... Por que nós três não passamos a noite juntos? — propôs Sally. — Somos todos amigos, né? Podemos nos divertir em três tanto quanto em quatro. Ainda podemos dançar e, depois de comer, ir para o meu apartamento fazer alguma coisa.

Isso me deixou chocada. Ela estava cogitando um *manage à troá* em sua cabeça. Eu não sabia o que era, mas soava francês, e concluí que envolvia sacanagem só pelo que ela estava sentindo. Falei com ela em privado que não ia participar daquilo.

Sally e eu nos revezamos dançando, e sei que deixamos os dois totalmente confusos. Contanto que permanecessem separados, ficava tudo bem, mas quando estávamos todos juntos à mesa, a conversa se tornava complicada. Eles deviam pensar que ela era a pessoa mais desmiolada do mundo, uma hora dizendo uma coisa e se contradizendo no minuto seguinte. Eu mentia, ela encobria. Então eu desencobria, e ela voltava atrás e contava a verdade. Foi bem divertido, e comecei a pensar que não seria tão ruim me integrar a ela. Era muito diferente da antiga Sally.

Deixamos o local às três da manhã, mas àquela altura eu já estava temendo como a noite fosse acabar. Sabia que Sally convidaria os dois para subir para uma saideira, e tinha o pressentimento de que um esperava que o outro fosse embora. De Sally, entretanto, eu não parava de captar vibrações pedindo uma orgia. Eu não tinha a menor intenção de deixar chegar a esse ponto, mas fiquei com medo de apagar e deixar Jinx aparecer.

Tentei convencer Sally, mas fui ignorada. Ela devia achar que, como era Sally, Nola e Bella misturadas em uma só, tinha mais votos e o direito de tomar a decisão, quando antes quem decidia era eu, porque era a rastreadora. Mas eu também sabia ser teimosa.

Ao sairmos do táxi, fui logo dizendo:

— Boa noite, então, rapazes. Foi uma noite maravilhosa, mas tenho um compromisso importante amanhã cedinho.

— Ué, pensei que a gente fosse subir para uma saideira — respondeu Eliot.

— Tem razão — disse Sally. — Sally Porter sempre cumpre com a palavra.

— Por um momento, fiquei confuso — disse Todd.

— Melhor do que ficar kung fuso — brinquei.

— Ou em parafuso — acrescentou Eliot.

— Ai, pelo amor de Deus! — protestou Sally.

— Ei. O Murphy está mostrando o dedo do meio pra gente — disse Eliot, apontando para a vitrine do sr. Greenberg.

— Onde? Cadê? — perguntou Todd. — Ah, é. Olha só. Esse Greenberg tem senso de humor. Cadê o cassetete do Murphy?

— Ele perdeu — respondi.

Sally franziu a testa, porque não sabia da voltinha de Jinx vestida de policial.

— Por que a gente não convida o Murphy para uma saideira também? — propus.

Talvez o sr. Greenberg tivesse razão sobre o uniforme da polícia exercer uma influência de controle.

Eles acharam uma ótima ideia. Mostrei como entrar na alfaiataria pelo porão e abrir a porta dos fundos. Nós pegamos o Murphy e o levamos para o apartamento. Os homens o colocaram em uma cadeira, com as pernas cruzadas e os braços abaixados, e então Sally abriu uma garrafa de uísque irlandês. Cada um bebeu uma dose.

— Deve ser horrível ser um manequim de vitrine — comentou Eliot.

— Não sei, não — disse Todd. — É uma vida tranquila. Tipo ser vigia noturno.

— Ele quer ser uma pessoa de verdade — falei.

— O quê? — Eliot estava se servindo de mais uísque.

— Como o Pinóquio, um boneco de madeira que queria ser um menino de verdade — expliquei.

— Ah, é — concordou Todd. — Quando ele mentia, o nariz crescia.

— Não foi só isso que cresceu quando ele virou um menino de verdade — brincou Eliot, rindo.

— O pobre do Murphy perdeu o cassetete — comentou Sally.

Eliot riu.

— É feio meter o cassetete?

— Nossa, essa festinha está ficando meio safada — comentei. — Vou calçar as botas e ir pra casa.

— Você já está em casa — disse Todd.

— Então é melhor *vocês* botarem a calça e irem pra casa.

— Ah, a noite é uma criança — respondeu Eliot.

— Mas já passou da hora dessa criança dormir.

Todd deu risada e me beijou.

Nessa hora, eu parei de rir. Ele me deu um beijo intenso e profundo, e senti seu corpo contra o meu. Fiquei dividida entre afastá-lo ou trazê-lo para mais perto, então percebi que eu queria empurrar, mas Sally queria puxar, e estava tudo se embaralhando. Seria assim quando fôssemos integradas? *Se* fôssemos integradas. Ali estava eu, quase aceitando.

Então Eliot deu um tapinha no ombro de Todd.

— Posso me intrometer?

Todd se afastou com uma grande mesura, e Eliot beijou Sally. Senti a mão no seio dela e a ereção lhe pressionando as coxas.

— Calma, Eliot — falei. — Não vamos exagerar. A festa acabou.

Ele esfregou o rosto contra a minha orelha.

— Pensei que estava só começando.

— Você se enganou.

— Quem é você agora? Bella?

— Ou Nola? — perguntou Todd.

Empurrei Eliot e olhei para os dois.

— Do que vocês estão falando?

— Não tinha amiga nenhuma, tinha? — indagou Todd. — Você queria sair com nós dois. Está toda confusa, e a Sally que a gente conhece nunca aprontaria uma dessas.

— Acho melhor vocês irem embora.

Os dois protestaram, mas eu não arredei o pé.

— Olha, rapazes, desculpem se dei a impressão de que fossem se dar bem hoje à noite. Vocês dois sabem dos problemas da Sally. Foi muito divertido, mas preciso dizer que a Nola e a Bella se foram. As duas foram integradas à Sally. E amanhã de manhã eu também vou me integrar. E depois disso seremos uma pessoa normal.

Isso fez os dois ficarem sérios. Eliot coçou a cabeça e assentiu.

— Uau, Sally, isso é ótimo. Fico muito feliz por você.

Mas sua expressão me disse que, para ele, todo o encantamento e toda a empolgação acabariam, porque Sally seria uma mulher comum — só uma conquista possível.

Todd pareceu genuinamente contente.

— Olha, as probabilidades estão favoráveis, e aposto que a sua bondade vai te dar um gás nesse final — disse ele. — Acho que já entendi o que aconteceu esta noite.

— E o que foi? — perguntou Eliot.

— Deixa pra lá — respondeu Todd. — Mas tenho a impressão de que a Sally quer passar o resto da noite sozinha. Ela deve ter muita coisa em que pensar. Sally, pode tirar o resto da semana de folga. Vamos pedir para a Evvie cobrir seus turnos.

Sally fez menção de protestar, mas apertei a mão de Todd e dei um beijo no rosto de Eliot.

— Obrigada, garotos. É ótimo ter amigos. Não sei se teria sobrevivido aos últimos seis meses sem vocês dois.

Quando eles se foram, Sally se sentou na cadeira de frente para Murphy e o encarou por um longo tempo.

— No que você está pensando, Murphy?

— Está tentando decidir se a gente deveria ou não aceitar a integração — respondi.

— Como você sabe?

— Sou a rastreadora, lembra?

— O Murphy não é uma das nossas personalidades.

— Talvez seja.

— Que história é essa? — questionou ela.

— Fala sério. Você deu vida a cada uma de nós ao fingir que a gente era de verdade. E aí criamos vidas próprias. O Roger diz que em vários casos as pessoas têm personalidades de idade, raça, até gênero diferentes. Você poderia imaginar que o Murphy é real, e então, só por esta noite, vai ter um homem que nem a Jinx consegue espantar.

Sally pensou a respeito. A ideia a fascinou. Eu só precisei plantar a semente. Sei que sou uma encrenqueira, mas sempre quis que Murphy também fosse uma pessoa de verdade, mesmo que só por uma noite. No dia seguinte, eu perderia minha identidade. Aquela era a última chance de Murphy encontrar a dele.

Ela fingiu que Murphy era de verdade. Falou com ele, ofereceu uma bebida. Acariciou sua cabeça.

— Vamos dançar, Murphy.

Sally pôs um disco para tocar e o tomou nos braços, dançando a passos lentos e sonhadores pela sala, como nos filmes antigos, do jeito que Donald O'Connor dança com um esfregão e Costello com uma manequim. Mas Sally estava fingindo que Murphy era um homem de verdade que a amava.

Então ouvi uma voz na cabeça dela. Foi sinistro, porque mesmo que eu tivesse estimulado a coisa toda, não achei que fosse mesmo funcionar. A voz dele era macia, grave, muito sexy, com um sotaque irlandês.

— Venho te observando pela vitrine — disse ele — e te querendo há muito tempo.

O rosto dele se suavizou. Os olhos azuis buscaram os dela com ternura. Sally queria seu abraço, e pensou que seria como tomar um demônio por amante.

— Você tem um primeiro nome?

— Só Murphy. O sr. Greenberg só me chama assim.

— Não se cansa de ficar parado naquela vitrine o tempo todo, com a mão erguida?

— É o meu trabalho. Não adianta reclamar.

— Mas deve ser chato. Ninguém para conversar, ninguém para fazer companhia.

Ele deu de ombros.

— A Derry às vezes me faz companhia enquanto você está dormindo. A gente tem longas conversas sobre a vida, sobre política e os problemas que você encara com tanta gente na sua cabeça.

— Você está na minha cabeça agora, Murphy.

— Só hoje — disse ele. — Não sou como as outras. Não estive contigo desde a infância.

Ela notou que Murphy a observou se despir com um olhar cheio de amor, e sentiu que ele era o homem mais carinhoso, gentil e compreensivo que jamais tinha conhecido — o tipo de homem que buscara a vida inteira. Tirou a roupa dele e o levou para a cama. Murphy a tocou com delicadeza, dedilhando sua pele, beijando seus olhos, seu pescoço, seus seios, tocando-a em todo lugar com a maior suavidade.

— Eu não posso... — disse ele. — Você sabe que não posso...
Ela o beijou.

— Não importa, Murphy. Passei a vida inteira fazendo isso em sonhos e fantasias. Não importa como o amor vem, desde que você me abrace.

Quando acabou, ele a agradeceu por fazê-lo ganhar vida, mesmo que apenas por uma noite.

— Não precisa ser só por uma noite — refutou ela. — Posso te manter escondido, e você vem me visitar quando eu estiver solitária ou triste.

"Não, Sally. Você não deve mais pensar assim."

Ela se sentou na cama e olhou ao redor do quarto. Era uma voz familiar.

"Você vai estragar toda a evolução que teve com o dr. Ash. Está caindo em velhos hábitos de tentar resolver seus problemas criando pessoas na sua mente."

"Você é o ajudante?"

"Isso, mas não vim te dar uma bronca. Vim te ajudar a se preparar para a integração com a Derry."

"A Derry também fala com o Murphy."

"Mas o Murphy não é uma das suas personalidades. E você vai atrapalhar as coisas se torná-lo real. Vai voltar a se fragmentar, em mais partes, e então mais e mais. Não há limite para o número de pessoas que podem habitar dentro de você se não mudar essa maneira de encarar a realidade."

"O que é a realidade?"

"Não vamos entrar nessa discussão, Sally. Como Nola, você sempre levou jeito com as palavras, mas ela deixava as palavras dominarem sua vida. Agora, precisamos usá-las para desenredar a teia, não criar mais fios embolados."

"O que devo fazer?"

"Deixe Murphy partir. Deixe que ele seja o que é: um manequim."

Sally concordou, e sentiu uma tristeza, sabendo que jamais voltaria a usar seus poderes para criar pessoas. Ficou de pé e vestiu o uniforme policial nele, depois o sentou na cadeira.

— Desculpa. Não posso fazer de você uma pessoa de verdade.

Depois que ela foi dormir, apareci e liguei a televisão. De início, só vi as barras coloridas, mas depois de um tempo o ajudante entrou em foco, e nós conversamos.

"Você é homem ou mulher?"

"Um pouco dos dois."

"Como assim?"

"Todo mundo é um pouco dos dois."

"Não sabia disso."

"O que você decidiu, Derry?"

Eu me remexi na cadeira, olhando para Murphy, com o meio-sorriso e o quepe inclinado sobre um olho. Endireitei o corpo dele, porque aquilo o fazia parecer com Fred, o que me deixava inquieta.

"E então?"

"Não sei. Estou com medo. Não quero morrer."

"Você sabe que não vai morrer. Sabe que o dr. Ash disse que você vai se tornar parte da Sally."

"Mas é um tipo de morte, porque não sei como vai ser. Não sei se vou estar consciente ou sonhando. Se vou ter pensamentos ou só desaparecer e não saber de nada. Não consigo mais falar com a Nola e com a Bella pra perguntar como é. Eu vejo traços delas na Sally, mas é como ver os traços dos pais nos filhos, mesmo que os pais estejam mortos."

"Vou estar com você, Derry, e vou mostrar o caminho. Em vez de considerar isso uma morte, considere como uma ressurreição."

"Já ouvi essa história."

"Mas não de mim. Eu estou do seu lado."

"Do meu ou da Sally?"

"Da Sally e..."

"Ahá!"

"Vocês duas são uma só."

"Isso não é verdade. Você sabe que não. Outras pessoas dizem isso porque não aceitam que possam existir pessoas diferentes dentro da mesma cabeça, mas você sabe muito bem que dá. Você está aqui e nos enxerga, sabe que não somos a mesma pessoa. Eu sou eu."

"É uma questão de definir a realidade."

"Espera aí. Você deu bronca na Sally quando ela usou essa palavra, começou a falar de realidade. Não é justo usar ela comigo."

"Tem razão, Derry, mas, a menos que siga as instruções do dr. Ash, você vai se fragmentar."

"Isso significa que a Nola e a Bella vão voltar?"

"Elas, não. Elas foram integradas. Mas outras podem ser criadas. Novas personalidades."

"Desconhecidas?"

"Sim. Acaba se tornando uma maneira fácil de evitar frustrações e raiva. O poder de criar novas personalidades fica descontrolado."

"Meu Deus!"

"Se não tomarmos conta, a mente vai se dividir sem parar, criando mais e mais pessoas, até a existência se tornar impossível."

"Parece um câncer."

"De certa forma, é muito parecido."

"Entendi."

"A escolha é sua, Derry. Deve ser um exercício do seu livre-arbítrio."

"Agora?"

"Agora."

Fiquei sentada no escuro, encarando a televisão, desejando poder enxergar se o ajudante era um homem ou uma mulher. A voz soava tão familiar. E mesmo relutante em dar uma resposta, eu soube que teria que concordar, porque era o que Roger queria de mim. Eu pretendia enrolar até o último instante. Talvez negociar um pouco com ele. Mas agora o ajudante interno estava me pressionando, e bastante.

"Tudo bem."

"Você tomou a decisão certa, Derry. Não vai se arrepender."

"Se eu me arrepender, vou voltar para te assombrar."

Desliguei a televisão e fui para a cama.

Acordei cedinho e levei Murphy de volta para a alfaiataria do sr. Greenberg antes que ela abrisse. Beijei o rosto frio e duro dele e disse:

— Se não fosse pelo ajudante, você poderia ter virado uma pessoa de verdade. Mas que bom que teve pelo menos uma noite de vida, mesmo que tenha sido apenas na cabeça da Sally.

Ele não respondeu, mas tinha um brilho nos olhos quando o coloquei diante da porta de vidro. Então ajustei o quepe e levantei a mão direita, virando-a para que guiasse o tráfego. Voltei a subir, torcendo para me lembrar de tudo aquilo depois de me integrar a Sally. Eu me perguntei quanto da minha memória permaneceria — se me lembraria de Nola, Bella, Jinx e de mim mesma. Ou então se seria como em *O céu pode esperar* — ou a versão original, *Que espere o céu* —, em que o herói, que morreu antes da hora, tem a mente apagada no final, quando recebe um novo corpo e uma nova vida. Minha nossa, isso seria horrível. Eu queria o meu passado. Era preciso ter um passado para ser uma pessoa de verdade. Deveria ter perguntado ao ajudante.

No apartamento, conversei com Sally enquanto ela tomava banho.

— Então nós duas nos decidimos, né?

Ela assentiu.

— Acho que a noite de ontem mostrou que a gente se dá bem. Somos diferentes, mas não incompatíveis. É melhor irmos para o consultório do Roger.

— Vai indo — respondi. — Tenho umas coisinhas pra resolver, mas te encontro depois.

Era um belo dia de outubro. O ar estava fresco, e o céu profundamente azul. Sally decidiu esbanjar e pegar um táxi. Estava contente que Roger lhe tivesse dado um dia para pensar. Agora estava certa de que a integração funcionaria.

Em seu consultório particular, Roger a observou silenciosamente enquanto trocava o curativo no ombro.

— Como está se sentindo hoje?

— Estou ótima.

Ele lhe deu um bloquinho para assinar seu nome e assentiu quando viu a caligrafia.

— Me conte o que aconteceu ontem, o que vocês decidiram.

Sally contou a ele sobre o encontro duplo com Eliot e Todd, e Roger achou graça. Contou como eles pegaram o manequim da loja do sr. Greenberg e o deixaram sentado durante a festa.

— Então você e a Derry se deram bem.

— Eu diria que sim.

— E o que decidiram quanto à integração?

Sally assentiu.

— Fico contente — respondeu ele. — Vou te colocar sob hipnose agora e chamar a Derry. Você pode compartilhar a experiência com ela.

— Eu vou lembrar?

— Em parte. As lembranças dela vão se mesclar às suas, mas você provavelmente não vai se lembrar da integração em si mais do que uma criança se lembra de nascer.

— Algumas pessoas dizem que recordam o trauma do nascimento.

— Mas a maioria não. — Ele estendeu a caneta dourada. — Agora, quero conversar com a Derry. Derry, *venha para a luz*.

— Olá, Roger — cumprimentei. — Que bom que você me chamou.

— Você deve ter ouvido nossa conversa. Concorda com a integração?

Fiz que sim.

— Mas tem uma coisa que quero que faça por mim, Roger. Sei que não é muito profissional, mas, no último instante, quero que me beije. Um beijo de verdade. Será como nos meus contos de fadas, em que o beijo acaba com o feitiço da bruxa.

Ele sorriu e assentiu.

— Está bem, Derry. Serei seu príncipe encantado. Meu beijo vai quebrar o feitiço, e seu sonho de ser uma pessoa de verdade vai se realizar. *Ele sabe o que há no escuro.*

Divaguei e, na escuridão, ouvi Roger dizendo:

— Vamos voltar, Derry, à época em que a Sally foi ludibriada a matar a Cinderela. Mas agora podemos tornar verdade a fantasia das sete vidas. Você está parada, olhando pra sua gatinha na terra, mas a vê voltando à vida, novinha em folha, com as quatro patas. É quase meia-noite e, agora que sabemos que a Derry na verdade é o coração de Cinderela, você vai mudar de volta para o que era antes da transformação. Os cavalos se transformam em ratos, a carruagem se transforma em abóbora, e você, Derry, volta a ser a Sally. Logo o relógio vai soar as doze badaladas, e na última você vai se integrar para sempre à Sally que eram antes.

Ele começou a contar, e eu vi Sally no baile, linda, inteligente, em um belo vestido branco, dançando com Roger. Quando o relógio começou a badalar, ouvi a voz dele, grave, mas embargada. Ele sabia que eu estava pesarosa de ir embora para sempre.

— Um... dois... três...

Ela desceu correndo a escadaria do palácio, que era colorida feito a curva de um arco-íris.

— Quatro... cinco... seis...

Correu tão rápido que perdeu um sapatinho de cristal. Precisava chegar em casa antes de se transformar.

— Sete... oito... nove...

Entrou na carruagem, ouvindo o cocheiro incitar os garanhões brancos pela estrada para que voltassem antes que batesse a meia-noite, antes que ela se transformasse de volta em uma pessoa comum.

— Dez... onze... doze!

O ajudante acenou com a mão. Roger se inclinou e me beijou ternamente na boca, e essa foi a última coisa que vivenciei como Derry. Fluí para ela, entreguei minha vida, e me tornei a Sally Quatro.

PARTE CINCO

16

Quando abri os olhos, vi Roger inclinado sobre mim, observando meu rosto com uma expressão ansiosa.

— Então você me encontrou, príncipe encantado.

— Só por via das dúvidas, me diga seu nome — pediu ele.

— Sally Porter.

— E como se sente?

— Como se tivesse passado muito tempo correndo no escuro. Como se tivesse perdido alguma coisa e me encontrado ao mesmo tempo. Sei que sou a Sally, mas sou a Derry também.

As palavras não expressavam muito bem meus sentimentos. Era uma sensação de preenchimento, de empolgação. O mundo era belo, e eu amava todo mundo que vivia nele. Não que eu fosse uma boboca estilo Poliana. Sabia que existia sofrimento, perda e maldade, mas não ao meu redor. Eu me sentia segura e feliz.

Então notei o curativo no ombro.

— Esqueci alguma coisa, não foi? Algo que reprimi.

Roger me ajudou a sentar.

— Você passou por uma experiência dolorosa. Vão existir cicatrizes, tanto físicas quanto emocionais.

— Pensei que estivesse curada. Por um momento, me senti tão feliz, tão completa.

— E deveria mesmo, porque já realizou muita coisa, e vai continuar se sentindo assim. Algumas lembranças enterradas podem retornar de vez em quando. Experiências esquecidas que serão dolorosas de reviver. Amores. Perdas. Rancores. Mas você as verá apenas como passado.

— Eu não sei do que você está falando. — Dei risada. — Nunca odiei ninguém.

Ele assentiu.

— Isso é porque você é uma pessoa gentil e maravilhosa.

Dava para ver que algo o perturbava, mas ele ainda não estava pronto para me contar o que era.

— Quero lhe dar algumas ferramentas que a ajudem a controlar os apagões. Hoje em dia, fala-se muito em "abrir mão do controle", em deixar que a persona domine e ponha de lado os processos cognitivos ou intelectuais. Para você, essa atitude romântica pode ser perigosa.

— Duvido que eu fosse cair em algo desse tipo — respondi.

— Ainda assim, às vezes você vai se sentir prestes a se perder. Agora, está basicamente por conta própria... não tem mais ninguém para socorrê-la. Você mesma terá que acompanhar seus pensamentos e ações...

— Ajudante e rastreadora.

— O quê?

— Essas palavras me ocorreram. Não foi como você chamou, certa vez? De ajudante interno e rastreadora?

— Isso mesmo. E, no lugar deles, você mesma vai ter que ser condutora e manobrista para manter a pista principal livre quando estiver seguindo a toda velocidade.

— Adoro as suas figuras de linguagem. Desde que eu não vire um trem desgovernado...

— Eu quero te ensinar alguns exercícios.

— Posso ser o Expresso do Oriente?

Ele me observou por um momento, me olhando fundo nos olhos, como se quisesse ver por trás da íris.

Me curvei para a frente, sobre os joelhos, aproximando nossos rostos.

— Eu vejo duas de mim — falei. — Uma em cada lente sua.

Ele segurou minhas mãos, depois as virou para cima.

— Você precisa entender que ainda existem duas de você — disse Roger.

Tentei soltar as mãos.

— Não diga isso. Nem brincando.

— Eu não estou brincando. Você precisa encarar certas coisas antes de sair daqui.

— Não quero escutar.

— Apenas o conhecimento pode protegê-la. Você passou por um tipo de cirurgia mental hoje. Tem alguém que vai tentar te fragmentar de novo. Alguém dentro de você que aumenta a raiva reprimida. Você precisa de armas para resistir.

— Gostava mais de quando você chamava de ferramentas. Armas me assustam.

— Tudo bem. Ferramentas — concordou ele. — Mas não quero que se concentre em como chamamos essas coisas. Já existem nomes demais. Nomes tendem a criar realidades só para ganharem forma. Mas vai haver sentimentos, intuições, impressões sutis. Você é uma pessoa muito sensível, Sally. Ainda vai sentir o que já me descreveu muitas vezes como um calafrio ou uma aura antes da dor de cabeça e do apagão. Você já me disse que o aviso dura apenas poucos segundos.

— Não me lembro de dizer isso.

— Até suas lembranças voltarem, precisa confiar nas minhas gravações e anotações. Durante esses poucos segundos de aviso, você vai ter a chance de reter o controle. Vou te dar uma sugestão pós-hipnótica para que, quando juntar as mãos com força e apertar três vezes, seja capaz de impedir o apagão. Sempre que sentir a aura, vai fazer isso, e a sensação, a tensão e a dor de cabeça vão passar. Você vai continuar no controle.

Falei que estava entendendo.

— Muito bem, então, Sally. *Ele sabe o que há no escuro...*

Roger me olhava nos olhos quando saí da hipnose.

— Como se sente?

— No controle — respondi. — Tenho uma sensação de presença. De estabelecimento. Como se estivesse firmemente ancorada ao aqui e ao agora. Não sei por que, mas é um sentimento novo. Como se antes eu estivesse à deriva.

— A sensação é boa?

Pensei um pouco e assenti.

— Me faz me sentir mais real, de alguma forma.

Ele apertou minha mão, e eu apertei a dele de volta.

— É disso que estou falando — indiquei. — Firme, real, bom.

— Esse sentimento deve continuar e crescer. Ah, de vez em quando talvez você se sinta irreal. Todo mundo passa por essa sensação de leveza... fantasia... ilusão. Mas, se sentir o aviso do apagão ao mesmo tempo, sabe o que fazer. Lembra o que é?

Uni as mãos e apertei três vezes.

Quando a sessão acabou, não resisti a me inclinar e beijar o rosto de Roger.

— Eu me sinto ótima, e devo tudo isso a você. Você é o melhor médico do mundo.

Ele sorriu.

— E eu devo muito a você, Sally. Tenha um bom dia. Nos vemos nesse mesmo horário depois de amanhã.

Deve ser assim que as crianças veem o mundo, pensei, do lado de fora do prédio. *Com olhos puros. Avaliando cada rosto. Absorvendo cada vitrine, erguendo o rosto para ver a arquitetura de lugares pelos quais já passamos milhares de vezes e nunca reparamos.* Na rua 57, observei as galerias de arte. Os escritórios de companhias aéreas na Quinta Avenida me lembraram de todos os lugares que Roger e eu poderíamos visitar, tudo que poderíamos ver. Claro, ele provavelmente já tinha ido à Europa, mas, ao mostrá-la a alguém, ele também a veria com novos olhos. Com meus olhos. E eu veria as coisas pelos olhos dele.

Sabia que Roger me amava. E parte de mim o amara desde aquele primeiro dia em seu consultório. E daí que ele chamava de transferência? Eu lhe mostraria que era mais do que isso. Ele mudara nos últimos meses. Tornara-se mais carinhoso, mais gentil.

Ao ver uma mãe conduzindo duas criancinhas, de repente percebi que eu também tinha mudado. Não pensava nos meus filhos desde a última ligação para Larry. Isso me incomodou. Tempo. Como um elástico embolado. Alguns dias se transformavam em eras. Outros dias, até mesmo semanas, tinham simplesmente desaparecido, e tudo estava misturado e emaranhado. Mas como eu podia ter me esquecido de Pat e Penny? Pensei que precisava ir vê-los. Uma visita surpresa. Mas isso não daria certo. Tinha uma noção vaga de que andara perturbando Larry com ligações que nunca me lembrava de ter feito. Eu ainda amava e desejava Larry. Não, espera. Não o amava, e com certeza não o desejava. Que sentimento era aquele? Parei no Rockefeller Center e me sentei em um dos bancos. Parte de mim o amava porque ele tinha se casado comigo e me tirado daquele lugar horrível que eu chamava de lar. Mas não era amor. Era dependência. Era assim também com Roger?

Encontrei uma cabine telefônica e revirei a bolsa à procura de moedas. Disquei e, depois de três toques, Anna atendeu.

— Não desligue — pedi. — É a Sally.

— Ai, meu Deus! De novo, não.

— Olha, Anna, eu mudei. Estou ligando para me desculpar com você e com o Larry por toda a confusão que arrumei. Entendo que vocês foram muito pacientes, mas prometo que não vão ter mais problemas comigo. Andei me consultando com um médico maravilhoso e acho que estou curada. Não era loucura nem nada do tipo. Era uma coisa chamada personalidade múltipla. Você já deve ter lido a respeito ou visto na televisão. Eu tive isso. E meus problemas eram por causa das outras personalidades. Na maior parte do tempo, eu nem lembrava o que tinha feito.

— *Sally?*

Era a voz de Larry. Ele devia ter pegado a extensão.

— É, a Sally por inteiro desta vez, em pleno controle de suas faculdades mentais. Recuperei a maior parte das minhas memórias e...

— Sua voz está diferente — comentou ele.

— É um dos truques dela — interveio Anna.

— Não te culpo por desconfiar, mas você precisa compreender que, das outras vezes, eu era várias pessoas diferentes. Posso fazer uma visita qualquer dia, explicar tudo para vocês. Mas, principalmente, gostaria que o Pat e a Penny soubessem, entendessem por que as coisas eram daquele jeito. Se eles entenderem que os amo de verdade e que nunca quis magoá-los, eu já ficaria satisfeita.

— Muito plausível essa sua história — ironizou Anna.

— Espera um minuto — disse Larry. — Sally, você ficaria mesmo satisfeita com isso?

— Eu juro.

— Mas ainda vai querer eles de volta, não é?

— Seria mentira se eu dissesse que não, mas entendo que não seria o melhor para eles. Os dois precisam de estabilidade, e sei que você e a Anna criam eles com amor.

— Bem, pensei que estivesse ligando para desejar feliz aniversário pros dois — disse Larry. — Se você quiser...

— Eu esqueci! — gritei. — Meu Deus, Larry, esqueci completamente. É hoje? Não, espera. Amanhã.

— Vai ter uma festinha amanhã de tarde. Se quiser dar uma passada, acho que não vai ter problema.

— Ai, Larry, obrigada. Vai dar tempo de comprar presentes. E não se preocupe, não vou arrumar nenhum problema. Já estou totalmente sob controle.

Desliguei e caminhei rapidamente rumo à Sexta Avenida, desejando saber as coisas que eles já tinham, do que precisavam, o que queriam. Eu os conhecia tão pouco. Era difícil admitir que meus próprios filhos me eram estranhos. Andara tão envolvida em meus próprios problemas que não chegara a vê-los crescer.

Perambulei pelas lojas, tentando encontrar alguma coisa que fosse permanecer com eles por um longo tempo e ter um significado especial. De início, pensei em dar a Pat um jogo de xadrez de mármore e ébano com um tabuleiro ornamentado, mas então me dei conta de que nem lembrava se o ensinara a jogar. Ai, meu Deus, eu nem sabia ao certo quantos anos eles tinham. Espera. Isso dava para descobrir. No ano seguinte à minha formatura do colégio, eu devia ter 19. Ou tinha 18? Não, 19. Então os gêmeos tinham 11 anos. Não, no dia seguinte seria seu aniversário de 10 anos. Bem, se eu tinha 29... Ou será que eu tinha 28? Procurei desesperadamente na bolsa pela minha carteira de motorista, então me recostei, sem forças, no balcão. Eu tinha 29 anos, e os gêmeos 10. Mas fiquei assustada de constatar os furos na minha memória.

Por fim, escolhi um conjunto de tinta a óleo para Penny e uma câmera para Pat, e dois romances contemporâneos. Mandei embrulhar para presente e voltei ao apartamento para jantar cedo e me preparar para encontrar meus filhos e meu ex-marido.

No ônibus para Englewood, tive uma estranha sensação de déjà-vu. Embora eu tenha me garantido de que nunca havia feito aquele percurso para a nova casa de Larry nem conhecido sua esposa, Anna, imaginei uma construção feia de dois andares, vermelha e amarela, com quatro pilastras romanas e um gramado com um poste que imitava uma lâmpada a gás.

Ao chegar, me sobressaltei ao ver que tinha visualizado a casa certa na cabeça. Não podia ser um déjà-vu. Eu devia ter estado ali antes. A lembrança enterrada tinha agora sido desencavada, como quando o oceano revolvia as camadas de areia da praia e revelava o esqueleto descolorido de algum animal marinho.

Eu tinha certeza de que nunca estivera ali, mas a imagem de um policial em um Mercedes velho surgiu em minha cabeça. A casa, uma perseguição de carro, um policial.

Rapidamente voltei a encobrir aquele esqueleto mental, mas a silhueta permaneceu, como uma escultura de areia.

Quando me aproximei da casa, Anna saiu para me receber. Fiquei impressionada com o quanto ela era pequena, como seus olhos eram redondos. Ela se movia rápido, com gestos curtos e aguçados, como um esquilo pronto para fugir diante do primeiro barulho alto.

— O Larry foi buscar o bolo — disse ela. — Ele volta logo.

— Bela casa — comentei.

— Que bom que você gostou. Acho que o lampião a gás dá um ar nostálgico que está na moda.

— Sei que cheguei cedo, mas admito que estava ansiosa para vir.

— Entre. Você pode ver o Pat e a Penny antes que as outras crianças cheguem.

Eu a segui até uma sala de estar cheia de estatuetas, bugigangas e flores artificiais em imitações de vasos Ming. As paredes estavam cobertas por paisagens românticas ao extremo, retratando ruínas romanas em jardins vitorianos.

— Adorei esta sala — falei. — Tantas coisas bonitas.

— Sempre achei que as crianças deveriam viver cercadas por arte.

Pat e Penny apareceram na porta da sala, curiosos, mas retraídos, como se não soubessem bem como me cumprimentar. Fiquei alarmada ao ver como tinham crescido em um ano. Ainda estavam bem bronzeados do verão. O cabelo ruivo de Pat estava curtinho, e ele usava calças cáqui e um blazer azul-marinho. O cabelo de Penny fora arrumado em cachos grossos, e ela usava um vestido de organza verde. Os dois pareciam saídos de um catálogo escolar. Odiei Anna por fazer aquilo com eles.

Estendi os braços, e os dois se aproximaram, relutantes. Eu os abracei e beijei, mas fiquei magoada com a rigidez obstinada.

— Vão mostrar o quarto de vocês à sua mãe enquanto termino de arrumar a mesa do bolo — pediu Anna. — Tenho certeza de que ela vai gostar de ver as coisas bonitas que vocês têm.

Fiquei contente em ver, pelos livros abertos nos quartos, que os dois ainda gostavam de ler. Conversamos sobre livros e esportes, e Pat ficou impressionado com meu conhecimento sobre futebol americano. Falei que tinha certeza de que o Dallas Cowboys estaria nas eliminatórias e chegariam ao Superbowl de novo naquele ano. Pat era torcedor do Giants, mas concordou que era muito legal ver Roger Staubach preparar a ofensiva para a terceira descida ou se desviar de problemas enquanto era pressionado a fazer um passe rápido.

— Sempre amei futebol americano — falei. — Fui líder de torcida na escola.

— Você nunca me contou isso — disse Pat. — Por quê?

— Ah... — Dei uma risadinha. — Devo ter mencionado. Você só não lembra.

— Eu lembraria! — respondeu ele, teimoso. — Tenho boa memória!

Do que eu estava falando? Nunca tinha gostado de futebol. Não sabia nada a respeito, nem quem era Staubach ou o que era uma ofensiva. Mas aquilo fizera sentido para Pat, então o que eu havia dito não devia ser pura baboseira. De onde eu tirara tudo aquilo? Desde quando eu tinha sido líder de torcida?

— Eu odeio futebol americano — contrariou Penny. — É violento demais.

— É o que a Anna diz — reclamou Pat. — Ela não me deixa assistir.

— O papai já deve estar voltando — comunicou Penny. — Você vai ficar toda esquisita quando ele chegar?

— Como assim?

Pat deu uma cotovelada nela, e Penny se calou.

Achei melhor não insistir no assunto, mas depois de um tempo de ponderação, enquanto Pat me mostrava sua nova coleção de adesivos, Penny soltou:

— Eu também não me lembro de você contar sobre ter sido líder de torcida. Se nós dois esquecemos, será que estamos ficando iguais a você?

— Como assim?

— A Anna disse que o papai contou pra ela que você esquece depois que faz suas esquisitices. Se um de nós esquece alguma coisa ou mente, ela grita com a gente e diz: "Você puxou à sua mãe".

Pat deu outra cotovelada de aviso nela, mas Penny olhou feio para o irmão.

— Mas é verdade. Ela diz isso mesmo.

Fiquei atordoada, sentindo o rosto quente, sem saber para onde correr, onde me esconder.

— Você está bem, mamãe? — indagou Pat.

— Estou, só um pouco tonta. Acho que tive um tipo de doença que me fazia esquecer muita coisa, mas eu não era mentirosa. É só que as pessoas me acusavam de estar mentindo quando eu esquecia as coisas que tinha feito.

— A gente vai ficar que nem você? — perguntou Penny.

— Claro que não, meu bem. O fato de uma mãe ter uma doença não significa que os filhos também vão ter. Tenho certeza de que vocês dois têm uma memória excelente.

Penny esfregou o punho contra a bochecha.

— Na semana passada eu esqueci meu dever de casa. — Ela começou a soluçar. — E perdi a mesada. E o Pat se esqueceu de responder à última questão no verso da prova de matemática.

— Isso não significa n...

— Estamos ficando que nem você! — A voz dela soou estridente. — Eu não quero ser como você! Por favor, não me deixa ser como você!

Pat bateu nela, que berrou e o chutou de volta. Ele a pegou pelo cabelo e gritou:

— Cala a boca! O papai falou pra não irritar ela, senão ela ia fazer ruindade com a gente.

Senti o calafrio, a tensão no ar, a dor começando na base do crânio. Precisava fazer alguma coisa. O que era? Não conseguia lembrar. A aura estava forte, como se uma estática elétrica e gelada percorresse meu corpo.

Ao ver Pat e Penny brigando, senti de repente um enorme desprezo pelo meu filho. Queria pôr as mãos nele, ao redor daquele pescocinho, e estrangulá-lo.

Então lembrei. Juntar as mãos e apertar três vezes. Eu apertei e apertei e apertei. A aura desvaneceu, e meu corpo, que tinha ficado dormente e gelado, começou a se aquecer.

— Olha só ela! — gritou Penny.

Os dois estavam me encarando.

— Você vai desmaiar? — perguntou Pat.

— Não machuca a gente! — berrou Penny.

Pat saiu correndo do quarto.

— É melhor chamar a Anna! — gritou ele.

— Não! — Soltei um arquejo. — Não pretendo machucar ninguém. Estou bem. Foi só uma tontura. Por favor, não incomodem ela. Já estou de saída.

Desci correndo a escada, de volta à sala atulhada que me causara claustrofobia. Anna veio da sala de jantar.

— O Larry já devia ter chegado. Não sei por que está demorando tanto.

— Não posso ficar — respondi. — Tenho um compromisso importante.

Ela me lançou um olhar desconfiado, depois aliviado.

— Tem certeza? A Penny e o Pat estavam doidos para comer o bolo de aniversário com você.

Quis gritar "Mentirosa!", mas forcei um sorriso.

— Não tem problema. Estou de dieta, de qualquer forma. É até melhor, pois assim eu não caio em tentação.

— Entendo. Vou dizer pro Larry que você passou aqui.

— Manda um oi pra ele.

— Ele vai ficar com pena de não te encontrar.

Precisava ir embora antes que Larry voltasse. Algo me dizia que, se eu o visse, exercício de autocontrole algum, aperto de mãos algum, me impediria de ter um apagão.

Enquanto caminhava para o ponto de ônibus, vi um carro com um motorista parecido com Larry. Ele virou a cabeça e me chamou, mas eu continuei olhando adiante, fingindo não o ver nem o ouvir. Apressei o passo, quase correndo. O veículo deu ré.

— Sally? A casa fica pro outro lado. Entra.

Não tive coragem de responder ou sequer olhar para ele.

— Você está bem, Sally?

Continuei andando. Olhos à frente. Então vi a expressão aborrecida dele, que voltou a passar a marcha e partiu com o carro.

Quando entrei no ônibus, todo mundo se virou para olhar a moça apertando as próprias mãos e chorando.

17

Roger disse que era um bom sinal que eu tivesse conseguido impedir o apagão e a troca.

— Troca para o quê?

— Acho melhor não entrarmos nessa questão — disse ele. — Por enquanto, o melhor é deixarmos algumas coisas no escuro.

Mais esqueletos cobertos de areia.

— Pensei que a base da terapia profunda fosse justamente trazer à tona o material reprimido, para que não causasse sintomas incapacitantes.

— Concordo, na maioria dos casos. Mas você precisa de tempo para se acostumar à nova Sally. Ainda está vulnerável. Seus sentimentos com os gêmeos sugerem que a hostilidade está à flor da pele.

— Então eu tive razão em fugir?

Ele assentiu.

— Foi o primeiro teste do exercício de autocontrole. É como uma barragem nova: não se aplica uma pressão gigantesca de uma só vez. É preciso fortalecer a resistência aos poucos para prevenir um colapso.

— Ver o que estava acontecendo com meus filhos doeu tanto que pensei que eu fosse desabar.

— Mas você não desabou, e acho que deve ser recompensada por isso.

— Ainda usando modificação do comportamento?

— De certa forma. Recompensar o que queremos reforçar, punir comportamentos que desejamos alterar. Muitas pessoas fazem oposição moral a esse método, mas entrei em contato com outros psiquiatras que trabalham com personalidade múltipla, e eles dizem que é uma ferramenta útil.

— Está bem. Me recompense.

— O que você quer?

— Saia comigo. Vamos dar uma volta pela cidade. Agora mesmo.

Os olhos dele nublaram, e eu retirei o que tinha dito:

— Se você acha que tem problema, é claro que...

— Ah, não, eu adoraria sair com você. É só que tenho outros pacientes hoje. E você sabe como é chato ter uma consulta cancelada.

— É mesmo. Me desculpa. Foi insensível da minha parte. É que estou de folga, então nem pensei nisso.

— Mas estou livre de noite — acrescentou ele, rápido. — O que quer fazer? Jantar? Teatro? Ou dançar?

— Que tal os três? Ou será que é pedir demais?

— Está marcado.

Queria beijá-lo, mas me segurei. Precisava conter minhas demonstrações de alegria, usá-las de pouco em pouco. Como disse F. Scott Fitzgerald certa vez, a conta bancária emocional estava minguando. Não queria sacar minha alegria toda de uma vez.

— Está bem — respondi. — Vou dar uma volta sozinha, manter a cabeça ocupada até de noite. Tenho a impressão de que a cidade vai me parecer diferente agora, porque eu estou diferente. Entende o que quero dizer?

— Consigo imaginar, mas não tenho como saber de verdade. Diria que vai ser como voltar a um lugar depois de ter passado muitos anos longe. A pessoa muda e depois enxerga tudo sob a perspectiva dos novos conhecimentos e experiências. Tudo continua igual, mas parece diferente.

Combinamos de nos encontrarmos no Horseman Knew Her para jantar, e de lá iríamos para alguma peça off-Broadway. Roger me levou até a porta do consultório, mas, antes que pudesse me dar as costas, eu o beijei. Ele se retraiu. Senti seus braços tensos, mas então ele relaxou. Embora não tenha correspondido ao beijo, fiquei feliz que não tivesse se afastado.

Como íamos nos encontrar no Village, decidi já passar a tarde por lá. Peguei o metrô até o Washington Square e fiquei feliz de me deparar com o outdoor de uma exposição de arte de fim do outono.

Olhar as pinturas me gerou outro calafrio de reconhecimento. Afastei a sensação, observei os jogadores de xadrez, depois as crianças brincando no parquinho.

Às cinco, fui para a cafeteria me encontrar com Roger.

O Horseman Knew Her estava celebrando uma expansão. Quando adentrei a multidão ali no novo espaço, notei que as paredes do cômodo também estavam cobertas com jornais europeus, mas, ao contrário das folhas amareladas do salão principal, aquelas eram novas, dando ao local uma atmosfera brega de falsa pobreza. O velho e o novo não se misturavam. Talvez, quando aqueles jornais recentes amarelassem, fossem se encaixar melhor com os antigos.

Abe Colombo me viu e saiu de trás do balcão com uma expressão irritada.

— Você não é bem-vinda aqui, Nola.

Fiquei na dúvida se tinha ouvido direito.

— O quê?

— Qualquer pessoa que rasga as telas de outro artista é um merda.

— Do que você está falando?

— Se quer destruir o próprio trabalho, tudo bem. Um artista tem esse direito. Mas estragar as obras de outra pessoa é a coisa mais...

— Eu não sei do que você está falando.

— Se a Mason te pega aqui, ela te mata. Eu não quero confusão.

— Juro que não fiz nada com as telas dela.

— A Mason disse que fez, sim. É melhor dar o fora.

— Mas vou encontrar uma pessoa aqui — respondi.

— Eu já falei que a Mason vai partir pra cima se te vir aqui. Ela vem toda noite. Estou pedindo pra você ir embora antes que ela chegue.

Senti a raiva aumentando, minha respiração ficando pesada.

— Este lugar é público, e eu não fiz nada pra ser tratada desse jeito. Se quiser, pode me botar pra fora, mas vai ter que ser à força. E aí a gente se vê no tribunal.

Minhas mãos tremiam enquanto eu fazia um esforço consciente de mantê-las abertas, embora sentisse o suor nas palmas.

Abe me encarou.

— Eu gostava de você, sabia? Está avisada: se arrumar briga com a Mason aqui dentro, eu é quem vou prestar queixa.

Ele se afastou e eu me sentei numa mesinha redonda perto da janela. Meu corpo tremia, e senti uma dor de cabeça. Queria atirar longe o cinzeiro, o saleiro e o pimenteiro, mas não fiz isso. Precisava manter o controle. Fiquei sentada à mesa, as mãos unidas com força, como se estivesse em uma carteira escolar, olhando através da janela. Rezei para que Roger chegasse logo.

A esposa de Abe, Sarah, vestindo o collant preto e avental branco, começou a vir na minha direção com o menu de quadro-negro, mas então mudou de ideia e passou direto por mim. Eu tinha certeza de que todo mundo estava me observando, cochichando a meu respeito. Então ainda havia algo perdido, lembranças ainda enterradas. Eu me lembrava de ter visto Mason pela última vez no dia em que mostrara minhas pinturas para Todd. Lembrava-me dele me beijando, me puxando para o sofá. E só. Mas devia ter acontecido alguma outra coisa para que eu me sentisse como me sentia naquele momento — com vontade de destruir aquele lugar. Só que eu não faria isso. Ficaria sentada ali, fervilhando, e quando Roger chegasse nós iríamos jantar em outro restaurante.

Kirk Silverman entrou. Fiz menção de acenar para ele, que fingiu não me ver. Lembrava-me de ir a sua festa, mas não de sair dela. Eu seguia recolhendo as peças pela metade... Meu Deus, quando é que preencheria os furos e conheceria minha própria história?

Então, pela janela, vi a figura atarracada de Mason marchando rumo à cafeteria mais ou menos no mesmo instante em que ela me viu.

Eu não conhecia Mason muito bem, só sabia que era integrante da Coalizão Gay, e me lembrei de que gostara dela de cara ao alugar parte de seu loft para usar como estúdio. Ela tinha uma aparência masculinizada e, embora eu a considerasse um pequinês enfezado, mas amigável, agora parecia prestes a morder. Meu primeiro impulso foi sair pela porta dos fundos, mas ela já tinha entrado, e atravessava a multidão rumo à minha mesa. Sarah Colombo também a viu e a interceptou. As duas estavam longe demais para eu conseguir distinguir as palavras de Mason, mas seu rosto estava vermelho quando passou por Sarah e veio em minha direção.

— Eu estava te procurando, sua puta desgraçada!

Fiquei sentada, me controlando, mas meu coração estava acelerado, e minhas mãos, suando. Tentei me defender:

— O Abe me contou o que você disse. Juro que não tenho nenhuma lembrança de destruir as suas telas.

— Mentirosa de merda! Vamos lá fora que eu te ajudo a lembrar.

— Não tenho intenção alguma de brigar com você — falei. — Se você afirma que destruí suas coisas, então eu pago. Sempre gostei de você, Mason. Por favor, tente entender, eu andei doente. Não estava bem da cabeça e...

Ela me deu um tapa na cara.

— Isso é só pra começar! — berrou ela. — Agora vou acabar com a sua raça!

Senti os calafrios, o começo de uma aura, mas resisti. Precisava manter o controle. Havia coisas demais em risco para eu sofrer um apagão. Uni as mãos.

Ela agarrou meu braço e me puxou da cadeira, separando minhas mãos e me arrastando pela multidão, que abriu caminho e formou um círculo ao redor da briga. Abe veio na nossa direção, mas, quando viu que Mason estava me segurando, parou e cruzou os braços.

— Mason, para! — implorei, tentando juntar as mãos. — Eu juro. Pelo amor de...

Ela moveu o punho livre e me acertou na barriga, me deixando sem ar. Caí, e ela caiu sobre mim e segurou meus braços contra o chão. Deus sabe que eu não queria brigar, não queria mesmo, mas ali, no chão, tive a súbita impressão de que, caso não me defendesse, outra pessoa defenderia. Lutei para soltar meus braços, e então, com a dor de cabeça começando, dei uma joelhada nas costelas dela e me libertei.

Girei, passei um braço pelo pescoço dela e a segurei num mata-leão. Não fazia ideia de como tinha aprendido aquela técnica de luta. Ouvi Mason grunhir e arquejar. *Quebra! Quebra o pescoço dela!*, disse alguém, e eu soube que bastava um movimento brusco para fazer isso.

Uni as mãos, palma contra palma, dedos entrelaçados, com o braço ainda em volta do pescoço dela. Dei uma apertada.

Mata ela! Mata essa vagabunda!

A princípio, pensei que fosse alguém na multidão me estimulando, mas depois percebi que a voz vinha de dentro de minha cabeça. Estava me movendo lenta e deliberadamente, mas ao meu redor tudo acontecia rápido e aos trancos, como em um filme antigo.

Mason se debatia, tentando alcançar minha cabeça, mas eu a evitava. Estava calma agora, totalmente no controle. Puxei o braço esquerdo com a mão direita, o bastante para interromper a respiração dela por um momento, mas não tentei machucá-la enquanto apertava as mãos uma segunda, depois uma terceira vez.

— Quero falar com você — avisei, devagar. — Vou soltar o aperto o suficiente para você respirar, mas quero que me escute com atenção. Mexe a cabeça se concorda em parar de resistir.

Ela concordou com um gorgolejo, e eu relaxei o aperto, mas mantive o controle.

— Não comecei essa briga, mas sou um tanto mais forte do que pareço. Se eu quiser, posso quebrar seu pescoço. Está entendendo?

Ela assentiu.

— Eu estava doente. Não posso explicar agora. Você vai ter que acreditar que tive um apagão e não fiz nada com as suas telas de forma consciente. É como quando a pessoa está chapada e não se lembra de nada depois. A diferença é que a gente escolhe ficar chapado, mas eu nunca escolhi os apagões. Quero me desculpar pelo que ela... pelo que eu fiz, mas preciso que você prometa, na frente de todo mundo, que se eu te soltar você não vai me atacar de novo. Se isso acontecer, posso perder o controle e te machucar de verdade. Não é o que eu quero, mas às vezes faço coisas sem me dar conta. Neste momento, estou no meu limite.

Ouvi a severidade desesperada na minha própria voz. Mason virou ligeiramente a cabeça para me olhar, o ódio nos olhos se transformando em medo. Ela assentiu e arfou:

— Está bem... Me... solta. Não... vou... fazer nada...

Eu a soltei, e ela rolou e esfregou o pescoço com as duas mãos. Fiquei de pé, e ela também.

— Vou embora — falei. — E não vou mais voltar aqui. Se nos esbarrarmos por aí sem querer, é melhor só passar direto. E repito: me desculpa.

Ela recuou, e fui até a mesa buscar minha bolsa. Então dei uma última olhada em volta da cafeteria e saí.

Roger me alcançou quando eu estava atravessando a rua MacDougal e examinou meu rosto.

— O que aconteceu?

De repente, a força, a tranquilidade, a confiança me abandonaram. Senti que ia desabar. Ele segurou meu braço e me manteve de pé.

— O que foi, Sally? Qual é o problema?

Comecei a chorar.

— Me leva pra casa, Roger. Estou com frio. Ai, por favor, me leva pra casa.

No táxi, contei entre soluços o que se passara.

— Eu queria matá-la, depois fugir e encontrar um porão escuro pra me esconder e cortar minha própria garganta.

— Mas não fez nenhuma dessas coisas — respondeu ele. — Algumas semanas atrás, talvez até alguns dias atrás, você teria tido um apagão. Desta vez, se manteve firme, se defendeu, sozinha, por conta própria. Estou orgulhoso.

— Mas eu quis matá-la.

— Isso é humano. Controlar esse impulso é maduro e civilizado.

Quando chegamos ao apartamento, ele pagou o taxista e começou a me desejar um boa-noite na entrada do prédio.

— Você precisa subir, Roger. Não posso ficar sozinha agora.

Ele hesitou, então assentiu. Passei o braço pelo dele enquanto subíamos as escadas.

— Por que não lembro o que aconteceu com as telas da Mason? Por que tenho essas lacunas?

— Todos nós temos lacunas sobre várias coisas na vida, Sally. Reprimimos experiências dolorosas, apagamos traumas e sonhos, deixando buracos na memória. Ao longo dos anos, alguns se fecham, como feridas criando casca, remendados para sempre. Outros escorrem, como cortes infeccionados. Os dois são dolorosos, mas você está aprendendo a lidar com eles.

— Não estou curada, estou, Roger?

— Está no processo, Sally.

— Mas ainda não me curei. Tem alguma coisa que não estou sabendo.

— Não podemos apressar o aprendizado.

Eu me sentei no sofá ao lado dele e deitei a cabeça em seu peito. Ouvi o coração batendo acelerado.

— Mas preciso apressar, Roger. Tenho um pressentimento horrível de que algo vai acontecer comigo. Preciso viver cada minuto de cada dia porque alguém ou alguma coisa vai me roubar o tempo. Eu sempre trancava a porta para que ninguém roubasse meu dinheiro ou minhas coisas, mas nunca me dei conta de que o tempo todo havia alguém roubando horas e dias da minha vida. E isso é uma coisa que não dá pra comprar mais. Não dá pra economizar, cobrar juros, investir. Só posso gastar, um segundo de cada vez. E essas outras pessoas se esgueiravam pela minha cabeça a qualquer hora do dia ou da noite, roubando meu tempo. Eu perdi tanto que sinto que preciso correr para compensar.

— Você está tremendo, Sally.

— Me abrace, Roger. Estou desmoronando.

Ele me abraçou apertado.

— É o choque do que aconteceu com a Mason. Shhhh. Vai passar. Tente relaxar. Vou fazer o que puder para acalmar você. *Ele sabe o que...*

Eu o interrompi com um beijo. Me agarrei a ele e pressionei nossos lábios. Sua boca retribuiu de um jeito demorado e profundo.

Então ele se afastou e me olhou nos olhos.

— Por que você me impediu de te hipnotizar?

— Porque quero ficar no controle, Roger.

— Eu não devia ter te beijado.

Cobri seus lábios com um dedo.

— Fui eu que te beijei — respondi, e o beijei de novo, dessa vez de leve, só um roçar de lábios. — Eu te amo, Roger.

Ele balançou a cabeça, me afastou e se levantou para me encarar.

— Isso não é certo, Sally.

— Você também me quer. Eu sei disso.

— Preciso ir.

— Não pode me deixar assim. Se não quer me possuir, pelo menos me dê amor.

— Não consigo! — gritou ele. — Você não percebe que eu não consigo? Pelo amor de Deus! Foi por isso que a minha esposa se matou.

Suas palavras me atingiram feito um tapa na cara. Eu o encarei.

— Do que você está falando?

— Quando um homem está exausto, toda a vida dele é afetada, não só a relação com os pacientes. Quando se está cansado e estressado, você para de se importar com os outros. Só segue o fluxo, mas na verdade está morto por dentro.

Ele começou a andar de um lado para o outro, balançando a cabeça e desabafando.

— Por anos escondi o fato dos meus colegas, até dos meus pacientes, mas não pude esconder da minha esposa. Tentei fazê-la entender que não era culpa dela, que não era devido à possibilidade de amá-la menos. Estava exausto, física e emocionalmente, porque a mente e o corpo são *uma coisa só*. Não dá para usar apenas parte de si mesmo, passar dia e noite trabalhando com pessoas em sofrimento mental, forçar sua mente além dos limites, e esperar que seu corpo não vá ser afetado. Aos poucos, você é consumido. No começo, se importa com as pessoas e se dedica a elas. Mas depois, a repetição, as investidas constantes, dia após dia após dia, ano após ano, criam um distanciamento emocional, e você se torna indiferente. Já usou toda sua compaixão, e não sobrou nada para si mesmo ou pra sua família. Mas você esconde esse fato, porque sabe que esperam que você seja compassivo, então finge ter compaixão. E começa a se odiar por ser um hipócrita. Você racionaliza, pensa que está fazendo isso porque as pessoas precisam de você, mas é outra mentira. Elas sentem sua frieza, seu distanciamento. Principalmente os esquizofrênicos, que são muito sensíveis. Ah, meu Deus, as pessoas sabem quando você está apenas fingindo se importar, e a culpa por viver uma mentira apodrece sua alma.

Havia lágrimas nos olhos dele; ainda que eu quisesse abraçá-lo, não ousei interromper a confissão.

— Minha esposa sabia. Ela era uma mulher delicada, vulnerável. Quando parei de conseguir fazer amor com ela, a Lynette se culpou. Palavras carinhosas não podiam compensar a falta de reação do meu corpo às necessidades dela.

Roger me encarou.

— Você não entende? Ela não cometeu suicídio. Eu a matei... como se tivesse colocado pessoalmente a corda no pescoço e no galho, depois chutado a cadeira sob seus pés. Fui eu. Porque sou uma farsa. Um homem vazio, arrasado, perambulando por aí como se ainda estivesse vivo.

Segurei as mãos dele, e Roger me deixou puxá-lo para mais perto de mim.

— Que bom que me contou, Roger, mas, como você disse, as pessoas em sofrimento mental sabem quando você está fingindo se importar, e também sabemos quando está fingindo *não* se importar.

Os olhos dele me examinaram. Ele começou a protestar, mas cobri sua boca com a mão.

— Me deixa falar — pedi. — Você *até* pode ter tido burnout, mas senti que mudou. Sei que se importa comigo. E se consegue se importar com uma pessoa além de si mesmo, então consegue se importar com várias. Pode mesmo me olhar nos olhos e dizer que não se importa comigo?

Ele balançou a cabeça.

— Você sabe que me importo.

Acariciei seu rosto.

— Então, se você falou a verdade, e a mente e o corpo influenciam um ao outro, você deve ser capaz de se importar com o seu corpo, também.

— Sally, não...

Eu o beijei delicadamente. Abri a camisa dele e o toquei no pescoço. Senti Roger tremer sob meus beijos e soube que estava dividido entre o medo do fracasso e a culpa diante da possibilidade de sucesso. Tirei sua roupa devagar, e ele começou a me retribuir com voracidade. Quando o afastei, ele me encarou, encantado.

— Devagar — falei. — Bem devagar, e com muita delicadeza. Sem pressa... Vamos só nos tocar por um tempo...

Toquei-o por inteiro, e foi como se um fluido quente corresse dos meus dedos para o corpo dele e dos dedos dele para o meu corpo. Roger beijou meus seios, explorou minha pele, e logo ganhou vida, duro e pronto.

— Sally, já faz muito tempo — sussurrou ele. — Mas a gente não deve...

— Sou uma pessoa de verdade, Roger. Uma pessoa completa. E quero que você também seja.

Eu o guiei para dentro, mas então, conforme sentia meu corpo recebendo o dele, notei a aura. Juntei as mãos atrás da cabeça dele e apertei, mas meu crânio começou a latejar. Cada investida do corpo dele era trovejante e destruidora, me subindo à cabeça, golpeando feito uma rocha, de novo e de novo.

Quis gritar, mas sabia que isso faria com que ele parasse, murchasse. Então gritei mentalmente, apertando as mãos, resistindo à dor de cabeça que ameaçava me partir ao meio. *Não! Me deixa em paz! Preciso ser a pessoa inteira!*

Roger fazia amor comigo, e eu o amava de volta em sofrimento. Porém, quando acabou e ele me beijou com carinho, soltei as mãos, e a dor de cabeça me dividiu. Ouvi um berro familiar ecoar na minha mente, então me lembrei do que tinha esquecido e precisei ceder.

Jinx estava gritando.

Seu cabelo havia se transformado em cobras, e temi que olhar para seu rosto fosse me fazer virar pedra. Ela lutou comigo feito um anjo sombrio e arrancou a realidade das minhas mãos. O mundo se tornou uma ilusão de ótica. Em um momento, eu era uma urna — um receptáculo para o amor dele —, e então me dividi em dois perfis, cara a cara, quando ela assumiu o controle. Ela estava ali. No comando. E eu estava no fundo do abismo, observando, ouvindo, sentindo tudo que se passava dentro dela.

Jinx olhou para o médico de meia-idade que a abraçava e cuspiu nele.

Roger ergueu a mão para proteger o rosto. Ela arranhou as costas das mãos dele e agarrou seu cabelo, puxando, chutando, gritando...

— Desgraçado! Velho tarado, nojento! Me solta! Seu filho da puta! Vou arrancar os seus olhos! Eu vou te matar!

Pelada, ela foi para a cozinha e pegou uma faca de carne. Ele não lhe escaparia outra vez; quando estivesse morto, aquele seria o corpo dela, a mente dela, a vida dela no controle da própria existência. Sairia por aí em um surto homicida. Era invencível. Mataria estranhos impunemente, depois desapareceria, e outras pessoas pagariam o preço. Mas, em vez de cinco, agora haveria duas. A Sally Quatro seria punida, e Jinx ficaria livre para fazer tudo de novo.

Primeiro, haveria sangue e cinzas. O sangue de Ash.

Ela o viu a encarando da porta. Tinha vestido as calças. Ao ver a faca na mão dela, pegou uma almofada da poltrona de couro. Então iam lutar! Ela esfolaria seu cadáver, depois penduraria a carcaça na parede. Queria ouvi-lo gritar. Queria ignorar seus pedidos por piedade, queria separar o corpo da alma e mandá-la ao inferno.

— Você vai morrer chorando! — berrou ela.

Ela golpeou com a faca e acertou o couro da almofada.

— Jinx, por favor. Acalme-se. Vamos conversar.

— Você mata com palavras — resmungou ela. — Enfia palavras pela garganta das pessoas abaixo, sufocando elas igual sufocou sua mulher, com uma corda de palavras pendurada na árvore do conhecimento. Você masturba palavras.

Goza elas, cheias de sebo e doenças, e elas matam com significados ocultos e mentiras... mentiras... mentiras!

— Você pode me odiar, Jinx, mas a faca não é a resposta.

— Então é a pergunta. É a lâmina da verdade.

Ela atacou e investiu, cortou o peito dele e acertou seus dedos, fazendo Roger soltar a almofada. Então, surpreendentemente, o médico parou de recuar e se jogou em cima dela. Jinx rasgou o ombro dele duas vezes antes que ele a derrubasse, pressionasse o joelho em seu pulso e arrancasse a faca de suas mãos. Foi quando ela sentiu as mãos dele no pescoço.

— Vadia de uma figa! — rugiu ele. — Eu vou te matar primeiro. Você não existe! É só um pesadelo infernal!

Não doía, mas ela sentia os dedos de Roger enterrados no pescoço, e a falta de ar a deixou zonza. As luzes esmaeceram. O rosto dele ficou borrado. E ela soube que precisava deixar aquele corpo para não morrer. Que Sally morresse. Que ele a esganasse até a morte. Quando Sally partisse, Jinx estaria livre, e Roger ficaria tão atormentado pelo que havia feito que se mataria.

De repente, ela o sentiu afrouxar o aperto, dizendo:

— Meu Deus, o que estou fazendo? *Volte para o escuro!*

Aquilo não adiantaria nada, ela pensou enquanto recuava. Agora tinha força suficiente para tomar o controle quando quisesse, pelo tempo que quisesse.

Porque só ela conseguia encarar o que havia no escuro...

18

Acordei em um hospital, braços e pernas amarrados com algemas de couro à cabeceira e aos pés da cama. O cheiro de urina me deu ânsia. Acima de mim, a lâmpada estava envolta por uma tela de arame, e as janelas tinham grades. Estava nevando lá fora.

Gritei por socorro, mas minha garganta estava rouca e dolorida, e as palavras saíram abafadas. Uma chave girou na fechadura, e uma enfermeira com sapatos de sola de borracha entrou com uma bandeja de comida. As chaves tilintaram em um chaveiro de couro no cinto dela. Era a sra. Fenton.

— Muito bem... Muito bem... — disse ela. — Hora do almoço, Jinx, mas, se você cuspir na minha cara de novo, eu vou meter um tubo na sua garganta e enfiar a comida por ele.

Fique calma e descubra o que aconteceu, disse a mim mesma. Era óbvio que se tratava de um erro de identificação. A sra. Fenton não me reconhecera, só isso.

— Entendeu, Jinx?

Ela me olhou feio, e a voz soou ameaçadora. Eu assenti.

— Vou me comportar, sra. Fenton.

Ela arqueou as sobrancelhas.

— Ah, é? Isso é novidade.

— Me desculpa se andei causando problemas.

Isso a deixou confusa, e ela me observou mais atentamente.

— Qual é o seu nome?

— Sally Porter.

Toda a dureza sumiu de sua expressão.

— Até que enfim, Sally. Graças a Deus. Estamos esperando por você faz tempo. Só um minuto. O dr. Ash pediu para ser avisado assim que você aparecesse.

— Eu preciso ficar amarrada desse jeito?

— Só até eu voltar. Aguente só um pouquinho, já vamos te deixar mais confortável.

A sra. Fenton saiu e voltou com a Duffy Fofoqueira, que tinha um curativo no rosto.

— Eu não confio nessa filha da mãe — rosnou Duffy.

— Está tudo bem — disse a sra. Fenton. — Essa é a outra.

— Ainda não acredito nessa palhaçada de o médico e o monstro. É fingimento. Se ela tentar encostar na minha cara de novo, vai ver só. Estou avisando: soltar essa mulher é um erro.

Duffy me olhou feio enquanto soltava a perna esquerda, parando como se esperasse que lhe desse um chute. Quando não fiz nada, ela bufou.

— Agora está se fingindo de morta.

— O dr. Ash deu ordens para soltar ela assim que se chamasse de Sally. Anda, vamos tirar as algemas da coitada.

— Desculpa se te machuquei — falei. — Eu não lembro.

Quando Duffy terminou de me soltar, Roger entrou. Comecei a chorar ao vê-lo.

— Está tudo bem, Sally. Coloque tudo para fora. Você passou por um pesadelo, mas agora está de volta, e é isso que importa.

— O que aconteceu, Roger? Nós estávamos juntos, e aí...

Ele meneou a cabeça, mandando Duffy sair, e indicou para a sra. Fenton ficar.

— A sra. Fenton vai ajudar você a tomar banho e se vestir, depois vai te levar pro meu consultório. Vamos repassar tudo que aconteceu.

— O que houve comigo, Roger?

Ele me olhou nos olhos.

— Nós cometemos um erro. É como se você tivesse passado muito tempo dormindo, Sally. Vou explicar no consultório. Temos uma gravação em vídeo. Acho que está na hora de ver com os próprios olhos.

Depois do banho, a sra. Fenton me ajudou a pentear o cabelo e me arrumou um dos meus próprios vestidos, que fora trazido para o hospital. Pedi pelo azul, que sabia que era o favorito de Roger. Embora quisesse falar logo com ele, ela insistiu que eu almoçasse primeiro.

Falei à enfermeira que estava me sentindo tonta e estranhamente morosa.

— É por causa dos remédios que deram pra você... pra ela. O demerol não fez efeito nenhum na... na outra... e o dr. Ash disse que não podemos usar clorpromazina em casos de personalidade múltipla, então usaram uma droga nova, mas você pode estar tendo uma reação diferente. Ela derruba mesmo.

No corredor, havia um par de sapatos diante de cada porta. Me deu a impressão de que havia fantasmas de guarda. Tivemos que passar pela sala comunitária para chegar à saída, e alguns pacientes gritaram obscenidades ao me verem, enquanto outros se viraram para a parede, apavorados. Em que tipo de monstro eu havia me transformado, para abalá-los daquele jeito?

A sra. Fenton me deixou esperando do lado de fora da sala dos enfermeiros, com suas paredes de vidro, enquanto ligava para avisar que ia me levar ao consultório. Os assistentes tomando café lá dentro me olharam com curiosidade. Uma se levantou, saiu e chegou bem perto de mim.

— Qual é o seu nome? — questionou.

— Sally Porter.

— Mentirosa. Pode enganar todo mundo com essa atuaçãozinha, mas eu vou ficar de olho em você.

A sra. Fenton se aproximou e mandou ela me deixar em paz, então destrancou a porta para o corredor, e nós saímos da área comum.

Foi uma longa caminhada, depois pegamos o elevador até o andar mais baixo. Dali, passamos por um complexo de túneis subterrâneos bloqueados por portões gradeados a cada interseção.

— Onde estamos?

— Essa é a rota de túneis que sai da ala de segurança máxima. Todos os prédios são conectados por baixo da terra para que os pacientes não precisem sair para ir de um a outro.

— Lá de fora, os prédios parecem separados. Não dá pra imaginar que são conectados. Nunca soube desses túneis quando estive aqui da outra vez.

— Da outra vez, você era uma paciente voluntária, Sally. Não precisou ficar na segurança máxima.

— Eu fui muito ruim desta vez, sra. Fenton?

Ela assentiu sem olhar para mim.

— A pior que já vi.

O túnel começou a subir, e chegamos a uma porta dupla pesada que a sra. Fenton destrancou com uma das chaves que trazia no cinto. Do outro lado, me deparei com os corredores frios e familiares da ala administrativa, iluminados por lâmpadas fluorescentes.

Maggie estava à espera e me abraçou.

— Sally, que bom te ver. Como se sente?

— Meio devagar.

— É melhor eu voltar para a minha ala. Ligue para um atendente vir buscar ela depois — disse a sra. Fenton.

— Pode deixar — disse Maggie. — Obrigada.

A sra. Fenton me deu um tapinha no ombro.

— Boa sorte, Sally.

Maggie me levou para o consultório hospitalar de Roger. Quando entrei, ele se levantou.

— Sente-se, Sally. Temos muito trabalho a fazer. — Ele meneou a cabeça para Maggie. — Pegue a fita que gravamos na semana passada.

— Semana passada? — sussurrei. — Faz tanto...?

Roger assentiu.

— Quase um mês.

— Minha nossa. O que você vai me mostrar, Roger? Estou com medo.

— É normal, Sally, mas chegou a hora de você ver o que acontece quando tem um apagão. Deve parecer que você estava dormindo, mas seu corpo não estava. Não vamos mais falar os nomes das suas personalidades. Conforme integramos as outras, você desenvolveu amnésia a respeito delas e de suas existências. E acho que isso é bom.

— Então por que você vai me mostrar a gravação?

— Porque as outras integrações aconteceram depois de você entrar em contato com cada uma delas.

— Você não vai me mudar de novo, vai?

— Pensei que fosse possível evitar, Sally. Torci para que conseguisse reprimir a outra quando você se tornasse um indivíduo mais completo, profundo e complexo. Só que, assim como você ficou mais forte, ela também ficou. É como se ela tivesse te acompanhado a cada passo. Não podemos trancá-la e esquecê-la. Precisamos lidar com ela, trazê-la à tona, arejar o ódio crescente e os impulsos violentos.

— Pensei que você se importasse *comigo*, Roger.

— E me importo, Sally. Acredite.

— Não sei, não. Acho que seu lado cientista, pesquisador, tomou conta. Está fascinado com a ideia de ver o que vai acontecer. Completar o trabalho se tornou mais importante do que seus sentimentos por mim.

— Não há outra saída, Sally.

— É claro que há. O amor deveria ser a solução. Deveria ser capaz de vencer o ódio.

— Isso é a Derry falando. Desculpe, não devia ter usado o nome dela. O que quero dizer é que, se você usar seu intelecto, vai perceber que está sendo sentimental. Eu sei que não acredita de verdade que "o amor tudo vence".

Ouvi-lo dizer isso me magoou, mas era verdade.

— Estou com medo, Roger.

— Todos nós temos medo dos nossos impulsos violentos, mas os controlamos e os redirecionamos para ações positivas. Ao isolar sua raiva reprimida, separando-a do seu eu completo, sua mente infantil desenvolveu um bolsão, uma bolha mental, e deu um nome a isso, criando a sua primeira personalidade alternativa, violenta e maldosa.

— Pensei que psiquiatras não usassem essa palavra.

— Tem razão. É um julgamento moral, mas de que outra maneira descrever a pessoa que está se debatendo no lado escuro da sua mente?

— E se depois disso eu te odiar?

— É um risco que preciso correr. Se for necessário abrir mão de você para salvá-la, essa é minha obrigação moral.

— Quem é que está sendo sentimental agora?

— Me deixe colocar em outras palavras: minha opinião profissional é que, se não formos até o fim, ela vai te destruir.

— E você não quer esse peso na consciência.

A expressão dele deixou sua mágoa evidente.

— Desculpa, Roger. Isso foi injusto.
— Em parte, você tem razão.
— Você quer dizer que, de qualquer jeito, é um risco.
— É.

Maggie entrou com uma fita cassete, e Roger a enfiou no monitor da televisão. A princípio, não fui capaz de me obrigar a olhar. Então ouvi a voz: dura, grave, estranha, cuspindo obscenidades. Tapei os ouvidos e fechei os olhos, mas ainda dava para escutar o som, e aos poucos afastei as mãos e olhei para a tela.

O rosto com o qual havia sonhado, mas nunca tinha visto no controle do corpo, estava contorcido de raiva, os olhos faiscando. Ela dizia:

— ... Quando eu me livrar dessas algemas, vou arrancar os seus olhos, filho da puta desgraçado! Você só queria usar ela, comer ela. Pensou que podia me isolar, me anular. Você vai ver só. Quando menos esperar, eu te mato. E depois mato a Sally.

— E aí o que vai acontecer com você, Jinx?
— Vou estar livre feito o vento.
— Você também vai estar morta.

Ela gargalhou.

— Eu acredito na vida após a morte, Ash. Sou filha do demônio, e minha alma vai entrar em outro corpo. Sou só uma mente, entendeu? Só imaginação. Não estou presa a corpo algum. Quando o dela deixar de viver, vou encontrar outro... e outro... Posso ter nascido aqui, mas sempre quis viajar. Bruxas vivem para sempre. Fui queimada em Salém e renasci no corpo dela.

Eu sentia repulsa e fascinação. Era incrível ver minha aparência emanando tanto ódio, minha boca despejando vulgaridades. E me dei conta de que precisava aceitar a culpa. Para evitar a dor, eu tinha criado um monstro imaginário, e depois o rejeitara. Ela tinha sofrido todas as punições, suportado os maiores sadismos, mentiras e hipocrisias das outras pessoas. Quando Jinx falou sobre como vivia sozinha, do quanto tinha sofrido, senti meus olhos marejarem. Sei que parece besteira, mas quis abraçá-la e dizer que ela não precisava mais ficar só ou mostrar ódio. Eu precisava compensar minhas ações.

— Não tenho direito de renegá-la — falei. — A responsabilidade é minha. Mas seja rápido, antes que eu mude de ideia.

Ele desligou a televisão.

— Achei mesmo que você fosse pensar assim.

Ele me hipnotizou e chamou Jinx, mas ela não quis aparecer.

— Se ela não quer cooperar, talvez a gente possa descobrir o porquê através de você — disse Roger.

Ele me regrediu ao momento em que Jinx nasceu, e eu lembrei...

Eu tinha 7 anos. Era uma manhã de dezembro, pouco antes de o meu avô falecer. Eu me vi no apartamento da vovó Nettie, que ficava em cima de um supermercado na avenida Sutter, no Brooklyn, aonde minha mãe às vezes me levava quando tinha que trabalhar na fábrica de vestidos. Sozinha na cozinha, ouvi minha vó se levantar, sair do quarto e botar as galochas e a capa de chuva que sempre usava ao entregar leite nas manhãs de inverno. Ela me disse para ficar no quarto com meu vô, caso ele precisasse de alguma coisa. Respondi que não queria ficar sozinha com o vovô. Tinha medo das coisas ruins que ele tentava fazer comigo.

Ela me deu um tapa na cara e me disse para não contar mentiras horríveis sobre um senhor respeitável que dava aula na escola dominical. Então me mandou ficar sentada perto da cama, para saber caso ele precisasse do penico ou de um remédio, depois saiu e trancou a porta do quarto.

Eu gritei contra a porta, dizendo que estava com medo, mas ouvi os passos dela se afastando, a porta do apartamento abrindo e fechando, e chorei encolhida contra a passagem trancada. Precisava de ajuda, mas ninguém podia me ouvir ou me socorrer. Quando me virei, vi meu vô recostado em três grandes travesseiros, me encarando, o rosto amarelo, as bochechas encovadas, a boca toda enrugada e banguela. Ele me mandou pegar um copo d'água. Gritei que não chegaria perto dele nem deixaria que me tocasse. Meu vô respondeu que eu tinha apenas imaginado que ele fazia coisas más comigo. Disse que era meu avô, que amava sua bela netinha e me ensinaria algumas brincadeiras. Ele ergueu o cobertor com esforço. As calças do pijama estavam abaixo dos joelhos, e o negócio dele estava em riste. Fechei os olhos e implorei a Deus para que ele morresse, para que eu não precisasse encará-lo, tocar naquilo e fazer as coisas horríveis que ele queria me ensinar...

Minha lembrança seguinte era do cheiro de rosas. Quando abri os olhos, ele estava no caixão, o rosto não mais amarelo, mas branco e cheio, como um manequim em uma vitrine, e havia pessoas ao redor dele com lágrimas nos olhos. Fiquei sentada bem quieta, porque não sabia como aquela magia havia acontecido. Tinha desejado que ele morresse, mas não sabia que dava para matar alguém só querendo muito.

Ouvi gente comentando como ele era um bom homem, como suas aulas na escola dominical fariam falta. E como Sally estava reagindo bem depois de ter ficado no mesmo quarto com um homem moribundo que, aparentemente, tivera uma convulsão. Eu não me lembrava de nada, mas sabia que era melhor não contar isso a ninguém.

Foi meu primeiro esquecimento.

Roger me levou de volta ao presente.

— Então foi assim que Jinx apareceu — falei. — Quando o meu avô tentou abusar de mim.

Ele tentou chamar Jinx mais uma vez, mas não funcionou. Tentou uma terceira vez, dizendo que Jinx devia ter estado presente no dia em que meu avô morreu... e que devia se lembrar de ter ficado sozinha com ele naquele quarto.

Jinx abriu os olhos, e dessa vez eu estava lá, assistindo. Ela não sabia quanto tempo fazia que estava naquele quarto. Tentou abrir a porta, jogando-se contra ela com toda a força. O avô acenou para que fosse até a cama. Ele se descobriu, e ela o odiou por isso.

— Vem aqui com o vovô, Sally. Seja boazinha com o seu velho avô. Não vai doer.

Ela o fitou com raiva e olhou pelo quarto, procurando algo com que pudesse se proteger. Aproximou-se da cama, fingindo que ia fazer o que ele queria, mas, quando o avô estendeu a mão para ela, Jinx recuou. Por fim, ele a agarrou pelo cabelo e a puxou para perto, baixando sua calcinha.

— Você tem que ser boazinha com o vovô. Estou velho, não tenho muito mais tempo de...

Ela se debateu e gritou, mas não havia ninguém para ouvir, ninguém para ajudar. Então enfiou as mãos sob os braços dele e fez cócegas. O avô se encolheu, rindo. Ela repetiu o gesto, fazendo cócegas nas axilas, na cintura, e ele soltou o cabelo dela.

— *Eu* vou te ensinar uma lição! — gritou ela.

— Sally, para com isso!

Ele estava gargalhando, ofegando, rolando de um lado para outro na cama, tentando se proteger dos dedos rápidos da menina, que faziam cócegas em todo lugar. O velho engasgou e tossiu, e Jinx percebeu que, enquanto seguisse com aquilo, ele não conseguiria fazer nada com ela. Ele engasgou e arfou, depois arquejou, e por fim vomitou. Jinx recuou, porque o cheiro era horrível. Ele ficou largado na cama, os olhos esbugalhados, a boca congelada em uma risada, com vômito escorrendo do queixo.

Ela vestiu a calcinha, se sentou no chão junto à porta e esperou.

Mais tarde, a avó chegou e a tirou do quarto, dizendo:
— Ah, pobrezinha, que coisa horrível que você viu.
— Ele tentou fazer maldade comigo. É bom que ele morreu — respondeu Jinx.

A avó lhe deu um tapa na cara e gritou:
— Nunca mais diga uma coisa dessas, criança terrível. Nunca diga essas coisas para ninguém, senão você vai queimar para sempre no inferno. Você é má, perversa... uma filha do demônio.

Mas Jinx se livrou dela e saiu correndo da casa para a rua gelada, fugindo do fedor, dos tapas da avó e dos olhos esbugalhados do avô...

Ouvi a voz de Roger chamando Jinx de volta ao presente, mas ela não queria ir. Queria seguir correndo para sempre, nunca mais nos encarar. Não queria voltar para o escuro e me deixar sair. Pensava que eu não merecia ficar no controle o tempo todo enquanto ela ficava trancada lá dentro. Mas Roger tinha o poder de puxá-la de volta. Eu a senti sendo arrastada e ouvi as palavras:

— Você pode se lembrar do quanto quiser disso tudo. De tudo, de partes, ou de nada...

Abri os olhos e senti as lágrimas escorrendo por meu rosto.

— Eu nunca quis fazer nada daquilo, Roger. Tentei dizer à minha vó e à minha mãe, mas elas não me escutavam. Ninguém me ajudava. Ninguém se importava que ele me obrigasse a fazer aquelas coisas. Tentei contar, mas me chamaram de má, de mentirosa. Estou com tanta vergonha. Tanta vergonha...

— Não se culpe pela morte dele.

— Eu criei a Jinx por medo e por raiva. Preciso aceitá-la de volta em mim. Faça logo isso, Roger. Não foi justo da minha parte fugir e me esconder, deixar que ela aguentasse sozinha toda a minha dor, meu sofrimento, meu rancor... e nada da felicidade.

Roger me mandou unir as mãos.

— Você nasceu de angústia e raiva, Jinx — disse ele —, mas agora a Sally quer que você se junte a ela.

Ouvi uma voz gritar:

— Não vou! Vou continuar eu mesma até o céu e o inferno se juntarem primeiro.

Senti a dor das unhas se enterrando com força no dorso da minha mão. Olhei para baixo e vi que estava sangrando.

Roger me encarou, como se não soubesse como deveria prosseguir.

— As outras se integraram voluntariamente — refletiu. — Eu devia ter imaginado que a Jinx se recusaria. Não temos como forçá-la a render sua identidade. Ela precisa querer abrir mão da independência.

— Então foi tudo inútil — lamentei. — Todas as outras, o esforço, as integrações. Prefiro morrer a levar uma vida em que fico mudando feito uma ilusão de ótica a cada piscar de olhos.

— Não desista! — exclamou Roger. — Tem que haver uma maneira de ultrapassar as barreiras dela. Talvez se recuarmos mais no tempo, para além das defesas que ela construiu.

A risada que escapou da minha garganta, sem controle, foi dela.

— Você vai ter que voltar à aurora da consciência humana.

Então ouvi as palavras do ajudante interno na minha cabeça:

"É essa a solução, a chave. Volte ao início."

Contei a Roger o que o ajudante dissera.

— Muito bem — respondeu Roger. — Se é isso que o ajudante acha que é necessário, vamos fazer.

Isso me assustava, mas fiquei sentada em silêncio, prestando atenção. Roger ergueu a caneta dourada.

— Sua mente é uma máquina do tempo, e você vai correr por todo o caminho de volta ao passado. Quando eu contar de sete a zero, você vai ter girado o ponteiro de volta à aurora da consciência humana. Quando chegar lá, descreva o que vê.

Ele contou, e minha mente mergulhou em si mesma.

De volta à mente de Jinx, odiando, pensando, lembrando...

Era uma vez uma era atemporal, ela pensou depois de voltar o bastante. Antes das barreiras. Antes de se dividir em uma autoconsciência humana, quando todas as mentes eram uma só e não havia separação de personalidade, apenas uma Mente universal, que tudo sabia e se comunicava sem palavras. Todas as mentes interpenetradas, cada pensamento compartilhado. Sem medo. Sem dor. Sem raiva. Comandos implícitos. A Mente se movendo feito o vento forte, e todas as almas vagueando feito folhas na brisa. Nada escondido. Nenhuma desconfiança, inveja ou ódio... Cada mente aberta à totalidade. Nenhum problema inconsciente. Nenhum pesadelo. O espírito universal se movia sobre a terra.

Foi então que uma coisa imprevista aconteceu. Os invernos se tornaram mais longos e mais frios do que jamais tinham sido. Nas dezenas de milhares de anos da memória humana, não lembrávamos de tamanho frio. Muitas barrigas doíam, reclamando com a Mente, insistindo por mais comida. Só que não havia o bastante.

Então a grande Mente decidiu que algumas das bocas seriam alimentadas, e as outras, podadas feito galhos. A Mente se limitaria a poucas dezenas de milhares de corpos e abriria mão dos outros.

E nesse momento houve uma única resistência. Entre todas as fêmeas, uma isolara um canto, um bolsão de privacidade autoconsciente, feito de sua parte da Mente total. A comunidade não sabia onde ou quem, apenas intuía haver um novo limite fechado em algum lugar da consciência universal. Aquela mulher era eu.

Eu nasci diferente. Quando me tiraram do seio, eu quis mais. Depois, senti uma perturbação, uma passagem do tempo. Era incapaz de saber que só eu sentia raiva quando minha barriga doía de fome. A Mente notava e, por um tempo, a comunidade me repassou mais comida. Quando copulei pela primeira vez, senti um estremecimento esquisito, e a Mente se sobressaltou. Nunca uma de suas partes se preocupara tanto com o próprio corpo.

Quando dei de mamar a minha própria criança, senti o calor e o latejar dela sugando, e resisti quando outra fêmea quis amamentá-la também. Eu me recusei a aceitar a criança de outra pessoa. A cada estágio da vida, a Mente me puniu por aqueles sentimentos movidos pelo ego. Não existe um *você* individual, sussurrava a Mente. Existe apenas o todo.

Mas um dia descobri um pequeno ponto no canto da minha consciência e fiz um buraquinho naquele tecido esfiapado. A escuridão desconhecida além da consciência me assustou, de início, e eu recuei às pressas antes que a Mente descobrisse o furo. Mas foi difícil manter distância, e de vez em quando me aventurava por lá, como uma língua buscando um dente perdido. Descobri que conseguia colocar pensamentos individuais naquele buraco, fora da tenda da mente comunitária, e escondê-los em meu próprio bolsão de consciência.

Reuni ideias e sentimentos íntimos e os escondi, estocando-os como os frutos envoltos em folhas escondidos fora da caverna, e passei o conhecimento da mente grupal para minha mente particular. Quando minha filhinha chorava de fome, eu a alimentava em segredo, sem me deixar pensar a respeito, para que a Mente não soubesse. Fiz o mesmo pelo macho que havia copulado comigo primeiro. Nós nos tornamos especiais um para o outro.

Minha bebê cresceu gostando mais de mim do que de qualquer outra pessoa na comunidade. A Mente ficou perturbada por essa depravação, mas embora repassasse a consciência da raça feito uma ventania, não conseguia encontrar o lugar-mental particular que eu criara para mim. Meu macho, minha criança e eu tínhamos comida para nossos corpos, enquanto outros passavam fome. Ensinei minha filha a criar o próprio lugar-mental secreto para seus pensamentos, a manter informações escondidas dos outros, para que lembranças e conhecimento fossem acumulados. Meu parceiro era forte, conseguia carne e a escondia na floresta, e ocultava essa informação. E nós dois ensinamos nossa filha a fazer o mesmo.

Mas a Mente suspeitava. Estava atenta, procurando, tateando, e um dia nos encontrou. A comunidade inteira atacou. Estávamos sofrendo, mas eu não suportaria a angústia da Mente consciente. Não tínhamos feito nada de errado.

Não ia mais aguentar aquilo. Escaparíamos da Mente e viveríamos em nossos lugares particulares, secretos.

Então atravessamos o buraco e adentramos nossas próprias consciências, bloqueando toda a dor e todo o sofrimento que a grande Mente derramava sobre nós. A grande Mente nos afastou ainda mais, e as águas correram em um grande fluxo e selaram o buraco, nos trancando do lado de fora para sempre — excomungados do grandioso espírito rodopiante de pensamento. Uma inversão do conhecimento. Nossos locais secretos se tornaram nossas mentes conscientes, e a grande Mente compartilhada se tornou nosso inconsciente.

Eu me tornei a mãe de uma nova raça de humanos, cada indivíduo com a própria consciência e eternamente separado do grande ser compartilhado da raça humana, esgueirando-se de volta em segredo, visitando às vezes em sonhos, ou em delírios, ou mesmo em revelações místicas, para buscar sustento, mas jamais conscientemente em contato com o espírito humano superior.

Meus descendentes, descendentes dessa separação, se multiplicaram e, por causa da consciência corporal, tornaram-se fisicamente fortes. Desenvolveram ambições secretas, ganância e luxúria. Gerações deram origem a gerações e desenvolveram o fogo, a roda, a faca, a espingarda, sobrecarregando a terra com sua proliferação, enquanto a grande Mente — despreocupada com esses párias — ainda podava seus números. E o Novo Povo aprendeu a odiar e a guerrear. Cada um de meus herdeiros isolados chamava sua lembrança da grande Mente de "Alma" ou "Espírito" e era guiado por um anseio de retornar. Mas a terra já não tinha uma só língua, um só discurso e um só pensamento. Transformara-se na Grande Babel.

Assim a raça humana criou as próprias personalidades múltiplas e viveu infeliz para sempre...

Jinx despejou sua fantasia, e eu estremeci. Ela era maluca. Quanto mais conhecia Jinx, mais acreditava que ela havia se separado da raça humana por vontade própria e que, para me isolar desse mal, eu a tinha bloqueado. Me recusara a aceitar o lado atormentado e raivoso de minha alma. Era culpa minha. Mas agora, segundo ela, isso acontecera com a raça humana desde o início...

Já que eu era a entidade maior, sabia que precisava abrir a passagem para o lugar escuro e deixá-la se unir ao resto de mim, aceitá-la *como ela era*, com a raiva, a frustração e o rancor — nascidos de seu sofrimento solitário. Tremi, sabendo que, até que lhe pedisse perdão e lhe desse meu amor, não me tornaria um ser humano completo.

Roger tocou meu braço e disse:

— É você quem precisa pedir à Jinx para aceitar. Acho que ela não vai responder a mim.

Abri minha mente e falei:

— Jinx, me perdoe.

Ela não respondeu.

— Jinx, agora sei o que você sofreu, por que ficava isolada de mim. Você é a raiva que nunca consegui expressar. Quero você de volta. Quero ser uma pessoa completa, uma pessoa de verdade, e só posso fazer isso com você. Do jeito que estamos, estamos mortas, destruídas, despedaçadas porque não conseguimos mais viver no tempo.

— Estou feliz com o jeito que as coisas estão — alegou ela.

— Mas as coisas não podem ficar assim. Estou forte demais agora, e você também, e a gente vai se destruir. Não podemos viver divididas em duas, Jinx, nem mais viver num mundo de fantasia. E não podemos passar o resto da vida esperando que um carteiro de olhos sonolentos nos leve embora na bolsa para o castelo mágico. Precisamos unir forças e viver no aqui e no agora. É o que o ajudante quer.

Jinx suspirou, e foi o suspiro mais profundo e triste que eu já ouvira.

— Peço seu perdão, Jinx, por todo o sofrimento que te causei. Joguei tudo sobre a sua cabeça e então, quando você reagia a esse sofrimento, eu te chamava de má. Imploro seu perdão por isso, também. Volte pra mim. Eu quero você, Jinx. Preciso de você. Eu te amo por tudo que você aguentou e juro que nunca mais vou te afastar.

Ela suspirou de novo.

— Tudo bem — disse ela. — Estou com frio e com medo. Não quero mais ficar sozinha.

— Você concorda? — perguntou Roger.

— Concordo — respondeu ela.

— Então, *venha para a luz.*

Ela saiu da caverna escura e se pôs ao meu lado. Segurei sua mão trêmula.

— Quando eu contar até seis, a Jinx vai parar de resistir à integração — explicou Roger. — Vocês duas começarão uma nova jornada, mas no presente. Até quanto eu disse que vou contar, Jinx?

— Seis... — sussurrou ela.

— Você não é mais um corpo preso à terra. Sua consciência é como um córrego que desce pela montanha das suas frustrações e dos seus desesperos, passando por outras nascentes e riachos...

Ela viu que era o córrego. A princípio, no ar gélido do topo da montanha, depois fluindo pelos contornos da terra, correndo, caindo, sentindo a descida, sobre árvores mortas, pedregulhos, buracos e fendas na terra.

— ... Agora, deixe o fluxo de frustração se misturar e se integrar ao rio raivoso que se move feito o grande rio Mississippi, descendo pelo continente que é a mente da Sally...

Ela viu a raiva correndo, turbulenta, carregando detritos de lembranças alagadas e ameaçando constantemente ultrapassar as margens e inundar as planícies da minha mente com ódio e violência. Rugindo rumo ao sul, correndo para se unir às águas do grande golfo.

— Vocês agora estão integradas de uma vez por todas — disse Roger. — A raiva, o rancor e a angústia da Jinx estão para sempre encobertos pelo amor da Sally. Não há uma Jinx isolada. Existe apenas a Sally Cinco, que vai expressar, se necessário, as próprias emoções de hostilidade e agressividade. Quando eu contar até *cinco*, a Sally vai acordar e nunca mais precisar de uma consciência separada. Vocês estarão integradas em uma única pessoa pelo resto da vida. E vão se lembrar...

Eu esperei, com medo da contagem.

— Um...

Ouvi o som de alguém chorando.

— Dois...

Era o ajudante interno.

— Três...

Vi seu rosto angustiado, a boca aberta, os olhos flamejantes.

— Quatro...

Ele estava absorvendo toda a raiva de Jinx para me salvar. Era o rosto de Oscar.

— Cinco...

Tentei interromper a integração, mas era tarde demais.

Oscar e Jinx se foram, e eu soube que meu primeiro ajudante havia aberto mão da própria vida para fazer a integração acontecer. Meu pai estava mesmo morto.

Xinguei e gritei com Roger, parando apenas para tomar fôlego. Despejei tudo nele, abrindo e fechando os punhos, agarrando o tampo da mesa para me impedir de arranhá-lo.

— Está tudo bem, Sally — reconfortou ele, com calma. — Já esperava que você fosse me odiar.

— Ódio é pouco! Seu nojento. Desprezível. Você matou o Oscar.

Já não conseguia me segurar. Estava tremendo. Sentia as lágrimas escorrendo por meu rosto, então chorei até ficar exausta.

— Eu te amo e te odeio, mas não entendo o motivo.

— Você está com todas as suas emoções de volta, Sally.

— Mas não quero te odiar.

— Com o tempo, você vai aprender a expressar os seus sentimentos, e depois a canalizá-los. Não vai mais ser aquela pessoa tranquila e eternamente doce. Vai se zangar, quando preciso, e direcionar a raiva às coisas que a merecem.

— Não é só isso. Sou capaz de coisas horríveis. Mentir, enganar, roubar. Sou capaz de matar.

— Todo mundo é capaz dessas coisas, mas isso é só um quinto da Sally. O resto compartilha a consciência da raça humana, e isso vai te segurar no lugar.

— O que vai acontecer comigo?

— Um novo começo. Você vai se conhecer, em toda sua complexidade. Vai se reunir à raça humana. Vai parar de procurar pelo Oscar. Vai construir uma nova vida.

— Ai, Deus. Não estou me sentindo como eu esperava. Pensei que seria lindo, que passaria o resto da vida me divertindo, amando, explorando o mundo. Mas agora já não ligo muito para a maioria das coisas de que gostava.

— Isso é normal. Você está vendo tudo por uma nova perspectiva.

— Eu tinha tanta certeza do que era certo ou errado, bom ou mau, mas o mundo ainda é um lugar podre. As pessoas ainda traem, roubam, matam... como indivíduos ou nações. Antes eu pensava que tinha todas as respostas. Um mundo. Um caldeirão. O sonho da unidade, minha unidade, e a união da raça humana. Mas agora já não tenho tanta certeza. Existem muitas sombras, diferenças e exceções. É como se eu tivesse renascido num mundo que está desmoronando, que muda as perguntas assim que creio ter descoberto as respostas.

— Você não está sozinha, Sally. Tem mais gente buscando respostas. Pessoas boas.

— E algumas pessoas são compostas de bem e mal.

Ele assentiu.

— Agora você está forte o bastante para encarar a si mesma. Acho que o Todd vai estar esperando para ver o que acontece.

Balancei a cabeça.

— O Todd, não. Ele só queria as partes boas de mim, a empolgação de uma mulher imprevisível. Talvez ele ficasse animado com a chance de alguma coisa explodir em mim a qualquer momento, mas estava apostando apenas nas partes boas. E isso é fácil demais. Qualquer pessoa pode amar a bondade. Uma bondade sentimental, devota, tímida e hipócrita.

— E o Eliot?

— Ele é um amor, mas acho que só estava atraído pela ideia de amar cinco mulheres pelo preço emocional de uma. Não, vou terminar com os dois. Procurar um novo emprego.

— É claro, não há problema nenhum em...

— Você me aceitou por inteiro, Roger. A parte boa e a ruim. Você me deixou completa. Você é o único homem para mim.

Ele balançou a cabeça.

— Já conversamos sobre a questão da transferência.

— Que se danem essas teorias abstratas. Transferência é um tipo de amor. Eu aceito qualquer tipo de amor.

— Tive uma ideia. Vamos passar um tempo sem nos vermos. Ver como fica a integração e como você se sente em um ano. Depois que tiver superado a transferência, se não tiver trocado nem criado uma nova personalidade e ainda quiser voltar, a gente tenta.

Fiquei chocada. Não esperava parar de vê-lo naquele momento.

— Não estou pronta para seguir sozinha. Preciso te contar dos meus sentimentos, de outras lembranças que estão inundando a minha cabeça. Os meus planos para o futuro...

Ele me entregou a caneta dourada que usava para hipnose e disse:

— Escreva, só para você. Coloque sua vida em perspectiva. Enquanto você estava na ala de segurança máxima, eu recebi um novo caso de personalidade múltipla. Uma menininha de 6 anos com sete personalidades, duas delas suicidas, uma violenta, uma que é um prodígio que toca piano e compõe. Agora, por causa do meu trabalho nessa área, ela foi direcionada para cá.

— Mais uma? Meu Deus, isso é assustador.

— Essa criança precisa da minha ajuda, agora. E graças ao conhecimento que ganhei tratando você, devo conseguir ajudá-la. Tenho uma sessão com ela daqui a pouco. Estou te dando alta. Não vou dizer adeus. Vou me despedir de você de manhã.

— Não, não faz isso — pedi. — Prefiro sair daqui sozinha.

Ele me deu um beijo no rosto, e então me deixou no consultório. Fiquei sentada ali por um tempo até Maggie aparecer para me buscar.

O dia seguinte amanheceu nevando. A enfermeira Fenton me ajudou a arrumar a mala, mas fui embora sozinha. No elevador, apertei o botão do térreo. Aguardei, parte de mim esperando desmoronar de novo, mas continuei eu mesma. Lá embaixo, olhei para o relógio na mesa da recepção. 10h32. De certa forma, era tudo uma questão de tempo: relembrar o passado, viver o presente, ansiar pelo futuro. Todos os fragmentos e farpas das horas tinham que estar presentes para que você pudesse — caso fosse de sua vontade — colocar cada um no lugar e examinar a história de sua existência, sua própria cronologia. Olhei para o relógio de pulso quando o ônibus parou diante de mim: 10h37. Será que conseguiria atravessar a cidade e chegar a meu apartamento sem perder a noção do tempo?

Assisti à neve cair, vi as pessoas que a recolhiam com pás e faziam pequenos montes brancos. Caminhei com cuidado. Quando entrei no ônibus, um garoto jogou uma bola de neve na minha direção. Fiquei irritada e sacudi o punho para ele. Esperei sentir a dor na nuca, mas a enxaqueca não veio. O ônibus me deixou na esquina, e o relógio marcava 10h59. Vinte e dois minutos de percurso, e cada segundo fora meu.

No apartamento, tive a sensação esmagadora de que de agora em diante vivenciaria cada momento de cada dia como uma só pessoa. Era isso que uma pessoa de verdade, uma pessoa completa, podia chamar de felicidade.

Decidi sair para correr na neve. Na saída do prédio, vi Murphy na loja do sr. Greenberg.

— Consegui, Murphy — contei para ele enquanto começava a correr. — Sou uma pessoa completa de verdade.

O cassetete ainda estava desaparecido, mas agora, em vez de mostrar o dedo do meio para o mundo, a mão dele tinha sido virada, com a palma erguida na direção do tráfego. Para mim, parecia que ele estava acenando para todo mundo que passasse.

Eu acenei de volta.

SOBRE O AUTOR

Nascido no Brooklyn, em Nova York, em 1927, Daniel Keyes trabalhou como comerciante marinho, editor e palestrante. Estudou psicologia e, ao lado de psiquiatras, frequentou hospitais acompanhando casos raros. Publicou oito livros, e seu maior foi *Flores para Algernon*, um conto vencedor do prêmio Hugo que foi expandido para um romance ganhador do prêmio Nebula e adaptado para um filme vencedor de um Oscar (*Os dois mundos de Charly*, 1968). Era mestre em Inglês e Literatura Americana, deu aulas de literatura e escrita criativa, e foi condecorado pela Universidade de Ohio, onde trabalhou como professor universitário, com o título de Professor Emérito, em 2000. Faleceu em 2014.

TIPOGRAFIA: Media77 - texto
Uni Sans - entretítulos
PAPEL: Pólen Natural 70 g/m² - miolo
Couché 150 g/m² - capa
Offset 150 g/m² - guardas

IMPRESSÃO: Ipsis Gráfica
Abril/2025